リサ・マリー・ライス/著
上中 京/訳

ヒーローの作り方
A Fine Specimen

扶桑社ロマンス
1352

A FINE SPECIMEN
by Lisa Marie Rice

Japanese translation published by arrangement with
Ellora's Cave Publishing Inc. c/o Ethan Ellenberg Literary
Agency through The English Agency (Japan) Ltd.

ヒーローの作り方

登場人物

ケイトリン・サマーズ —— 博士論文を執筆中の大学院生

アレハンドロ(アレックス)・クルーズ —— カリフォルニア州ベイローヴィル市警察の捜査責任者

ラッツォ・コルビー —— ギャングの親玉を担当する会計士

レイ・エイヴァリー —— ベイローヴィル市警察本部長

キャシー・マーテロ巡査長
ベン・ケイド刑事 —— アレックスの部下

1

「何なんだ、これは！」

アレックス・クルーズ警部補が、警察本部の建物全体に響き渡るような大声で怒鳴った。彼自身が部下全員にしっかり聞こえるように罵《ののし》ったのだ。自分の胸の激しい憤りをみんなにもちゃんと理解させるつもりだった。

「ボス」警部補室の戸口から、ベン・ケイド刑事が白髪交じりの赤毛を短く切りそろえたたわし頭をのぞかせ、おずおずと老眼鏡の縁越しにアレックスを見る。「今、咆《ほ》えたか？」

「これはいったい、どういうことだ？」アレックスは報告書を見下ろしたまま、指を苛々《いらいら》とその紙に打ちつけた。印刷された文字のインクに触れるだけでも、無性に腹が立った。ものごとにどう対処していくかについて、アレックスには彼なりのやり方というものがあり、報告書の内容は、そのやり方にはまったくそぐわないものだった。

ベンはおそるおそる部屋へと入って来た。アレックスがふと顔を上げると、ドアは開けたままになっている。二人は長年の友人ではあるが、ベンが何かをしくじったときには、話は別だ。そのためベンは、大急ぎで退散しなければならない事態に備えているのだ。クルーズ警部補の逆鱗《げきりん》に触れた者がどうなるか、という神話めいた話は数々あり、それらはアレックス自身の耳にも届いていた。自分からあえて噂《うわさ》を打ち消すまでもない、とアレックスは思っている。新入り警官を震え上がらせるには有効な手段なのだから、人喰《ひとく》い鬼《おに》みたいに言われるなら、それでもいい。

ただし、新入り警官を朝食に平らげるんだぞ、という話は誇張が過ぎるが。怯《おび》えて目を丸くした新入り警官を前にしたベン・ケイドが、クルーズ警部補の機嫌が悪いときは、警部補室にけっして入ってはならぬ――あそこは鬼の住む城だぞ、みたいな脅しを口にしているという噂も聞いたことがある。そこまでひどくはない。まあ、だいたいにおいては。

しかし今は、そのだいたいの場合、にあてはまらない。

アレックスが怒ったふりをしているだけのときと、本気で怒っているときを、ベンは見わけられる。今回は間違いなく後者、つまり、アレックスは怒り狂っている。

「えっと……」ベンは報告書とアレックスの顔を交互に見比べ、アレックスが癇癪《かんしゃく》を破裂させる可能性の大きさを推し量っている。部屋には緊張が充満し、今にもばちっと火がつきそうだ。ベンが発する最初のひと言は、点火剤になりかねない。一度火がついたらそれで終わり、ベンが話を聞いてもらえるチャンスはない。

「あの野郎に逃げられたんだな？」アレックスの顔が強ばり、頬《ほお》の筋肉が波打つ。あまりにも頭に来て、彼は言葉を続けることさえ困難な気がした。「あの野郎にしてやられたってわけか？　みすみす逃してしまうとは」

あの野郎、とはつまり誰を指すのか、確認するまでもない。マーティン・コルビー、通称ラッツォとして知られるこの男は、アンジェロ・ロペスを捕らえるための唯一の手段だった。ロペスは長年にわたってベイローヴィル市で恐れられる組織犯罪の親玉で、ラッツォがこの犯罪集団の会計士をしていることを警察は突き止めた。情報では、ロペスを脱税容疑で逮捕し、最低二十年は刑期を務めさせるに足りる証拠がラッツォから得られるはずだった。ロペスは確認されているだけでも四人を殺害しているのだが、罪に問えるだけの証拠がない。だから、ロペスを刑務所に入れておけるのなら、脱税の罪でも構わなかった。ロペスを刑務所に入れておけば、その後の捜索で殺人罪についてもじゅうぶんな証拠がそろえられるはずだった。ロペスの手下のクズどもを芋《いも》づる式に捕らえれば、その連中がべらべらと証言するからだ。

ロペスの脅威をこの市から消し去ることが、アレックスにとっての最大の目標だった。食事のあいだも、眠っているときも、アレックスはロペスのことを考え——ロペスが刑務所にいるところを夢に描いた。この市からロペスがいなくなれば、白人至上主義者の団体が市内に進出することもなくなる。

　そうなってほしいと、アレックスは強く願っていた。

　これまでは、それはただの夢物語でしかなかった。もちろんロペスが何をしているかは誰もが知っているのだが、抜け目のないロペスは物的証拠を残さない。手下の手下、そのまた配下の者に仕事を命じるため、彼と犯罪とのつながりを証明することはできなかった。ところが、ラッツォが会計を担当しているという情報がもたらされ、アレックスは胸の中の筋肉組織、通常の人間であれば心臓と呼ばれる部分が、温かくなるのを感じた。ラッツォ・コルビーがどういう人間か、アレックスにはわかっている。ベイローヴィル警察の全員が、彼のことを知っていた。ラッツォが執着することは二つ、金と刑務所に入らないでいることだ。服役期間を何年にしてほしいんだ、と脅せば、ラッツォはすぐに口を割る。ロペスのこともいろいろ話してくれるだろう。

　ただしそれも、警察が彼の身柄を確保すれば、の話だ。ラッツォは姿をくらましてしまったのだ。

　この一週間、ベイローヴィル警察は、血眼《ちまなこ》になってラッツォの行方を追った。しかし、まだ身柄を確保できずにいた。

　ラッツォは数字にかけては天才で、会計をまかせておけば、彼の右に出る者はいない。しかし、金勘定以外のことにかけてはこれといった能力はなく、追っ手を逃れて生き延びていくような才覚もない。だから、自分たちの捜査のどこが間違っていたのか、アレックスには理解できなかった。ラッツォを見つけられないまま、一日、また一日と経過するごとに、緊張が増していくのがわかった。

そしてやっと今日ラッツォの消息をつかみ、これで捕らえられる、と思った。

ああ、ちくしょう！　もうちょっとのところだったのに。

「何でだ？」アレックスは、ぐっと歯を食いしばった。奥歯が砕けて耳から破片が飛び出してきそうだった。「ベイローヴィル警察の選《え》り抜きが四人がかりで、あいつの身柄を確保に向かった。何で逃げられた？　取っ組み合いでもして、負けたのか？」

アレックスとベンは、ともにラッツォの貧弱な体つきを思い浮かべた。しばらく沈黙が続いた。

「いや、その……」ベンなら、サンドイッチを頬張りながらでも粗暴な殺人犯を取り調べられる。そういうところも、アレックスは実際に見てきた。そのベンが、今は汗びっしょりだ。「実は――」

「ああ、実のところを言ってもらいたいね、ケイド刑事。何が起こったのか、正直に」アレックスのもの言いは静かだったが、ベンはびくっと飛び上がった。自分がどういう事態に直面しているのか、ベンはちゃんとわかっているのだ。アレックスにこういう口調で話しかけられれば、尻尾《しっぽ》を巻いて逃げるが勝ちだ。それが分別というものだ。ベンが開いたままのドアを恨めしそうに見る。くそ、逃がすものか。アレックスはそう思った。そう簡単にはいかないぞ。

アレックスは両手を机の上に置き、身を乗り出した。「さ、話せよ。ラッツォみたいなひょろひょろで情けない体をした男が、武装した精鋭四人に囲まれ、どうやって逃げ出せたんだ？　ベイローヴィル警察は、署員全員に九ミリ口径のグロック17を支給しているはずだよな？　あれは予算の無駄遣いだった、ってわけか？　ケイド刑事、言ってみろ！」アレックスはそこで、ばん、と机を叩《たた》いた。書類があたりに散らばる。

自分の頭が爆発しそうだ、と彼は思った。「ラッツォがロペス逮捕のための証拠を握っていることぐらい、おまえたち全員が知ってたはずだ。あいつが簡単に口を割ることも、みんなわかっていた。ちょっとびびらせた程度で、何でもぺらぺらしゃべり始めるってな。もうちょっとのとこだったんだ」アレックスは親指と人さし指を近づけて、あと少しだったことを強調した。「アンジェロ・ロペスを刑務所送りにできるまで、これぐらいのとこまで来てたんだ」喉《のど》の奥から、唸《うな》るような声が出る。欲求不満の狼《おおかみ》が出すようなうなり声だ。「おまえら全員、落し物係にでも異動させようか？」

遺失物取扱い課で、来る日も来る日も単調な事務仕事だけをするなど、警察官にとっては悪夢でしかない。ベン・ケイド刑事は、気を落ち着けようと息を吸った。「聞いてくれよ、ボス――」

「俺はボスじゃないぞ」アレックスは部下の言葉をさえぎった。「ボスってのは、レイ・エイヴァリーのことだ。レイが引退する日まで、ボスはレイだ」

ベンはがっしりした肩をすくめた。「あと二週間だけはな。ま、いいさ、ボスが言うのならそういうことにしとこう」市の警察本部長レイ・エイヴァリーが定年退職すれば、そのあとを引き継ぐのはクルーズ警部補、そんな了解ができて久しい。警察本部、各警察署の全員が、それを事実として受け入れてきた。そして、エイヴァリーは今月の末に引退し、アレックスは新本部長になる。

ただ、他人が何と言おうが、アレックスには関係なかった。彼はレイに絶対的な忠誠心を持ち、レイ・エイヴァリーが書類上にしろ本部長でいるあいだは、レイこそがこの市の警察を取りしきる人物だと考えていた。これまでもずっと、レイがボスだったし、今後もその事実は変わらない。

「で、あいつに逃げられたいきさつを話す気はあるのか?」アレックスは椅子《いす》の背にもたれ、組んだ手の両方の人差し指を立てて、顎《あご》を支えた。どっしりと構え、じっと前を見る。集中したときの彼の視線はレーザー光線のように鋭い。もうしばらくケイドのやつを震え上がらせてやるとするか、アレックスはそう決めた。

ベンは肩を回してリラックスし、アレックスの視線を避けようとしたのだが、射すくめられてしまった。「えー、俺たちはトレイ地区に捜査に向かった」

アレックスはうなずいた。そこは市の中心部、33丁目通りと三番街が交差する場所で、ラッツォのような、どこにも行くあてもない逃亡者がたむろするにはもってこいのところだ。

「それで、ラッツォがバーに――『ファット・レディ』だ、あのバーにいるのを見つけた。やつは、まったく抵抗もせず、警察本部への同行に応じた。ところが、その前にトイレに行かせてくれ、と訴えやがったんだ」ベンは肩を落としてため息を吐《つ》いた。「俺だって最近、やたらトイレが近くなってるもんで、気持ちはわかる。歳なのかね。だから、行かせてやることにしたんだ」

「トイレを先に調べなかったのか？　おまえら全員、アホか？」アレックスが静かな調子でたずねた。

「あのなあ」ベンは侮辱されて、ふくれっ面を見せた。「当然、調べたよ。俺たち、そこまで間抜けじゃない」しかし、アレックスは眉《まゆ》ひとつ動かさない。「いや……ああ、わかったよ。ま、とにかく、俺もラッツォと一緒にトイレに入った。どこにでもある普通のトイレで、小部屋《ブース》が二つあり、中には誰もいなかった」ベンは手を上げて降参のしるしをしてみせた。「俺が自分で調べたんだ。ほんとに誰もいなかった」

「調べ足りなかったことがあったわけだ。つまり、窓だな」アレックスがどすの利いた声で告げる。

「窓って言っても、ただの換気用で」ベンは詳細を正確に認識してもらいたいようだ。「それも、ひとつ。すごく小さいのが。情けないほど汚くて、縦横、どちらも三十センチもないぐらいの。とても考えられないよ、あんなちっちゃなところから――」

「考えとくべきだったな」アレックスがまた、ベンの言葉をさえぎった。身を乗り出して、声の調子が強くなる。「ラッツォの体つきを。あいつはひょろっとしてて、子どもみたいだ。ああいう体なら、狭いところでも軽々とすり抜けられる。おまえらがもたもたしてるあいだに、姿を消せるってわけだ」アレックスは黒いペンを手に取り、苛々とペンで机を叩きながら、ベンをにらみつけた。ベンはさらに体を縮こまらせている。しばらくしてから、またアレックスは口を開いた。「わかった、済んだことは仕方ない。また指名手配をかけとけ」

「手配済み」ベンが急いで応じた。

「それから、念のために逮捕状も準備しとくんだ」

「それも済み」

「そうか」アレックスは頭の中でいろいろな場合を想定し、しばらく考え込んだ。出てくる答は同じだ。部下が失敗した。指でまた傷だらけの木製の机を叩いた。しん、とした部屋にその音だけが響く。やがて、ふっと息を吐いて、少しばかりストレスを解いた。「わかった、今のところはこれ以上できることはなさそうだ。ラッツォが尻尾を出すのを待つしかない。あいつが姿を現わしたら、逮捕だ。逮捕できるだけの余罪はあるだろうし、それぐらいあいつもわかっている。しばらく留置場にぶち込んどけば、おしゃべりしてくれるさ。必ずな」アレックスは口を結んで、しばらくじっとベンを見据えた。「今んとこは、それぐらいだ」

ベンはふうっと安堵《あんど》の息を吐いた。これで終わりだとわかっているのだ。アレックスの部下は全員、上司からの雷を覚悟している。しかし、雷雨のような彼の怒りはすぐに治まり、あとには何のしこりも残らない。そのことも、みんなよく知っている。

アレックスはもう、ラッツォの逃亡を済んだこととして片づけていたが、そこでベンが咳払《せきばら》いをした。よくない兆候だ。本来なら、ああよかった、もっと厳しい叱責《しっせき》を受けると思っていたのに、と胸を撫《な》で下ろし、とっとと退散しているところだ。なのに、ベンはぐずぐずしている。ますます不穏だ。

アレックスは顔を上げた。ベンの表情に悲壮感が浮かんだ。こいつ、まだ何か隠してるな、とアレックスは気づいた。何か悪い知らせがあるのだ。いったい何なのだろう。一日分の悪い話をもうじゅうぶん聞いたはずだが。アレックスは顔を強ばらせてたずねた。「何だ？」

「ボス、これなんだが」ベンが封筒を差し出した。

「俺はボスじゃないって」アレックスの堪忍袋も限界までふくれ上がっていた。

「はい、ボス。何でも仰せのとおり」

まったく、もう。半ばあきらめにも似た表情を浮かべ、アレックスは白い封筒に興味を引かれて、視線を落とした。アレックス宛《あ》てになっている。「誰からだ?」

「え……あの、エイヴァリー本部長から。所用で出かけることになった、署にいられなくて申し訳ないと伝えておいてくれと」ベンはでかい図体の重心を、右に左にと落ち着きなく移動させている。ものほしそうな目つきで、ちらちらとドアのほうを見ている。どうも怪しい。こういう態度の意味することぐらい、アレックスにはわかる。ベンは封筒の中身を知っていて、それはよくないことなのだ。「間違いなくボスに手渡しするようにと、本部長から言われた」

その言葉を最後まで聞く前に、アレックスは封を切り、中身に目を通し始めていた。そして眉をひそめ、もう一度最初から読み直した。二回読んでも、まだ意味がわからない。いったい、何なんだ、これは?

また最初から読み始めたが、読み返すたびにいっそう意味不明になっていく。〝行動心理学専攻……博士論文……C……サマーズ……七日間……〟

レイのおやじ、いかれちまったのか? えらいタチの悪い冗談を仕かけたもんだ。

「何だ、これは?」アレックスのどすの利いた声が響いた。彼が文面から目を上げると、ケイド刑事がまた震え上がった。びくっと肩が上がり、真っ青な顔をしている。

よくない兆候だ。「こんな話、おまえは聞いてたのか?」

「いや。ただ、その急に、えっと……」

「レイのおやじが、俺に何をさせようとしてるのか、知ってるのか? どうなんだ?」アレックスは身を乗り出し、声を荒らげた。不当な扱いを受けている気がして、腹立たしかったのだ。こんなのはご免だ。今日のところは。明日も。永遠に。「どっかのわけのわからない学者先生が、研究したいんだと……」手にした紙を見てから、ケイドに顔をしかめてみせる。文面同様、ベン・ケイドの姿を見るのも不愉快だった。「〝警察機構における支配的行動〟の調査? 冗談だろ? どっかの情けないオタクが、俺について回るんだぞ。それを許可しろってのか? しかも今日から。ああ、くそっ! ロペスの野郎を仕留めようってときに。それが俺の今の仕事なんだ。そんなときに――」

「すみません」やさしげな声がアレックスの悪態を止めた。

ベン・ケイドをにらみつけていた視線を入口に向けると、女性が立っていた。いや、女性というよりは、少女だ。足元のどっさり本の入ったかばんから判断すると、どっかの女子高生だろう。

根っからの警察官であるアレックスは、観察力がすぐれている。少女を見れば見るほど、むさくるしい警察の捜査課にいるのが似つかわしくないと思える。

きれいな子だ。背はどちらかと言えば低いほう。プラチナブロンドを無造作にポニーテールにして、束ねそこねた髪が顔の周りで揺れている。金属フレームの眼鏡の奥に、大きくて透きとおるような青い瞳《ひとみ》がある。すごくきれいな子だ。ふわっと薄い生地のくるぶしまである水色のワンピース。インド更紗《さらさ》の丈の長いジャケット。スニーカー。すごく、ものすごく、きれいな子だ。

金曜の朝十一時に、女子高生が何で警察にいる？　学校にいなきゃならんだろう？

裏切り者のベンは、上司が少女に注意を向けた隙《すき》を利用して、さっと部屋から出て行った。

「クルーズ警部補？」署内の騒音にかき消されて、少女の声はかろうじて聞き取れるぐらいだった。少女は体をひねって、警部補室のドアに取りつけられたネーム・プレートを見た。そしてまた、アレックスのほうを向く。「アレハンドロ・クルーズ警部補ですね？」

この子は、俺に用があるのか？　いったい何なんだ？　正式なファースト・ネームまで知っているとは。「ああ、俺だよ、お嬢さん」アレックスは慌てて、机の上の今朝の報告書を片づけ始めた。昨日のものそのままだった。何ひとつ予定どおりに進まない。だから、こんなことに付き合っている暇はない。「悪いが、あいにく――」

「えー、少しお時間いただけます？」

少女の言葉を聞いて、アレックスは額の真ん中を押さえた。ぎゅっと鼻の付け根をつまむ。まったく、最悪の日になりつつある。まず、ラッツォ・コルビーを逃した。あいつがひょろひょろの体を利用して、便所の窓からするりと逃げたせいで、今年じゅうにアンジェロ・ロペスを逮捕するアレックスの希望は消えた。そしてレイ・エイヴァリーには、どこかのオタクを押しつけられることになった。ただ押しつけられただけではない。そいつに、一週間ずっと付きまとわれるのだ。仕事をことごとく邪魔するに違いない。昼も夜も。その間、ロペスを追い詰めることなどできるわけがない。何でこんなことになった？ レイのおやじなら、わかってくれそうなものなのに。

そしてさらに、かわいらしい女子高生が目の前に現われ、アレックスに話があると言い出した。

わかった、まともな対応をしよう、アレックスはそう自分に言い聞かせた。この子に癇癪をぶつけるんじゃないぞ。今は女子高生でも、いずれはおとなになり、投票権も得る。地域住民と良好な関係を築くのは重要だ。どこの警察でもそう定めている。「お嬢さん」アレックスは、幼子に話しかけるときの声を何とかつくろった。「ここは、君みたいな子が来るとこじゃないんだよ。おじさんの言うことを聞きなさい。さ、一階に下りようね。大きな机があって、そこに受付のお巡りさんがいるから、その人なら何でも話を聞いてくれるよ」

「いえ、受付の方に用はありません」少女は踏ん張るように足の間隔を広げた。足元にあった通学かばんを持ち上げ、盾にでもするかのように体の前に抱える。「私は、アレハンドロ・クルーズ警部補とお話ししなければならないのです」

「なるほど、わかった。俺がクルーズだ」アレックスは少女を怖がらせないように、無理に笑顔を作った。使い慣れない筋肉が引きつる気がした。「それで、君はどこのどいつ……え、どちらさまかな？」

「ケイトリン・サマーズです」

「よし、ミス・サマーズ。君がどういった用件で……」アレックスの頭が回転し始め、言葉が途切れた。ケイトリン・サマーズ。

C・サマーズ。ああ。

アレックスはゆっくりと立ち上がり、恐怖に目を見開いた。「嘘《うそ》だろ、君がまさか――」

「ええ、どっかの情けないオタク」ケイトリン・サマーズが穏やかな声で言った。

「まさに、その本人です」

2

アレハンドロ・クルーズ警部補は、ケイトリンがこれまで会った男性の中でも、もっとも男らしい人物だった。群れのリーダー、オスの匂《にお》いをぷんぷんさせる人。彼が群れを統率するオスであることは、すぐにわかった。食物連鎖の頂点に君臨する生きものだ。

警察組織には序列が必要だ。狼《おおかみ》の群れには支配するものと従うものが存在するのと同じで、強いリーダーは攻撃的な性格を持つ集団に秩序をもたらし、軋轢《あつれき》を減らす。強いリーダーを持たない集団、あるいは群れは、終わりのない闘いに巻き込まれていく。集団は闘いを繰り返し、やがて絶滅の危機に瀕《ひん》する。だから圧倒的な優位に立つオスが必要となる。この警部補はまさしく優位のオス、アルファ・メールだ。

警部補室に近づくにつれ、捜査課内のたわいのないからかいや口論などのやりとりが、徐々に聞こえなくなっていった。ケイトリンはその事実を意識しつつ、彼が君臨する部屋の前まで来た。そこでは、静寂があたりを包んでいた。狼の巣の前に立っている感じだった。実際に会ってみて、なぜそうだったのかがわかった。

クルーズ警部補は、権威をその体に具現化した人物で、全身からみなぎるアルファ・メールのオーラが放たれていた。体が大きいからとか、階級が上だからという意味合いではない。本ものの力だ。立ち上がった彼は、ケイトリンよりはるかに背が高いが、彼女自身が平均より背が低いので、当然ではある。肩幅が広くて、贅肉《ぜいにく》などはまったくないが、それでももっと体つきがマッチョな男性ならいくらでもいる。たとえば、さっきまで部屋にいた男性。彼が歩くと、筋肉の山が動くみたいだった。ところが、さっきの男性は非常に大柄ではあっても、大勢いる中ではその存在を見過ごしてしまう。クルーズ警部補はそうはいかない。誰もが振り返って、リーダーであるオスの姿を確かめようとするだろう。

クルーズ警部補の服装には、これといった特徴がない。白いシャツ、黒のネクタイ、黒のズボン、黒革のベルト。こういうのも典型的なアルファ・メールの格好だ。アルマーニやヴェルサーチやヒューーゴ・ボスの服を着て目立つ必要はないのだ。服のパワーを借りて力を誇示しなくても、彼そのものが力なのだ。

彼の瞳《ひとみ》にも力がみなぎっている。先端が割れた顎《あご》にも、腱《けん》が浮き上がった首にも。そこには、強さ、権威、責任といったものすべてが表われている。彼の顔のいたるところが、彼の全身が、それを感じさせる。

警部補は何の表情も浮かべず、黒い瞳の端のほうでこちらをうかがっている。その顔の線が鋭く、尖《とが》って見える。

ケイトリンは改めて、レイ・エイヴァリー氏の薦めを受け入れたのは間違いだったのかもしれない、と感じた。ここへ来ることを、レイに薦められた、というよりは、強引に従わされたのだ。ケイトリンが警察機構での序列構造を博士論文にすると聞いたレイは、何週間もしつこく、警察本部の捜査課で直接情報を得るべきだと言い張った。

アレックスのこと、君も気に入るぞ。あいつは、いいやつだ。

レイのその言葉も、ケイトリンは疑い始めていた。アレハンドロ・クルーズという男性を形容する際に、いい人、という表現は正しくない。圧倒されそう、そういう感じ。それに、威嚇的、でもある。しかし、いい人、はない。

ケイトリンは前に出た。一歩進むごとに、強い磁力にでも引っ張られる気がした。自分の意思とは関係なく、逆らうことのできない力に引き寄せられている感じ。もちろん、人間のアルファ・メールの扱い方に関してはケイトリンの専門分野だし、知識に裏づけされた自信もある。そうでなければ、尻尾《しっぽ》を巻いて逃げ出したくなるところだ。これほど強烈な力を発している男性は初めて。同級生の大学院生や、准教授たちを相手にするのとは、まったく異なる。ひょっとしたら、学長でさえ、ここまでは……クルーズ警部補には異次元の力強さがある。むき出しの、去勢されていないオスとしての力が、警察というアメリカ合衆国政府の後ろ盾を得て、さらには銃まで持っているわけだから――この力に対抗できるすべは、ケイトリンにはない。

しかし、レイに約束してしまった。だから一歩一歩、足元を確かめながら前に進んだ。机の前で、歩を止める。机も彼とそっくりだ。どっしりとして飾りけがなく、少々のことにはびくともせず、そこかしこに小さなきず痕《あと》がある。机の前の椅子《いす》を見下ろして、腰を下ろそうとしたとたん、彼の声が聞こえた。

「かけてくれ」どことなく、あてつけっぽい色がにじむ。

「ありがとうございます」その声が震えているのを、ケイトリンは情けなく思ったものの、どうすることもできなかった。想像していたより、はるかにずっと大変な一週間になりそうだ。腰を下ろしてから、彼女は顔を上げて警部補と目を合わせ、高鳴る心臓に、落ち着きなさい、と言い聞かせた。

「それで？」深みのある男らしい声だった。あまりしゃべらないせいか、少し声がかすれている。おそらく声を使う必要などないのだろう。彼に一瞥《いちべつ》を向けられただけで、彼の部下は先を急いで命令に従うはずだ。ケイトリン自身、この場から慌てて逃げ出したい気分だった。

警部補の大きな指が、レイ・エイヴァリーの手紙を、とんとん、と叩《たた》いている。

「どうも、誤解があるようだな」彼の顔も口調も、冷たくそっけない。

ケイトリンは手を組んで、指をしっかり絡み合わせた。震えるのを止めようとしたわけではない。違う、そういうことではなくて、ただ、手持ちぶさただっただけ、彼女は自分にそう言い聞かせた。この警部補の前では、わなわなと震える手を見せるのは厳禁だ。狼狽《ろうばい》の色が混じる声もまずい。つまり、そういった形で自分の弱さを露呈してはいけないのだ。

文献によれば、ハイエナは十マイル離れたところからでも、血の匂いを嗅《か》ぎ取るという。目の前の男性は、同じようにして弱さを嗅ぎつける。千歩調《パッスス》（一パッススは約一・四八メートル）離れたところからでも。彼には絶対的な力があり、ケイトリンはその彼に頼みごとをしているのだ。彼女にとっては、あり得ないほど不利な状況だ。実は最終手段として〝奥の手〟を用意してある。だが、その使い方を誤ればケイトリンのほうが自滅する。

ケイトリンは深呼吸して話を始めようとしたのだが、すっとひと息に吸い込めず、ひっというような音が漏れた。警部補がその音を聞きつけたかもしれないと心配した。落ち着いた声が出ますように、と口を開きかけたところで、戸口に人の気配があり、ほっとしてそちらを見た。制服警官が、湯気の立つコーヒーの入った発泡スチロールのカップを載せたトレーを手にして、警部補室にノックもせずに入って来たのだ。

こげ茶色のカーリーヘア、しわの目立つ丸顔の婦人警官だった。部屋に同性がいてくれることをありがたく感じ、ケイトリンは視線で婦人警官に感謝を伝えた。クルーズ警部補がふんだんにまき散らす高純度の男性ホルモンに対抗するには、ケイトリンひとりでは足りないのだ。

「ハーイ」親しみのこもった笑みをケイトリンに向けながら、婦人警官はカップを置いた。「キャシー・マーテロ巡査長よ、よろしく。あなたエイヴァリー本部長のお友だちなんですってね」もうひとつのカップはクルーズ警部補用だったが、どん、と勢いよく机に置いたのでコーヒーが縁から少しこぼれた。「ここのみんなが、本部長のこと、大好きなの。だから、本部長のお友だちなら、いつでも大歓迎よ。そうですよね、代行？」

本部長代行さんは、ごくりとコーヒーをひと息に飲んだ。湯気の立つ様子からしてかなり熱いに違いないのだが、警察組織で出世していくにつれ、人は食道も頑丈になっていくものらしい。ケイトリンのカップからも湯気が上がり、コーヒーの香が――おぞましい。松ヤニにふきんを浸《ひた》したような臭《にお》いがする。

とはいえ、せっかくマーテロ巡査長が出してくれた飲みものだ。ケイトリンはおずおずと発泡スチロールに口をつけた。誰かが使ったカップの使い回しでないことを祈るしかない。警察はどこも予算削減で大変なのだ。熱々の苦い液体を口に含んだとたん、ケイトリンはむせ返りそうになった。人生で味わった最悪のコーヒーだった。大学の社会学部のカフェテリアのコーヒーよりひどい。そう言えば、レイもそんなことを言っていた。

うへえ。

ひょっとしたら、これで論文が書けるかもしれない。

『まずいコーヒーと警察力――その関係性への考察』ケイトリンの所属する学会の会報誌は毎年、統計的な研究を掲載する。コーヒーの味と警察力の関係を調べれば興味深いものになるに違いない。たとえば、この近隣にある警察すべてのコーヒーの味を分析させ、各所轄域での逮捕率とコーヒーの味との官能試験結果とを照らし合わせてみるのだ。

ああ、いけない――目の前の問題を忘れるところだった。いつもこうだ。次々といろいろなアイデアがわき、夢中になるあまり厄介ごとを起こしてしまう。さあ、今はクルーズ警部補に集中しなければ。彼は冷たく暗い瞳でこちらを見ている。他の考えごとをしているときではない。

「それで、だ」警部補がまた口を開いた。「はっきりさせときたいのは――」

「ボス」部屋の戸口から、男性が中をのぞきこんだ。これ以上不細工にしようがないという顔で、禿《は》げかけた赤毛が頭に筋状に張りつき、細面《ほそおもて》のわりには顔のパーツが大きすぎる。無邪気に、にっと笑いかけてくるので、前歯の真ん中に隙間《すきま》があるのが目立つ。人形劇のハウディ・ドゥーディに年を取らせ、大量の精神安定剤でとろんとした目つきにさせた、という感じだ。

男性はしばらくケイトリンをじっと見ていたが、振り返って仲間たちに叫んだ。

「美人だぞ！」

「いい加減にしろ！」クルーズ警部補が、ばん、と机を叩き、ドアのほうへと歩き出した。戸口で足を止め、背筋を伸ばし、肩をいからせて部下たちを見渡す。彼の体で向こうが見えないので、ケイトリンは少し体をずらした。捜査課の全員が、ぴたりと動きを止めている。〝赤信号、青信号〟遊び（アメリカ版『だるまさんが、ころんだ』）でもしているみたいだった。

「もうたくさんだ」クルーズ警部補の声が響く。大声ではないのに、よく通る声だ。「このドアから一歩でも入るな。従わないやつがいたら、絶対に後悔させてやるからな。俺の言葉が脅しだけじゃないことぐらい、おまえらみんな、わかってるよな？」

ケイトリンには警部補の後ろ姿しか見えなかったが、彼の頭の動き方からして、向こうの部屋を少しずつ区切るようにしながら、ひとりひとりが理解したかどうかを確認しているようだ。彼の視線が向けられた区画では、誰もが視線を落とす。その結果、紙がこすれる音と、コンピュータのキーボードが叩かれる音しか聞こえなくなった。

本来の仕事に戻ったところを誰もがわざとらしく示しているのだ。

「全員が了解してくれたものと思う」警部補が冷たく言い足した。

小さく咳払《せきばら》いする声が聞こえ、大部屋の端で電話が鳴った。警部補はしばらくそのまま戸口で向こうを見渡していたが、やがて警部補室のドアを閉めた。大きな音を立てて、さらに、わかったな、と強調する。ケイトリンはその大きな音に、びくっと飛び上がった。

閉ざされた部屋で二人きりになってしまった。

クルーズ警部補は机の横を回って、自分の席へと戻る。パンサーを思わせる、しなやかで危険な足取り。流れるような動きで椅子に落ち着くと、警部補はケイトリンをじっと見た。彼女はぴりぴりとした緊張感の中で、その視線を受け止めた。

「さ、これでいい。さっそく本題だ」太い声に苛立《いらだ》ちがにじむ。警部補は胸の上で人差し指を立てて三角形を作り、値踏みするようにケイトリンを見た。「君の望みは何だ？　俺に何をさせたい？」

「私が望んだわけじゃ――」言いかけて、ケイトリンは言葉に詰まった。レイ・エイヴァリーには三日間反論し続けた。しかし最終的には、警察本部を訪問することにケイトリンが同意したのだ。だから今ここにいるのは、自分の責任だ。そう思って警部補の目をまっすぐに見たとたん、失敗に気づいた。敵意の浮かぶ彼の暗い瞳に、吸い込まれそうになる。コブラににらまれた小鳥になった気分だった。全身が麻痺《まひ》して動かない。こういうとき小鳥はどうするのだろう?

コブラの気をそらせるのだ。

「私、ベイローヴィル市警察の成り立ちについて、少々調べたんですよ。ご存じないかもしれませんけど、ここは、最初に警察署が建てられた場所とはずいぶん違うところにあるんです」言いながら部屋を見回す。整理整頓《せいとん》が行き届き、何の飾りけもない部屋。これまで警察署内のオフィスならたくさん見たことがあるが、こんな何もない部屋は初めてだ。通常は机の上にいろいろなものが置かれているのに、クルーズ警部補の机には何もない。部屋のどこにも、彼の私生活をうかがわせるたぐいのものが、いっさいないのだ。執務机——もちろん写真などはいっさい置かれていない、そして彼自身が座る椅子、机の横にパソコンの置かれた台、法令集とカリフォルニア州警察年鑑が年ごとに順に並べられた書棚、それぐらいしか目に入らない。メモ書きも積まれておらず、指名手配犯のポスターすらない。何もないのだ。

「最初の警察署は、一八五八年に、現在ウィラード・デパートがある場所に建てられました。ホラス通り側に面して。そこはただ、監獄と呼ばれていて、警察官は三名。ただ当時は、警察官でなく、行政執行官と呼ばれていました。彼らの任務として重要だったのは、公共の場所でダンスする女性がコルセットを身に着けていない場合、取り締まることでした。当時の職務規定にも、はっきり記されています」

クルーズ警部補が、虚をつかれた表情になった。「へ、そうなのか？」

よし、気をそらせることに成功した。もっと大きく、他に注意を向けさせることも可能かもしれない。彼の顔から苛立ちの色も薄らいでいる。

「なるほど、興味深い情報だ」警部補はそう言ってから、はっとしたように姿勢を正し、またしかめ面をした。「あのなあ、お嬢さん――えっと、ミズ・サマーズ、話を元に戻そう。レイから何を言われたか知らないが、警察本部内では学生の研修コースはやってない」

警察で学生の研修コース。何とばかげたアイデアだろう。

「もちろん、わかってます」ケイトリンは真摯《しんし》な態度で応じた。「当然、インターン制度などないことも。警察でそういうことをするのって、考えられないし、おそらく法的にも問題ありますよね。だいたい、こちらではお仕事があまりにもたくさんあるんだから、研修のためにに捜査課のどなたかの時間を割いていただくなんて、とんでもないわ。ともかく、研修が必要なわけではありません。私は警察機構に関しては専門家ですので」

クルーズ警部補は、一瞬ぽかんとして唇をわずかに開き、その後、かちん、と歯が当たる音とともに口を閉じた。そして眉間《みけん》にしわをよせる。そのうち瞳の虹彩《こうさい》だけが天井の蛍光灯を反射して、ぎらつくような光を帯び始めた。月明かりに浮かび上がる剣のように見えた。「何の専門家だって？」

「警察機構についてです」警部補の頬《ほお》の筋肉が動き、波のように首の腱のほうへと広がっていく。ケイトリンはその動きに魅了された。この人の体の筋肉では——ほとんどが筋肉だけで、脂肪なんてなさそうだけど——こうやって緊張が伝わっていくんだわ、と思った。彼に集中するあまり、ケイトリンは自分の存在すら意識していなかった。だめ、だめ。これでは彼の思いどおりにされてしまう。ぼんやり座ったまま、彼の筋肉に見とれていたのでは、こちらの言い分を真剣に受け止めてもらえない。

ケイトリンは足元のかばんから自分の論文を取り出した。『警察機構概説』、この論文は彼女の誇りだった。まったく新しい見地からの考察、地道な調査に基づく分析、仕上げるのに二年半かかったが、高い評価を受け、注目を集めた力作だった。警部補もこれを読めば、ケイトリンが専門家であることをわかってくれるはずだ。「これを」身を乗り出して、机の上から論文を差し出す。

警部補は眉《まゆ》をひそめながら、手を出した。「何なんだ、これは？」

彼の手がケイトリンの手に重なる。硬くて、温かくて、どうしようもないぐらい男性的な感触。ケイトリンは電気で打たれたかのように、びくっと飛び上がり、反射的に手を引っ込めた。ところがその拍子に机にあった彼のコーヒーに手が当たり——

熱々の中身を彼の膝《ひざ》の上にすっかりぶちまけてしまった。

緊張に満ちた静寂が部屋を包む。ぽたっ、ぽたっとコーヒーが紙に当たる音だけ。コーヒーは警部補のズボンから、床に散らばった彼女の論文へと落ちていく。最悪の状況が、ケイトリンの目の前でスローモーションになって進行していた。

「ああ、まあ、どうしよう」思わず口走ったが、彼女の心の中では激しい葛藤《かっとう》が繰り広げられていた。ここから逃げたい気持ちと、笑い出したい衝動が闘っているのだ。彼女は口元を手で押さえて、警部補のほうを見た。ああ、まずい。

彼はびしょ濡《ぬ》れのズボンの生地をつまみながら立ち上がった。そこでケイトリンは、彼が熱いコーヒーでやけどしたのかもしれないと気づいた。

「大変！」ケイトリンは自分が粗相して恥ずかしかったことも忘れ、彼のそばにひざまずくと急いでかばんを持ち上げた。タオルが入っていたはず。タオルで熱いコーヒーを拭《ふ》き取らなければ。彼女自身、以前にお湯をこぼして軽いやけどを負ったことがあり、そのときの痛さ、熱さはまだ覚えていた。大慌てでタオルを取り出そうとして、二〇〇八年版『西洋社会における行政方針論』の本がかばんから飛び出してしまった。千四十七頁にもおよぶ、重厚感あふれるハードカバーの参考書は、まっすぐに警部補のぴかぴかに磨き上げられた革靴の上に落ちていった。

「あうっ！」今度は警部補も声を上げた。

するとすぐにドアが開き、マーテロ巡査長が顔をのぞかせた。警部補とケイトリンの様子を見て――警部補が腿《もも》を突き出すようにし、ケイトリンがひざまずいて、彼に……何かをしようとしている図に、ぎゅっと眉間にしわを作った。「いったい何が起きてるわけ？」そして怒りの声を上げた。「クルーズ警部補、恥ずかしくないんですか？　こんな純真な女の子を――」

「この純真な女の子は」どうにか怒りを押し殺しながら、警部補が応じた。「俺を殺そうとしてるところだよ！　もうちょっとで、成功しそうだ。さあ、マーテロ巡査長、いいから消えろ！　ミズ・サマーズなら、安らかに俺を逝《い》かせてくれそうだ」

ケイトリンは驚いて、彼を見上げた。

この人、冗談が言えるの？　今のは、冗談よね、たぶん？　あまり笑えない冗談ではあるが、ユーモアがあるのは事実だ。少しでもユーモアが理解できる能力が彼にあるだけでも、奇跡のようなものだ。猛烈な怒りの矛先を向けられるのを覚悟していたのに。熱さに顔を引きつらせてはいるが、暗くて魅入られてしまうような瞳で、光が躍っているような――これほど男らしい人でなければ、きらめいている、と表現したいところだ。もちろん、光線の加減でそう見えるだけかもしれないが。

「ほんとに、本当にすみません」ケイトリンはかがんだまま上体を起こした。ゴミ箱の上でタオルを絞ると、コーヒーがぽたぽた落ちる。きっとこの茶色の液体なら、味がよくなっているだろう。アレハンドロ・クルーズ警部補のズボンでろ過されたのだから。

「ああ、わかったよ」思いがけず、やさしい口調が返ってきて、警部補がごつごつした手をケイトリンの肘《ひじ》の下に当てた。軽々と持ち上げて、彼女を起立させる。「ただ、椅子に座っててくれるとありがたいね。話のあいだじっとしたまま、動かないでもらいたい」

ケイトリンは椅子に戻り、膝の上で手を組んだ。自分の失敗を考えるといてもたってもいられない気持ちだった。緊張するといつもこうなのだ。落ち着いて話に集中しようと決意した彼女は、指をきつく握り、腹式呼吸をしてみた。これはヨガのインストラクターに教わった方法だ。

「それで、だ」無意識にか、警部補も同じように手を組み合わせて、机の上に置いている。ケイトリンは彼の手を見つめた。大きい。指が長い。力強い。品がある。指の背に黒い毛が生えている。爪《つめ》はきれいに切りそろえられ、嚙《か》んだところなどない。右手の甲に稲妻形の小さな傷痕が白く見える。手首に見えるのはタトゥだろうか？

そこでケイトリンはふと顔を上げた。「失礼、何とおっしゃいました？」彼の手のことばかり考えていて、何を言われたのかが理解できなかった。

「だから――」苛々した口調で、警部補が言い直す。「君の望みは何か、具体的に言ってくれ、とたずねたんだ」

あなたを研究すること。そう言いたかったが、もちろんそんなことを言うわけにはいかない。クルーズ警部補は支配的行動というものの生きた標本だ。彼の生態を一年間フィルムに収める機会をもらえるのなら、どんなことだってする。それでノーベル賞だって獲れるだろう。学術界で、有名な存在になれる。教授として終身在職権をもらえるはず。おそらくハーバード大学で。

「私はグラント・フォールズにあるセント・メアリー大の大学院生です。今、博士論文を執筆しているのですけど、その中で、警察機構の……特定の傾向について論じるつもりです」やっと、ここに来た目的を告げることができた。

「支配的行動について、だな」警部補が皮肉をこめた口調で言う。

「え……まあ」ケイトリンは言葉を濁《にご》した。それは間違いではないし、調べたいのはそれだけだと思わせておくほうが楽だ。研究対象が警部補個人であることを、本人に知られてはならない。ただ、彼と実際に会ったあとでは、彼以外の人物を研究することなど考えられない。「下調べはすべて終えました。しかし、レイに——エイヴァリー本部長に言われたんです。実際に警察署でその仕事ぶりを直接見たほうが、すぐれた論文が書けるはずだ、と」

「警察機構に関する専門家だ、とさっき言ってたよな？　意味がわからない。警官として働いたこともないのに、どうやって専門家になれるんだ？」この質問は、純粋に理解できないからたずねているだけのようだ。

ケイトリンは笑顔になりそうな気持ちを抑えた。社会学者が常にぶつけられる質問だ。現場にいる人たちは誰もがこういう偏見を持つ。どんな職業にも論理的な裏付けが必要だ。それをどれだけ説明しても、現場の人たちには今ひとつ理解してもらえない。それでも学問の世界がもたらす知識というのは、重要なのだ。学問が骨組みを作り、そこに経験が積み重ねられていく。骨組みがなければ経験が活かされることはなく、労力も無駄遣いされる。「簡単な話です。この分野では、ほとんどの研究は学術的見地からのものに限られていました。他の分野でも、たいていはそうなんです。学術的研究が、現場の方からの意見をじかに聞いて行なわれることはめったにありません。だからこそ、エイヴァリー本部長の講義は貴重で有意義なのです」ケイトリンの言葉に熱がこもり、つい体が前のめりになる。「講義はいつも満員です。実際の警察の任務がどんなものなのかを、丁寧に教えてくれるからです。本当にすばらしい講義です」

クルーズ警部補が、ふっと上体を起こした。「エイヴァリー本部長の講義？」

「ええ」ケイトリンは警部補を見つめ返した。「エイヴァリー本部長はセント・メアリー大学で警察機構の歴史という講義を受け持っています。この春学期ずっと。ご存じなかったんですか?」

アレックスはまばたきすらできずにいた。ここしばらく、レイの姿が見えないな、と思ったことがたびたびあった。なるほど、あのおやじ、こういうことをしていたのか。大学院生相手に授業をしていたわけだ。いったい、何のために? 実際に警察の仕事をせずに、警察の仕事が何たるかを教えるとは。

ただ、これでいろんなことに納得がいく。

この半年ばかり、アレックスにすべての仕事をまかせて、レイが姿を消すことがちょくちょくあった。レイは長年使わずにいた有給休暇が何十日分も残っており、さらにもうすぐ引退する。全員がその事実を知っているため、誰もとやかく言わなかったし、アレックスも何ら問題があるとも思わなかった。レイには好きなことを好きなときにしてもらいたい。それが許されるだけのことを、彼はこれまでじゅうぶんやってきた。ただ、レイの姿が警察本部から消えるのがどうしようもなくさびしかった。

アレックスはこれまで、何か結論の出せないことがあれば常にレイに相談した。もどかしさをレイにぶつけた。本部の近くに、アイルランド人とシンガポール人を両親に持つ、リー・オシャネシーという男が経営するアイリッシュ・パブがあり、仕事帰りにそこでレイと一緒に冷たいビールを飲むと、ああ、今日も一日が終わったなと実感できた。

アレックスが、レイの後任として本部長の座を狙《ねら》っているのだろうと、誰もが思っていたが、実際は違う。レイには本部長のままいてもらって、友人としてアドバイスしてもらうほうがずっといい。昇進など二の次だ。

「いや」言葉に気をつけながら答える。「知らなかった」

アレックスは目の前の女性に注意を向けた。あちこちから髪がこぼれるポニーテール、真っ白で透きとおるようなすべすべの肌。尖った小さな鼻が呼吸のたびにふくらむ。口紅をつけない唇はたっぷりと豊かで、顔は完璧《かんぺき》な卵型。いつの時代の服だろうと思えるワンピースは、体の線を完全に隠している。こういった無造作な外見の奥に、非常に美しい女性がいた――いや、十六歳の少女のように見える。

まずい。さっきコーヒーを拭《ぬぐ》い取ろうと彼女が無駄な努力をしたとき、白い手がズボンを叩くにつれ、自分のものがむくむくと頭をもたげるのがわかった。ずいぶん久しぶりの感覚で……いつ以来のことだろう？　アレックスは、最後にセックスしたのがいつだったかを考えたのだが、まったく思い出せなかった。

まいったな、最後に寝た相手はあの不動産屋で、えらい積極的に誘われて……待てよ、あれはクリスマスのことだぞ――ちくしょう、そんな昔の話なのか？

あの女は頭がよく、美人で、獰猛《どうもう》なことこの上なかった。彼女の体に自分のものを入れた瞬間、このまま返してもらえないかもしれない、と不安になったのを覚えている。

あれ以来、誰ともやってないのか？　そうだ、あのとき、こういうのはもうごめんだ、と自分のものが訴えた気がした。欲求不満だけが残り、その後すぐ、ロペスへの捜査が本格化した。アレックスは毎日十六時間を警察本部で過ごすようになったのだ。

誰か相手を見つけないと。今すぐに。こんな女学生に興奮させられているようでは、たまったものではない。しかも職場で。アレックスには、公私ははっきりけじめをつけておくべきだという強い信念があり、当然セックスを職場に持ち込むなどとんでもないと考えていた。ただ、近頃のアレックスの生活は仕事がほとんどで、私の部分などまったくないも同然だった。

つまり、ケイトリン・サマーズの手が危うく急所に近づいたとき半分勃起《ぼっき》状態になったのは、アレックスが女性を長いこと相手にしていないせいだ。そもそも、こういう女性は彼の好みのタイプではない。彼が好きなのは、体の関係だと割り切って付き合える女性で、ミズ・サマーズは自分で大学院生だと言っているものの、どう見ても若すぎて……。

「君は何歳なんだ？」アレックスは唐突にたずねた。

ミズ・サマーズは、あっけにとられたような顔で応じた。「二十八歳ですけど、それが何か？」

ふう。安堵《あんど》の息がアレックスの口から漏れた。いつのまにか、息を詰めていたらしい。彼女にズボンを叩かれたときに反応してしまったのはまずかったが、彼女が見た目どおりの年齢なら、実際問題、不適切だけでは済まされない話だった。三十八歳を過ぎたアレックスは、醜い中年オヤジにだけはなるまいと心に決めていた。だから、自分が女学生に興奮したのかと思って、ぞっとした。確かに、欲望を吐き出す手段は自らのこぶしだけという日々が長く続いていて、相手構わず性的な反応が起きるのも仕方のないところはある。ずっと忙しかったのだ。ただ、体の関係を持つと違法になる年齢の少女に対して性的興奮を感じてはいけない。そんな情けないオヤジにはなりたくない。

だが違ったのだ。二十八歳の女性に対して興奮を覚えるのは当然だし、もちろん法的にも問題はない。ただ、職場のモラルとして不適切だ、というだけのこと。

「気にしないでくれ」アレックスはぼそりと言った。「えー、つまり、君はレイの講義を聴講したわけだな」

「ええ」彼女が興奮気味に答えた。勢いよくうなずくので、プラチナブロンドの髪が顔の周りで跳ねる。「そうなんです。レイの授業は本当に面白くて、みんな夢中で聴き入ってました。いろんな話をしてくれて……独自の視点から……つまり現場の意見というのかしら、そういうものを教えてくれたの。言ってる意味、わかります?」

「何となくは」アレックスの言葉に皮肉がこもる。警察の任務は現場仕事がすべて、というのが彼の信条だった。究極の実務作業、たとえば、配管工事をする、害虫駆除をする、痔《じ》の手術をする、そういうのと同じだ。法を破る者がいる、アレックスは部下とともに、そいつを捕まえるために全力を尽くす。悪者を高い塀の向こうに収容する。そこに理論が入り込む余地などない。

ミズ・サマーズは話に夢中になり始めている。「それでですね、私も直接現場の人たちから話を聞くべきだと、エイヴァリー本部長に言われたんです。論文の内容に加えるかどうかは別にして、知識を得ておくべきだ、警察組織の人たちがどういう気持ちでいるかについて」

「最低最悪」どういう気持ちかとたずねられたので、アレックスはラッツォに逃げられたことを思い出してそうつぶやいた。アンジェロ・ロペスが大手を振って街を歩く日がまた一日延びた、その間さらに失われる命があるのだ、と思った。ちくしょう、最悪の気分だ。

「は? 今、何て?」

「独り言だ。とにかくな、ミズ・サマーズ。興味深い話を聞かせてくれて、ありがとう。俺たちが悪者を捕まえようとあがきながら無駄に時間を使っているあいだ、レイは警察理論とやらを教えて時間を有効活用していたらしい。結構なことだ。だが、君に一週間もここらをうろちょろされるなんてのは、問題外だ。五分だって困る。ここは実際に悪者を捕らえる警察なんだ。学外研究室とは違う」アレックスは机に手を置いて立ち上がろうとした。「さて、ここらで――」

「クルーズ警部補」ミズ・サマーズが顔を上げ、穏やかな口調で話し始める。「話はこれで終わりではありません」組んだ彼女の手に力が入るのが見える。きれいな手だった。ほっそりとして華奢《きゃしゃ》だが、よく見ると右手の中指にインクのしみがついている。学者ってのは、ペンを使って文字を書くのか？　ペンの使い方など、もう誰も知らないのだとアレックスは思っていた。

調べなければならないタレこみが四つ、さらに巡査と地区検事を待たせてある。ここは立ち上がって、ドアを開き、あからさまにもうお帰りください、と伝えたいところだ。しかし、彼は座ったまま、彼女の話を最後まで聞くことにした。苛立ちは募るが、何と言ってもレイが紹介してきた女学生、いや女性だし、むげに追い出すわけにはいかない。最後まで話を聞き、「無理だな」と言う。そして丁重にこの子を、いや女性を玄関までお見送りしよう。彼女に親切な対応をすることをレイは望んでいるはず。

アレックスは時計を確かめたくなる衝動をこらえたが、時間経過の概念が発達している彼にとって、実際には見る必要もない。ケイトリン・サマーズには、あと三分だけ与えよう。それで終わりだ。そのあとは、とっとと消えろと伝える。

いや、もちろん、もっと丁寧な言葉遣いで。彼女は一般人なのだから。

それに、レイに紹介されて来たのだから。


ここまでのところ、クルーズ警部補との話し合いは、ほぼレイが予測していたとおりの経過をたどっている。レイの誤算は、ケイトリンの行動だけだ。警部補の腿にやけどを負わせかけ、足先をつぶしてしまうところだったが、彼女がそんなことをするとはレイも予想していなかったはずだ。しかし、ここはレイの計画どおり進めるしかない。次のセリフはレイが決めていたが、警部補の気に入らない言葉だろうな、というのは、ケイトリンにもわかっていた。

「いいだろう、言いたいことがあるんなら、全部言ってくれ」警部補はもう敵意を隠そうともせず怒鳴った。隠す必要などない。彼女の話に飽き飽きし、何の関心もないという気持ちは、それまでにじゅうぶん伝わってきている。

じれったいそぶりも、あきれた顔を見せることもない。指で机をとんとん叩いたり、足先を打ち鳴らしたりもしない。見事に平静を保ちながら、それでも座っているだけで、こんな時間の無駄は我慢できない、というオーラを放っている。あと一分でも彼女と一緒にいたくない、と。

机の向こうに、彼の苛立ちが磁界のように形成されていくのがわかる。その力の強さに圧倒されそうだ。大会社などの偉い人間がよくやる〝私は非常に重要な人物なのだ、君らごときに付き合っている時間などいっさいない〟と権力を誇示するやり方とも違う。そういった大会社のお偉方の態度などまったく無意味であることは、ケイトリン自身はよく知っている。これまでの研究で証明されているのは、こういう〝エグゼクティブ〟という種族のスケジュール帳は、ランチに二時間半、と書かれているぐらいで、残りの時間は、自分がどれほど重要人物であるかをアピールするため、重要な仕事をしているふりをするために費やされるのだ。

警部補の場合は違う。本当に忙しいのだ。重要な仕事を持つ、力のある男性が大切な時間を奪われて苛々している。彼の頭の中はもう、他の仕事のことを考え始めている。

ケイトリンはそっと深呼吸した。どんな種族であろうと、優位に立つ支配的なオスは、呼吸パターンで相手がどれほど落ち着かない気分でいるかを本能的に知るのだ。

こんなことは言いたくなかった。しかし、レイがどうしてもこの切り札を使えと言った。であれば、さっさと口にして、ここをあとにしよう。

警部補はもう立ち上がりかけている。

ケイトリンは唇を噛み、口にするのが難しい言葉を何とか吐き出すことにした。穏やかな言い回しをすることなどできない。ただ、そのままに言うしかないのだ。「レイが——エイヴァリー本部長が、あなたには貸しがある。これで返してもらいたい、と言っていました」

驚いたことに、警部補はどさっと椅子に崩れ落ちた。鉛の錘《おもり》でもつけられたようだった。いや、頭をがつんと殴られた感じか。

殴られて、声も出せないように見えた。

「俺はレイに借りがある」ゆっくりと彼が言った。「それを返してもらいたい、レイがそう言ったんだな?」

目をすがめるだけで、あまり感情をあらわにしてはいないが、それでもはっきりしているのは、彼がひどいショックを受けて言葉が出てこないらしいということ。レイにどんな借りがあるのかはわからないが、アレハンドロ・クルーズという男性にとって、それは非常に大きな意味を持つのだろう。少なくとも警部補本人はそう考えている。そうでなければ、彼はそのますますたと部屋を出て行ったはず。頭に銃を撃ち込まないかぎり、この人を止めるのは無理だろうとケイトリンは思っていた。

二人は無言で見つめ合った。視線をそらすことはできない。自分から弱さを認めるようなものだ。まばたきすることすら控えないと。しかし、胸が苦しくて、普通に呼吸ができなくなってきた。

彼の顔からはまったく心の内が読み取れない。行動科学を長年勉強してきたケイトリンは、さまざまな文化における人間のしぐさが何を意味するのかをかなり理解できるようになっていたのだが、ここでは何を読み取ることもできない。こういうのは初めての経験だった。

人のコミュニケーションにおいて、顔というのは特別のツールとなる。ケイトリンは、表情研究にかけては世界的権威であるハミルトン・バーストウ教授のもとで、それぞれの文化で顔がさまざまな意思を伝えることを学んできた。そのため、まったくの無表情に見える人でも、わずかに眉を引きつらせたり、口元の筋肉を強ばらせたり、微妙に首をかしげたり、といったことから、心の内を読み取ることができる。神経言語学を学んだことも大いに役立った。目がどちらのほうを向くか、で多くがわかるのだ。

そして顔からは何も読み取れないとしても、ボディ・ランゲージというものがある。こちらもケイトリンの専門分野だ。

ところが、これまでに訓練を受けてきたこと、経験、文献による知識など、いっさいが、今は何の役にも立たない。アレハンドロ・クルーズという人物が何を考えているか、その外見からはいっさい読み取れないのだ。彼が受けてきたのは実地訓練であり、セント・メアリー大学の社会学教室のようななまっちょろい教育ではなかったのだろう。

研究対象者として、最高だ。

ケイトリンは、ただ黙って椅子にもたれ、待った。そうするしかなかった。クルーズ警部補を説得する方法や手段など、ケイトリンにはない。自分の言いたいことは伝えた。レイ・エイヴァリーの言葉も、そのまま告げた。だからもう警部補が謎《なぞ》の〝借り〟とやらをレイに返す気があるのかないのか、それは彼が決めることなのだ。

「わかった」彼が机をばん、と叩き、むくっと椅子から立ち上がった。ケイトリンはその様子を目を丸くして見上げた。「一緒に来るんだ、警察機構の専門家さん。コード7《セブン》で外に出る」

コード・セブン！　やった！　レイの言ったとおりだった。説得に成功した。これで現場を経験できる！　しかも暗号めかした呼び方で――コード・セブンだ。

「はい、わかりました」胸の中で高まる興奮を抑えながら、ケイトリンも立ち上がった。「コード・セブンだなんて、ああ、どきどきします！　ありがとうございます！」警部補の足先をつぶしかけた本を急いで荷物に詰める。すると今度はペンが落ちた。また拾ってかばんに入れる。「コード・セブンって、何ですか？　緊急事態？

いえ、それは病院での話ですよね。前に『ER緊急救命室』で覚えたんです。警察では、コード・セブンって何のことなんですか？　強盗？　放火？　それとも誘拐ですか？」

「違う」警部補が大股で部屋を出たので、おいていかれないように、ケイトリンは小走りであとを追った。大部屋の机や談笑する警官たちのあいだを急ぎ足で通り抜けていたのだが、とある机に積み重ねてあったCDの山に、かばんが当たってしまった。CDが音を立てて床に散らばる。「ごめんなさい」落ちたCDを拾い集めようと、ケイトリンはその場にかがみ込んだ。大部屋の出口のところで、警部補が真っ赤な顔をしてこちらをにらんでいる。足を止めて彼女を待っているのだ。

「いいから」マーテロ巡査長が手伝いにきてくれた。「ここはごったがえしてるのよ。私もしょっちゅう何かにぶつかるの」

ケイトリンはそっと顔を上げて警部補の様子をうかがった。彼がこちらをじっと見ていなければいいのだが。あの暗い色の瞳は何も見逃さない。ケイトリンは慌てて手をあちこちに動かした。

「急がなきゃ」口元を隠してマーテロ巡査部長にささやく。警部補に何を聞かれているか、わかったものではない。彼は異常なまでに聴力がすぐれているとレイに言われていたのだ。

レイの言葉を借りると、〝アレックスは、隣の部屋にいるハエが屁《へ》をこくのだって聞き逃さないんだ〟そうだ。

「コード・セブンって、何のこと？　私、これからクルーズ警部補とコード・セブンで出かけるの」ケイトリンがそうたずねると、マーテロ巡査長の親切そうな顔が、あら、という表情を浮かべた。

巡査長はCDをいっぱいに持ったまま、突然しゃきっと背筋を伸ばし、目を大きく見開いた。「あなた……コード・セブンで代行と出かけるわけ？」相当なショックらしい。

「ええ」そうささやき返しながら、ケイトリンは待ちきれない気分だった。ああ、すてき！　わくわくする。「それで、何なの、コード・セブンって？」

「すごい！　いえ、私なら、絶対にご免だわね、そういうの」キャシーはちらっと背後の警部に視線をやり、それからまたケイトリンを見た。にやりとしながら、首を振る。そして、口にチャックをするしぐさをしてみせた。「コード・セブンが何なのかは、代行に直接聞いてちょうだい」

床にぶちまけたCDを拾い集めたあと、ケイトリン・サマーズはおずおずとした足取りで、アレックスのほうに歩いて来た。彼女が机のあいだを優雅に通り抜けると、普段は騒々しい捜査課の大部屋が、その瞬間だけ静かになり、刑事たちが一斉に彼女の姿を目で追う。肩に受話器をはさんだ頭の向きが変わっていき、キーボードを叩いていた手が止まる。そしてやっと、彼女が目の前まで来た。本がいっぱい詰まったかばんをぎゅっと胸元に抱き、足を止める。

ああ、ちくしょう。してやられた。レイに借りがあるでしょう、と言われてはどうしようもない。

確かに借りはある。大きな借りが。

仕方ない。とうとうレイが、返せと言ってきたのだから。

返さなければならないことは、わかっている。議論の余地もない。レイに対する恩義は、とてつもなく大きなものだった。二十年前のアレックスは、ろくでもないチンピラで、ギャングを気取って仲間とつるみ、あのままだと、一年か、よくて二年以内には殺されていただろう。ギャング同士の抗争事件で命を落とすか、直接の衝突で生き残っても復讐《ふくしゅう》に燃える敵のギャングに殺されていた。

ところが、今もってまったく理由は不明だが、レイ・エイヴァリーはアレックスが見どころのある青年だと感じてくれた。アレックス自身、自分にそういう部分があると知ったのは、それから数年後のことだった。

当然、アルコール依存症の母も、ドラッグにおぼれるばかりだった父も、アレックスをそういう目で見てくれたことはなかった。両親は何ごとにも投げやりで、自分たちの息子は立派な体を持つタフな青年に育った、ぐらいにしか思っていなかった。彼らには、それでじゅうぶんだったのだ。

レイは違った。チンピラ集団の中で、アレックスだけは他の青年たちとは異なることを見抜き、まともな生活を送れ、と諭してくれた。やがて、しつこく、うるさく警察学校に入れ、と言われた。警察学校に入ると、アレックス自身、教官たちでさえ、アレックスの能力に驚いた。ただ、レイは、当然だ、と言っただけだった。

レイのためなら、どんなことでもする。自分の財産すべて、命だって差し出す。レイが自分にしてくれたことを考えれば、当然だ。自分が今あるのはすべて、レイのおかげ。命を差し出すぐらい、何でもない。ところがどんなに恩返しをしようと思っても、レイはまるで取り合ってくれなかった。そして、まあ、いずれな、いつか借りは返してもらうさ、と言うだけだった。

どうやら、そのいつかがとうとう来たらしい。すごく、すごくきれいな女の子が、スケジュールをめちゃめちゃにする、という形で。この一週間、頭だけでなく、下半身もおおいに悩まされることになりそうだ。絶対にミスが許されない一週間なのに。アレックスは今週中にラッツォの潜伏先をつかむつもりでおり、そのためには警察本部で寝泊まりしなければならないだろうな、と覚悟していたのだ。

アレックスは、片手で顔を撫《な》で下ろした。時間稼ぎだが、もう腹はくくっていた。レイが、おまえの体の一パイントの血と一ポンドの肉を差し出せ、と命じるなら、喜んで、何の疑問を抱くこともなく、その望みに応じる。

しかし、自分の血や肉を差し出すほうがましだという気がするのは、なぜだろう？もう一度目の前の女性を見る。くそ、まるで女子高生じゃないか。不安げに目を大きく見開いて、こちらを見つめている。真っ青な大きな瞳。ドレスも同じ色だ。暁の海と同じ色。春の空と同じ色……

アレックスは、すっと息を吸い込んで、自分の下半身におとなしくしてろ、と言い聞かせた。その下半身は、まじめな学生風の装いの奥の彼女がどれほど美人かを強烈に意識しているのだ。こういうのは好みじゃないぞ、と頭が主張しようが、下半身は彼女の下着の奥へと入りたがり……

ああ、ちくしょう！　これじゃ仕事などできるはずがない。こんな……気の散る存在が横にいるのでは、何も片づかない。

「あの、クルーズ警部補？」

「アレックスだ」来週いっぱい、彼女の存在に頭を悩まされ続けるのだとすれば、せめてこの他人行儀な口のきき方はやめてもらおう。

彼女がうなずく。「わか……ったわ、警……えと、アレックス」

ちくしょう、何てかわいいんだ。声まできれいだなんて。やさしくて軽やかで。どことなく南部訛《なま》りがあるような。

空色の瞳を見開いたまま、彼女がアレックスを見つめる。

ああ。「何だ?」

「あの、『コード・セブン』って、何のこと?」

アレックスは即答を避け、強ばった顔で、彼女の背後を見やった。部下がこちらを見ているが、無言で〝ショーは終わりだぞ〟と伝える。

部下たちは、さっと顔の向きを変えた。

アレックスの頭の中では、男女の区別なく全員が同じように自分の部下であり、彼の一瞥で部下たちは行動を開始する。『眠れる森の美女』の中で、お姫さまが目覚めた瞬間、城のすべてが動き始める場面みたいなものだ。すぐに捜査課内には日常の喧《けん》騒《そう》が戻った。静かだった電話まで鳴りはじめた。

アレックスは最後にもう一度、大部屋全体を見渡した。ここにいたい。部下たちと一緒に。ここが自分の居場所なのだ。

FBIの法経済学部門から、ロペスの財政状況に関する報告書が届いていた。早くあの報告書を調べたい。今日ラッツォを逃したことで、余計に気が急《せ》く。先週、警官が犯人を射殺する状況が起こった。犯人はどうしようもない悪党であったが、発砲した警察官には精神鑑定が義務づけられており、その鑑定結果について、四時に精神科医から聞かされることになっている。SWATチームからは、防弾チョッキの質を上げてくれと泣きつかれている。ケヴラー製の胴衣の上にセラミックの薄板をつけるだけでいいのだが、どこを捜してもそんな予算などない。だから今日は、女の子の子守りなどしている場合ではないのだ。たとえそれが、どんなにかわいい子で、さらにはレイの頼みだったとしても。さらには、そのかわいい子のおかげで、ずっと静かだった性的な興奮が活火山状態になったとしても。

「コード・セブンが何かって?」アレックスは彼女の腕を取って、階段へと促した。

「ランチだよ」

3

大理石の階段を下りながら、ケイトリンはわくわくしていた。ここで来週いっぱい働けるのだ。この階段は世界大恐慌のあとの一九三四年にニューディール政策の一環として警察本部が創建された当時のままのものだ。この建物とその歴史、さらには建物全体がベイローヴィル市に果たした役割の何もかもが、知識としてケイトリンの頭に詰まっている。

彼女がここで働くという決定を、クルーズ警部補、いやアレックスが、覆すことはできないらしい、というのは何となくわかってきた。それなら絶対にあと戻りはしない。

話し合いは、ほぼレイの予想どおりだった。借りを返してもらう、などという言葉は絶対に使いたくないとケイトリンはレイに反論したのだが、どうにもならなかった。考えてみれば、レイもまた群れのリーダー、最上位のオス《アルファ・メール》なのだ。絶対的なアルファ・メールが言い出したら、従うしかない。

借りを返せ。ひどい言い方だ。何だか脅迫しているみたいな気がした。しかしレイにそうしろと……従わざるを得なかった。レイは背が低く、がっしりとした体格で、鮮やかなブルーの瞳《ひとみ》と白いげじげじ眉《まゆ》、警部補、いやアレックスと、見た目には正反対なのだが、性格的な共通点がある。彼らの目の前に出ると、はい、としか言うほかないのだ。

レイはただ、ぐっと胸を張り、低い声を凄《すご》ませ、鋭い視線を向けてきただけだった。このやり方で、何でも思いどおりにしてしまう。

なるほど、こういうのが警察官という人種の心理学的特徴なのかもしれない。ある種の……説得力。興味深い点だ。多くの学説が証明してくれるだろう。たとえば一九五〇年代にこの分野の確立に貢献したアンダーソン・カーターの説では……

南カリフォルニアの初夏の陽光にまぶしく照らされ、ケイトリンは目をすがめた。だめだめ。注意力散漫になってはいけない。アレックスは、冷静でそつがない。いつの間にか、警察本部の建物からていよく追い払われていたのだ。抵抗することさえできなかった。捜査課で研究をしていいとは、まだ言われていないのに。約束してくれたのは、ランチだけだ。

まったく、見事としか言いようがない。

彼の大きな手がケイトリンの肘《ひじ》に置かれ、彼女は本能的に右へと折れた。情けないが、これではまるで狼《おおかみ》が来るからと追われる子羊と同じだ。このままではいけない。何とかしなければ。主導権をこの手に取り戻すのだ。

昼食をとりながら、おそらく彼はケイトリンがなぜ仕事の邪魔になるかあれこれと説得にかかるのだろう。彼女がいると重要な警察の仕事の妨げになる、署員たちを質問責めにすることなど問題外だ、など、など。彼の非常に説得力のある言葉と、圧倒的な存在感で、ケイトリンは結局何の目的も達成できなかった、ということになる可能性もある。

レイを持ち出すのは、確かに効いた。帽子からウサギを取り出すみたいに――あら不思議、すぐに効果があった。しかし効果は一度きりだ。この男性は逆手を取るのがうまい。へたをすれば、本部内の文書保管庫で一週間過ごすはめになる。それでもレイの指示には、きちんと従ったことになるのだから。

「お昼を一緒にしていただく必要はないんです」ケイトリンは言った。「お仕事の時間を取るのは申し訳ないですもの。私が求めているのは、しばらくあなたのそばで観察させてもらうことと、刑事さんたちの何人かと話をすることだけです」

「アレックスと呼んでくれ。他人行儀な口のきき方はするなと言っただろう」こちらの話など、この男性は聞いてさえいない。「ほら、そいつをこっちに」ケイトリンには、結構です、と言う暇さえ与えず、アレックスは本がいっぱい入った重いかばんを自分の肩にかけた。

彼と歩調を合わせるには、小走りになるしかない、と思ったが、彼のほうでケイトリンに合わせてくれた。長い脚を小刻みに動かしてくれるので、ケイトリンは苦もなく並んで歩くことができた。

歩きながら、彼のほうを見たくてたまらなくなる。気持ちを抑えようとしても、ついつい横に視線を向けてしまう。しっかりとした足取りで堂々と歩く、まさに男盛《ざか》りのアルファ・メール。顔を高く上げ、肩の力を抜き、まっすぐに何かを見る。ジャケットの下にはショルダー・ホルスターに入れた拳銃《けんじゅう》があるが、武器などは必要なさそうに見える。古典的な男性としての威圧感が漂っているからだ。彼が道を行くと、その視線の先に、ここにリーダーがいるぞ、という合図が伝わる。

ここは彼の街、彼のテリトリーであり、ここにいるアレックスがその王なのだ。通りすがりの誰もが彼の姿を認め、彼への恭順の意を伝えてくる。歩道を行きかう人は視線を地面に落とす。屋台の商人が手を振ってくる。パン屋の奥から女性がほほえみかけてくる。タクシーの運転手が、ほんのわずかにクラクションを鳴らしてくる。アレックスはすべての人にうなずきかける。

すべてが感じよく、洗練された恭順のしるしだ。

今この瞬間、この通りは西半球でいちばん安全な場所になっているに違いない。まともな頭の持ち主なら、アレハンドロ・クルーズ警部補がグロック19をジャケットの下に忍ばせて街を歩いているときに、強盗をくわだてたりはしない。そう、拳銃の種類も、ケイトリンはチェックしていた。グロック19は、警察関係者が近頃好む火器だ。彼はさらに、ブーツに付けたホルスターに予備の武器を隠しているだろうし、彼の手は大きくて、太い腱《けん》が甲に浮き上がっていて、じゅうぶん武器として通用しそうだ。ケイトリンの横を黙って歩く彼の姿からは、リーダーであり怒らせれば危険だ、というオーラが出ている。

獲物を狙《ねら》うのが好きな人たちが、警察官になるのだろうか、ケイトリンはふと考え込んだ。それとも、仕事の性格上、獲物を追い求める性格が身につくのだろうか？

警察官と犯罪者というものは、光と影のようなもので、法律の反対側に位置するわけだが、似たような性質を持つ者が多い、という文献は数多くある。アレハンドロ・クルーズが犯罪者であるところでさえ、想像に難くない。究極の犯罪者、冷静に何百万ドルを盗み、闇《やみ》に消えて行くところ。

この男性が現場、いわば彼自身のテリトリーからそう遠くない場所で働くところを見られれば、その行動から本当に興味深いことがいろいろわかるだろう。

警察機構のコミュニティというのは、固い結びつきを持って同じゴールに向かう世界で、狼の群れが狩りに向かうのと同じだ。ほとんどの警察官が、常に緊張した状態で多くの時間を職場で過ごす。家族といられるより、ずっと多くの時間を。警察署では、アドレナリンと汗を共有することで絆《きずな》を強める。厳格な縦社会の規律がすべての仕事を可能にする。つまりリーダーとなるアルファ・メールは、即座に服従されることに慣れ、自らは群れの中のただの一員とは異なることを意識しているわけだから、そういった人物が警察機構の外の世界で、まともに機能できるのか興味あるところだ。中世の封建領主のような絶対服従を、一般の生活においても求めるのだろうか、そしてそのやり方が通用するのだろうか？

実地研究としては興味深いが、どういう方法で実施すればいいのだろう？　ケイトリンは興奮しながら、頭の中で計画を練った。データ収集のあとそれを地図データに入力し、警察本部の建物からの距離に反比例して服従の兆候が薄まっていくかを見ればいい。きっと、相関関係を数値化できるはず。

そのとき突然、視界を青いものが横ぎり、スカートの裾《すそ》がめくり上げられた。怒りに満ちたクラクションが耳をつんざき……

ケイトリンの体が荒っぽく引き寄せられた。いつの間にか、大きな胸板が目の前にある。自分を守ろうとして無意識に両手を上げたため、彼の胸筋に手を置く格好になっていたのだ。男性の硬くて分厚い体に、全身がぴたりと押しつけられている。アレックスは本能的に弱者を守るオスのモードに入っていて――片手をケイトリンのうなじに添え、もう一方の手はウエストのあたりに置いている。自分の体を盾にして、彼女の体の重要な器官を守ろうとしているのだ。

二人はそのままの姿勢でしばらくじっとしていた。やがて、クラクションが遠ざかり聞こえなくなった。ケイトリンは自分の心臓が早鐘のように激しく鳴っているのを意識しながら、アレックスのしっかりと落ち着いた鼓動を耳にした。目の粗いコットンのシャツ生地越しに、彼の胸毛がくすぐったくて、他にも感じるものが……

まあ、どうしよう。これ、彼の大事な部分だわ。むくむくしてきている。

これまでにも、デートでこういうことはよくあった。おやすみのキスのとき、体が密着しすぎるとデート相手の男性器が大きくなるのを感じたことがある。男性の体は、そういうふうにできているのだ。少しでも刺激が与えられるとスイッチが入り、勃起《ぼっき》が始まる。

しかしながら、今回の状況はこれまでの感覚と異なる。彼の男性器が大きくなるたびに、ケイトリンの体の奥がそれに呼応し、熱くなっていくのだ。自分の体の反応を止められない。純粋な本能的反応は制御不能で、不思議な期待感がふくらむ。

アレックスがケイトリンの体を揺さぶった。

彼女ははっとして現実に戻った。まだどきどきしている。車に轢《ひ》かれるところだったのだ。アレックスのすばやい反射神経がなければ、助からないところだった。そして、彼が勃起し始めたのも、危機に瀕《ひん》してアドレナリンが出たための男性としての本能だ。これは一般的にもよく知られていることである。ところがケイトリンのほうの反応は……

　まったく、どうかしてる。

　しばらくしてから、危険だったことを体も認識し、震え始めた。アレックスが一瞬もっと強くケイトリンを抱き寄せ、そのあと肩をつかんで体を離した。彼の顔に浮かぶのは怒りだけだ。さっきの感触を体はまだ覚えているが、そうでなければこの男性が勃起し始めていたことなど、まったくわからない。ケイトリンの体……ケイトリンを求めて。

「おい、しっかりしろよ！」アレックスの頬《ほお》の下のほうで筋肉が波打つ。「ひそかな自殺願望でもあるのか？　死にたいのならひとりでいるときに死んでくれ。俺と歩いている最中、自殺なんかするな！」

「ごめんなさい」彼の顔に浮かぶ怒りを見て、ケイトリンはすくみ上がり、小さな声で答えた。彼はすごく怖い表情をしていた。頬骨のあたりがぴくぴくして、眉間《みけん》に縦じわができ、黒く光る瞳がこちらを見つめている。

「いいか、地球上ではな、赤信号ってのは、止まれ、ってことなんだ」肩に置いた手に力を入れて、横を向かせる。彼の反対側の手が信号機のほうを示し、そのあとまた少しだけ肩を揺すった。「いったい何を考えてやがった――考えてたんだ？」

あなたのことを。ケイトリンはそう言いたかったが、言うわけにはいかない。あなたの力と、それをどう数値化すればいいかを考えていたのよ。

彼のことはまだケイトリンの頭の中にあった。彼に対して抱いた感情をなかったことにはできない。

全身が、彼のことを覚えている。

肩に食い込む彼の指の感触。腰に巻かれた腕、安全な場所へと引き寄せてくれたときの、彼の腕の強さ。胸の筋肉のたくましさ、自分の体に押しつけられた彼の男性器。

指はまだほとんど力を緩めていないものの、今はもう二人の体には距離ができていた。ケイトリンが見上げると彼の怖い形相があった。荒削りで鋭角的な線、オリーブ色の肌が怒りで紅潮している。

コブラの関心をそがねばならない。

「ごめんなさい」とっさに彼女は言い訳を考えた。「よくやるの。考えごとをし始めると、他のことが目に入らなくなって。今は、同じ大学の研究者に言われたことを思い出してたの。軍隊と警察の類似性について」

アレックスが腕を離した。彼の顎《あご》の筋肉が動く様子に、ケイトリンは見入っていた。

激しい怒りをこらえようと、歯を食いしばっているのだ。こんなに強く嚙《か》んだら、いずれ奥歯が砕けてしまう。歯の治療代が高くつくだろう。

その治療費は、警察の医療保険でカバーできる。警察官の職務契約書と医療保険についても、ケイトリンは前もって調べておいた。医療保険の対象になるものは何かを、彼女は正確に知っている。ちなみにバイアグラは医療保険でカバーされるが、避妊具は対象にはならない。

アレックスは何かを言いかけたが、また口を閉じた。強い自制心で、非難の言葉をこらえたのだ。「そうか、命を捨てるほどの価値のある考えだといいんだがな」しばらくしてから、吐き捨てるようにそう言った。

「いいえ」ケイトリンはずり落ちてきた眼鏡を押し上げながら答えた。「たいしたことじゃなかったの。まあ、脚注にでも記しておく程度の内容ね」彼女は少し離れて、アレックスの顔を見た。彼がこの話題に興味を持ったかどうかを知りたかったのだ。彼は話に聞き入っている。「その友人の仮説ではね、歴史を振り返ってみれば、軍隊と警察が別々に機能し始めたときが、文明の始まりらしいのよ。たとえば、ノルマン人が巡回裁判官制度をやめて、地方行政府を作ったときとか。警察組織が軍隊と切り離されたとき、その社会は民主的な制度へ向かい始めたと言える」

「そうか、轢き逃げされたんじゃ、そんなことを考えたって無駄だがな」アレックスは怒った口調で話し始めたが、すぐに口を閉ざした。

彼はこの件について、何か考えをめぐらせているようだった。実際、この理論は、そう無駄なものではない。警察官は、自分たちの職務についてその歴史を深く考えたりはしない。警察官になるために懸命に努力し、警察官になれば毎日の仕事で忙しく、警察という概念について考える暇などないからだ。ほとんどの警察官は、警察というのは常に存在したものと考えている。しかし、実際はそうではない。

現実的で、目の前の仕事に頭がいっぱいな警察官に、この話をすると、多くの場合、その警察官は、ふと自分の仕事の歴史を考え始める。警察機構というものが、恐竜が絶滅したあとTVが発明される前のどこかの時点でできたのは間違いない。しかし、具体的にいつなのだろう？　彼らの頭が動き始めるのが、ケイトリンにはわかる。

通りの角まで来ると、考えにふけっていたアレックスは足を止めた。ケイトリンが彼の肩を叩《たた》いたので、彼はぎくりとして彼女を見下ろした。「何だ？」

ケイトリンはにっこりして信号機を指差した。「この地球上ではね、青信号は、進め、という意味なの」

二人が入った食堂は、『食事の園』という名前で、アレックスはここのお得意さんらしい。

魅力的な他の女性客や、若いウエイトレスが二人、あからさまにアレハンドロ・クルーズに色目を使うのに、彼のほうはまったくそれに気づきもしていない。その様子が面白いな、とケイトリンは思った。彼は中年の痩《や》せぎすのウエイトレスと愛想よく挨拶《あいさつ》を交わし、軽く抱き合っている。

「アレックス」いかにもうれしそうなウエイトレスのぺたんこの胸には、〝マーサ〟という名札がついている。マーサのほうもアレックスを抱きしめて笑顔を向ける。「お偉いさんだから、最近ちっとも顔を見せてくれないのね。どうしちゃったの？　急に犯罪率でも上がった？　忙しすぎて、おなじみの場所にも来てくれなくなるなんて」

「マーサ、事情はわかってるだろ」アレックスは真顔に戻って言うと、体を離した。「悪いやつらを捕まえなきゃならないからな。君たち市民の安全を守ってるんだぞ」

「そうね。でも、あんまり成功してるってわけでもなさそうよ。うちのコックが帰宅途中に強盗に遭ったんだから」

彼の目つきが鋭くなった。「ハンクが？　何があった？　怪我は？」

マーサは肩をすくめた。「ま、たいしたことはないけど。肋骨《ろっこつ》にひびがはいったぐらい。頭も殴られたんだけど、すっごく石頭だから、何ともなかったみたいよ。二百ドルとられたらしいわ」

アレックスは手帳を取り出し、メモを取った。「ハンクは犯人の顔を見たのか?」

マーサはまた肩をすくめた。「知らない。本人に聞いて」

「わかった。捜査課に立ち寄ってくれと、ハンクに伝えてもらいたい。前科写真を見てもらって、思い当たる顔があるかを調べよう」

「それが何の役に立つのよ?」マーサがあきらめたような吐息を漏らした。世の中の不公平さを嫌というほど見てきた人、どうすることもできない無力さを、さんざん味わってきた人特有の表情だった。「どうせ、捕まりっこないわよ。でしょ?」

「だが、やってみないとな」アレックスが太い声で、穏やかに、だがきっぱりと言った。統計的に見て、路上強盗が事件から二十四時間以上経ってから逮捕される可能性はほぼゼロだ。ケイトリンはそのことを知っていたが、アレックスの言葉には説得力があり、本当に犯人は捕まるかもしれないとさえ思った。魔法みたいに犯人を捜し出し、ハンクの二百ドルも未使用のまま戻ってくるように思える。

アレックスはマーサのそばから離れてケイトリンの背中に手を添え、ひび割れが目立つ赤いビニールの椅子《いす》席へと案内した。ケイトリンが座ると、アレックスは向かい側に腰を落ち着け、マーサがテーブルに置いたメニューを滑らせてよこした。「ここは、チーズバーガーがうまいんだ。ブリトーもいける」

ケイトリンはメニューを開きもしなかった。「では、チーズバーガーにするわ」

アレックスはマーサに合図して、テーブルまで来させた。マーサはそれぞれの前に冷たい水の入ったコップを置く。「これはタダだからね。で、何にする？」耳の後ろにはさんでいた鉛筆を手にする。「アレックス、あんたはいつものね」彼のほうを見もしない。「で、お嬢さんは？」

「チーズバーガー」

「チーズバーガーとブリトー、と」マーサが伝票に書き入れながらつぶやく。「飲みものは……」そこでケイトリンのほうにしかめっ面を向けた。「アルコール類はいっさいだめだよ。未成年には、お酒は出さないからね」

アレックスの固く結んだ唇の端が少し上がった。これは……ほほえみ？「そうかりかりするなって。彼女は未成年じゃないから」ケイトリンに向かって、片方の眉を上げてみせる。「で、何を飲むんだ？」

「アイスティーを」

「俺はコーヒーだ。ブラックで」

マーサが立ち去ると、アレックスがまたケイトリンに注意を戻した。腕組みをしたまま、色褪《あ》せたリノリウムのテーブルの上に肘を置き、身を乗り出す。そのまましばらくケイトリンを見ていた。

彼の眼差しは真剣で、彼女の魂の底にある秘密まで見透かすように見える。自分が犯罪者でなくてよかった、と彼女は思った。何か自白することでもあったら、何でも話してしまうところだ。今すぐに。彼の黒い瞳でこんなにじっと見つめられて、耐えられる人間がこの世にいるのだろうか？

「さて、と」彼の頬が動いた。さあこれから、ケイトリンが警察本部でむこう十日間を過ごすことへの反論が始まる。

ところが、一緒に過ごしたこの一時間で、何かが変わった。この間に、ケイトリンも肝が座ってきたから、というのではなく——元々根性はあるほうなのだ。博士論文を書いて就職先を見つけるあいだ、学生は経済的にぎりぎりの生活を余儀なくされる。自然と根性もついてくる。だからそういうことではなく、レイの論理がもっともだな、と思えるようになってきたのだ。もうここまで来たら、やめるわけにはいかない。アレックスは、わめき散らし、大声で説教でもすればいい、いや、そういうのはおそらく彼のスタイルではないだろうが、ともかく、あくまでも反論してくるだろう。しかし、ケイトリンもここで引き下がる気はない。絶対に。実際にアレハンドロ・クルーズという人物がどれほど興味深いかを、この目で見たからには。一時間一緒にいただけで、論文の一章分が頭の中で完成した。しかも、彼女にはレイという強力な武器があるのだ。

ただ、彼が自分を説き伏せようとする様子を観察するのは楽しいはず。

また彼の頰の下側が動く。「さて。君が警察本部で来週いっぱい過ごすことを、レイが望んでいる。そこはわかった。だが、君が何を求めているかが、俺にはわからないんだ。言い換えれば、俺たちと一緒に過ごすことで、君は何を得られるんだ？　レイの考えは？」

ケイトリンはコップの水をひと口飲んだ。時間稼ぎのためではない。自分の考えをまとめていたのだ。アレハンドロ・クルーズという人物と話をする際には、頭をきちんと整理しておかねばならない。彼の暗い瞳が射抜くようにケイトリンに向けられる。通常は豊かな――驚くほど官能的な唇が、強く結ばれ……

だめだめ、しっかりしなきゃ。ケイトリンは深呼吸した。自分が真剣であることを彼にわかってもらわねばならない。来週いっぱい、自分がベイローヴィル警察本部で時間を過ごすという予定はもう認められた。ただ、本部長〝代行〟であるアレックス・クルーズ警部補が無言の邪魔をするのか、協力してくれるのかで、大きな違いが出てくる。すなわち、ここでは注意深く言葉を選ばねばならないのだ。

「言っておきますけど、私は行動心理学と社会学の二科目で学位を取ってるの」ケイトリンはアレックスと同じように身を乗り出して、まっすぐに彼の黒い瞳を見た。「警察を始めとする法執行機関には、常に興味を持ってきたわ。だから今書いている博士論文も、警察機構論なの。執筆に必要な材料はすべてそろっているのだけれど、さっきも言ったとおり、絶対に警察の仕事の実際を見るべきだと、レイに言われたわけ。そのとおりだと思うのよ、だって仮説を実地試験で証明するのは重要なことだから。仕事の邪魔はしないわ、約束します。主題統覚検査の一種――いわゆる投影法を使ったテストを署員の方に受けてもらいたいんだけど、これは時間が空いたときにできるの。署員の方から直接話も聞きたいけど、休み時間とかシフト外のときでもいいと言ってくれれば、それでも構わない。通常の任務を妨げるようなことはしないし、夜には宿舎に帰る。私の存在に、気がつかないぐらいだと思う」

ケイトリンの仕事に関する話など、いっさい聞いていなかったのか、アレックスはまったく予想外の話題に興味を示した。「宿舎？　どこかのホテルか？　どこだ？」

「カールトン・インよ」言いながら、ケイトリンは顔をしかめた。成長してからのほぼすべての時間を学生として過ごしてきた彼女は、ぼろぼろの寮や学生向けアパートには慣れている。しかしこのカールトン・インというモーテルは救いようのないところだった。これまでに宿泊したどの場所よりも、はるかにひどい。

アレックスは、さっと頭を起こした。「カールトン・イン。リバーヘッドにあるモーテルだ」

ケイトリンは、けしからん、という彼の口調に目を丸くした。

彼がすばやく首を振った。「まともな人間の泊まる場所じゃない。リバーヘッドはベイローヴィルでもいちばん治安の悪い地区で、トレイよりひどい。君みたいな女性、しかも考えごとに熱中して周囲に気を配るのを忘れがちな者は、あそこでは犯罪者の格好の餌食《えじき》となる」握ったこぶしで、テーブルを、どん、と叩き、息を吐き出した。「やっぱりな、自殺願望があるんだ」

「そんなの、ないわ」ケイトリンはため息を漏らした。「あのあたりがそんなにひどいところだって、知らなかったの。宿舎の手配を頼んだ旅行代理店も、知らなかったんだと思う。できるだけ安いホテルに予約を入れてくれ、って頼んだから。あそこがあんなに……好ましくない地区だとわかっていれば——」そこで肩をすくめた。「まあ、ほんの数日のことだし」

「強盗に遭ったり、場合によっては殺されたりするのに、数日あればじゅうぶんだ」彼の直接的な言い方に、ケイトリンは思わず身をすくませた。それを見てアレックスがうなずく。「よし、怖がれば怖がるほど、警戒心も強くなる」

怖がらせて追い払おうとしているわけね、とケイトリンは思った。しかし、甘く見てもらっては困る。彼女は簡単に怖気《おじけ》づくような女性ではないのだ。「言ったでしょ、ほんの数日なのよ。もうすぐ——希望的観測ってやつなんだけど、フレデリクソン財団から年間契約の特別研究員としての採用が決定されそうなの。採用されれば、まともな住まいを見つけるつもり」

容認できないな、という暗くて強いアレックスの視線に射すくめられ、ケイトリンは縮み上がりそうになった。対抗するには、にらみ返すしかない。しかし顔では平静をよそおったものの、彼の強固な意思がテーブル越しに自分に向けられるのを意識せずにはいられない。そこにマーサが現われ、彼の頼んだブリトーとケイトリンのチーズバーガーを二人のあいだに置いた。ほっとした空気が流れる。

ケイトリンは、悩みごとなど何もないかのように、ハンバーガーにかぶりついた。

「ああ、本当においしいわ」

アレックスは聞いてもいない。ただケイトリンをにらみ続けるだけだ。ちょっと、いい加減にしてよね、と言いたくなるのを彼女はこらえた。チーズバーガーを食べながら、苛立《いらだ》ちを見せるわけにはいかない。この力の均衡を破るようなまねはいっさいできないのだ。今は、どちらかが王手を取る一歩手前のところ。アレックスの力対ケイトリンの意地。最初にまばたきしたほうが負けだ。

二人はにらみ合っていた。アレックスからは、怒りのオーラが噴き上がってきているのがわかる。

しばらくして、ケイトリンはばかばかしくなり、ちょっとした会話で気をそらそうとした。食べものをのみ込んで笑みを浮かべる。「レイから聞いたわ、ベイローヴィルのチーズバーガーは特別だって」

アレックスはにらみ続けるだけだ。ケイトリンに警察の内部をうろつかれたくないと思っているのは明らかだが、彼女には理解できない何らかの事情で、レイの頼みなら聞き入れるしかないと考えているようだ。ケイトリンがよほどばかなことをしないかぎり、彼女の勝ちなのだ。

ここが勝敗の分かれ道。そのときケイトリンは不意に悟った。アレックスを自分の要求に従わせる必要がある。そうやって、先例を作っていくのだ。

彼女はブリトーのほうを示した。「食べて」できるだけ命令口調にした。アレックスは視線を下げた。目の前に食べものがあることを完全に忘れていたかのように、驚いた顔をした。そしてケイトリンの命令に従い、フォークを手にした。ケイトリンは無関心な表情のままだったが、心の中ではガッツポーズをしていた。やった！

一度命令が通じれば、次の命令にも従ってくれるだろう。今回はケイトリンの勝ちだ。そのあとは、全面戦争となる。

ハンクの作った食べものの匂《にお》いに、アレックスの体がやっと気づいた。そして、しばらく何も食べていなかったことを思い出した。署のコーヒーは飲んだが、何も口にしていないより、なお悪い。

アレックスはフォークを手に取り、ブリトーに突き刺したが、そこで手を止めた。ケイトリンがさっき言ったことが頭によみがえったのだ。はっと顔を上げる。

「フレデリクソン財団？」

フレデリクソン財団はこの地域の誇りで、二人のノーベル賞受賞者が設立した国内一のシンクタンクだ。

彼はケイトリン・サマーズという女性を改めて見つめた。ここまで目にしてきたのは、信じられないぐらいの美しさ、夢中になると周囲に気が回らないところ、大学院生らしい自分の外観への無頓着《むとんじゃく》さだった。

こうやってじっくり見ると、知性が輝いていることに気づく。

これまで気づかなかったのは、彼女があまりに美人で、どうしようもないほど無垢《むく》だったからだ。美人で、頭がよくて、なおかつ無垢だという女性など、今までお目にかかったことがない。アレックスが知っている知性のある女性はたいていが警察官で、警察官は仕事を始めたその日に純真さを失う。

食べものをのみ込んだ彼女が、ほほえんでくる。「聞いたことあるの？　まあ、ベイローヴィル出身の人なら当然よね。あの財団の特別研究員になるのが私の念願だったのよ」ケイトリンが決意に満ちた表情を浮かべる。「どっかの情けないオタクだらけの職場なんでしょうけどね」うれしそうな笑みを見せながら、彼女はまたチーズバーガーを頬張った。ハンクのお手製ケチャップがたらりとこぼれ、彼女は小さなピンクの舌先でそれを舐《な》めとった。

アレックスは何か返事をしようと思ったのだが、ピンクの舌先を見たとたん、何もかも忘れてしまった。ケイトリン・サマーズに関して、気づかずにいたかった側面のひとつだ。いたずらっぽくほほえむと、ふっくらした唇からちらっとのぞく舌――あれが自分のものを舐めてくれたら――そう思うと、他のことなど考えられるはずがない。

アレックスは仕事にセックスを持ち込まないようにしてきた。ただ、最近は持ち込むほどのセックスがあるわけでもない。とにかく忙しいのだ。それでも、仕事の関係で魅力的な女性に出会った場合は、頭のスイッチをぱちんと切り替え、脚のあいだのものにおとなしくしていろと言い聞かせる。

そのスイッチが故障したらしい。

ケイトリンが魅力的であることには気づいていたが、それだけのことだと思っていた。彼女がさっき轢き殺されかけたときに体が反応したが、通常の男性なら当然のことだ。ただ彼女の外観的特徴を、手配書に記入する要領で頭の中で整理していただけ。夏空のような色のきらめく瞳、ふわふわのプラチナブロンドが綿菓子みたいに見えて、ポニーテールからはみ出している、尖《とが》った頬骨、ほっそりと品のある長い首、身長百六十二センチ、細身、ものすごい美人。

ところが今になって、彼女の女性としての魅力を彼の全身が理解し始め、下半身が思考の行き先を決める。ほら、見ろよ、目の前にいるのは女なんだぞ、と。彼女は香水も化粧もつけず、着ている服は安物でしわだらけだ。ところがアレックスの下半身はそんなことは意に も介さない。ひたすら上に向かって伸びようとする。ああ、くそ。

レイのやつ！ こんな女性が目の前にいては、仕事なんてできるはずがない。今は、下半身の言い分に従うような暇はないのに。ちょうどアンジェロ・ロペスを追い詰められるかどうかの瀬戸際……

しばらくセックスしていないから、こんなことになるのかもしれない。下半身が与える罰だ。オイル交換をしないで、車に乗るようなものだ。よし、必ずセックスしよう。すばやく欲望を吐き出せるのなら相手は誰でもいい。ケイトリン・サマーズでさえなければ。

そもそも彼女は好みのタイプではない上に、レイの知り合いだ。だから、レイの娘とセックスするのと変わりない。レイはずっと独身を通し、当然娘はいないが。

「ねえ?」その声にふと、また彼女を見た。ああ、ちくしょう、声まで魅力的だ。やわらかで思わずスイカズラを想像したくなるような南部訛《なま》りがかすかに聞き取れる。南部女性がこういう話し方をするとき、そのまとわりつくような媚《こ》びた響きが好きではないのだが、彼女のは女らしさを売り物にしている感じがない。アレックスは椅子に座り直した。勃起したものが下向きになる気配はない。

ケイトリンはチーズバーガーを置き、まじめな顔をして身を乗り出した。濃い空色の瞳がアレックスの目を探る。「聞いてもらいたいのはね、私は実地で何千人もの人と面談した経験があるってこと。誇張じゃなく。さっき言ったことも本当よ。面倒はかけないし、任務に支障が出るようなことはしない。約束する、注意をそらせるようなまねはしないって。誰の注意も引かないように行動するから、私がいることなんて、忘れてしまうわ。私はただ、署員の方たちと話がしたいだけなの。皆さんのことをよく知り、質問を検討する。自分の仕事についての彼らの感想を聞く。今、何がいちばん彼らの頭を悩ませているかを知る」

「はん」アレックスは吐き捨てるように言った。「面談なんかしなくたって、俺が代わりに答えてやれるさ。全員が悪者を捕まえることを願い、その際に怪我などしないようにと思ってる」

「もちろん、そうでしょうけど」ケイトリンは学者らしい眼鏡を押し上げた。「そのためには、戦略が必要だわ。生き残るための方策よ。警察官というのは、獲物を追いかける側にも、追われる側にもなる。つまり、自然界の動物と同様、狩りをする際には、簡単に他の動物たちの餌《えさ》にはならないぞ、と敵に思わせないと」

アレックスは笑い出しそうになったが、その衝動に負けまいとした。これは笑い話なんかではないのだ。ああ、ちくしょう。ケイトリン・サマーズの魅力に負けることだけは、断固として拒否する。彼女がどれほど美人で、どれほど頭がよくても。この女性の存在はお荷物だし、そばにいられると気が散る。

脅かされて仕方なく、彼女のために警察本部のドアを開けることになったが、そんなことをするのはレイ・エイヴァリーに頼まれたから、それだけが理由だ。こんな頼みを許す相手は、レイだけだ。

「学術的な仮説は、常にその研究の対象者に、肯定的な影響として跳ね返ってくるものなの。すぐに効果が出ない場合もあるけど、いずれはね。だから、あなたの部下が面談に割く時間も、あながち無駄とは言えないのよ」

「肯定的に跳ね返る？」やれやれ、という表情を見せなかっただけでも表彰ものだ。

「つまり、君が俺たちの手助けをするって意味か？」

自分が威嚇的な態度を取っているのは、アレックスもわかっていたが、驚いたことに、ケイトリンは引き下がらない。ここは安全な陣地だと思っているようだ。

ケイトリンがうなずく。「ええ、そうよ。行動心理学のほとんどは、私たちは動物であり、その動物が生存本能として要求する決まりに沿って行動するという理論から成り立っているの。つまり食うか食われるか、交尾して、幼子を守る、群れもしくは集団を形成し、集団で階層順に命令が発せられ、プライドと決まりを保つ。攻撃は抑制された状況下で使用されなければならない。さもなければ、群れ全体が苦しむ。この点に関しては、人類というのは他の動物とは異なっているんだけど。他の動物には、人間みたいにはみ出し者を作る要素がたくさんないから、秩序を守るために集団のエネルギーを費やす割合が高くないの。さらに原始的な人間の部族においても、秩序を守るためにエネルギーを使うことはまれよ。だからこそ、現代的な法執行機関というものは、すばらしいの」

アレックスは、うう、とか声にならない音を漏らして、皿を見下ろした。そして自分の注文した料理が手つかずのままになっていることに、驚いた。腹ぺこだったのに、彼女のおかげで空腹だったことすら忘れていた。このケイトリン・サマーズという女性は、当初考えた以上に人を注意力散漫にさせてしまうようだ。空腹の際のアレックスが、ハンクのブリトーを目の前に置かれたら、通常は食べることに夢中になるのに。彼は大げさなしぐさで、すっかり冷めてしまったブリトーにフォークを刺した。

ケイトリンは首をかしげて、彼の様子を見ている。「さあ、召し上がれ。で、今はどんな事件を捜査中なのかしら？　私がその事件について学術的な考察を試みて、あなたにお話しするわ」

アレックスはフォークを口の前で止め、彼女の提案について頭の中で考えてみた。

ばかな、あり得ない。警察が扱う事件は部内秘であり、部外者に話すわけにはいかない。彼女が久しぶりに出会ったかわいい女性だからってだけの理由で、教えてと言われてすぐにぺらぺらしゃべれるはずがない。

しかし……ひょっとして。アレックスが警察官として有能なのは、あらゆる方法を使うからだ。捜査協力を申し出られれば、むげに断ったりはしない。異なった角度からものごとを考える重要性を理解しているのだ。目の前の女性は何年も法執行機関に関する研究を続けてきており、それならきっと何か……

ばかな。

本気で協力を頼もうかと思ってしまった。いったい俺はどうなったんだ？　急に正気を失ったのか。

「実際の名前だとか、詳細は伏せたままでいいのよ。事件の概略だけ教えてくれればいいわ」ケイトリンがほほえみかける。唇が少しだけほころぶ。するとアレックスは、口紅を使わない女性というのは、何てセンスがいいのだろうと思った。彼女の唇は、何も塗らなくてもそのままできれいな色だ。淡いピンク色に輝いている。これならキスしても、アレックスの顔に赤く口紅のしみがつくことはない。彼女とキスして、かわいい口の中に自分の舌を入れるところが頭に浮かぶ。舌で思いきり舐め……

アレックスは、はっとして現実に自分を引き戻した。何か他のことを考えなければ。

ラッツォに逃げられたことと、ロペスが今頃高笑いしているだろうということが頭に浮かび、下半身は落ち着きを取り戻した。

「捜している人物がいる」いつの間にか、アレックスはそう打ち明けていた。

「人物?」

「ああ」理性を取り戻し、アレックスはやっとフォークを口に運んだ。ブリトーを噛みながら、心の中でやれやれ、と思う。これから彼女にラッツォ・コルビーの話をしてしまうのだ。話したくはないのだが、それでもしてしまうのだろう。「そいつは、犯罪組織の親玉の会計士で、長年にわたってその親玉の帳簿をつけてきた。当然、確定申告しましたか、なんて問い合わせるつもりで捜しているんじゃない。この会計士を勾留《こうりゅう》すれば、いろんなことに関して証言を引き出せるのがわかっているからだ。そうすれば、親玉のほうを長期間服役させられる。残念ながら、俺たちがこの会計士を捜してるって噂《うわさ》がどこからともなく流れた。それで、そいつは逃げたんだ。俺たちからも、それに今は犯罪組織の親玉からも。この親玉も、今じゃ俺たちの狙いはわかっているはずだから」

「その会計士をこっちに寝返らせるために、どういう餌を使ったの?」

ケイトリンは警察関係の隠語や俗語にも詳しいらしい。それだけではない。ラッツォの身柄を拘束するための本質にずばりと切り込んできた。「まあ、この会計士ってのも、いわゆる脛《すね》に傷を持つやつでね。自分でもそのことはわかっているし、俺たちだって知っている。こいつを逮捕するだけの容疑は二つや三つ出てくる。たいして大きな犯罪ではないが、こいつは過去二回刑務所に入っていて、今度逮捕されれば三度目だ」

「三振即アウト法ね」ケイトリンが静かに言った。視線はアレックスの目をとらえたままだ。二度前科のある者は、三度目に逮捕されると重い刑を受ける。

「そのとおり」アレックスの声に満足感がにじむ。「過去にこいつは、刑務所で散々な目に遭ったらしく、絶対に刑務所には戻りたくないらしい。戻らないで済むのなら何だってするんだ。それで、犯罪組織の親玉のマネーロンダリングに関する情報を教えてもらえるんじゃないかと、俺たちは考えた。名前や場所や方法なんかをね。そうすりゃ、その親玉を逮捕できる」

「そのあと、どうなるわけ、その……会計士は？」

「証人保護プログラムに入ることになるだろうな」ケイトリンが、身をすくめるのがわかった。「それが何か？」

「その会計士の立場になれば、刑務所にいるのと変わりはないなって、思ったの。連邦保安官がひそかに決めたどこことも知らない場所に引っ越しさせられ、新しい氏名を与えられ、誰にでもできる目立たない仕事をさせられるのよ。引っ越し先でも、常に誰かに追われているのではないかとびくびくしながら。そんなの……辛いわ」

「ああ、確かに、しんどい状況だろう」アレックスの言葉には同情の色などまるでなかった。「そういうのが嫌なら最初からロ――その親玉の会計士なんかにならなきゃいいんだ。で、この話を聞いてどうだ？　水晶玉をのぞいて、この会計士がどこにいるか教えてくれるとでも言うのか？」

ケイトリンはさっと顔を上げたが、アレックスは彼女を冗談のネタにするつもりはなかった。彼女の言うことが、何かの役に立つかどうか、本当にわからない。それでも彼はじっと彼女の答を待った。

「捕食動物に対抗する行動は、通常二種類ある」ケイトリンが話し始めた。「逃走、そして保護色、つまり自分を目立たなくして見つからないようにすることよ。会計士は逃走したの？」

「いや、実は今朝、やつの姿は目撃されている」

「ということは、会計士が高跳びしなかった理由があるはずだわ。その理由を調べてみたらどうかしら。何か、あるいは誰かを待っているのかも」

待っている。アレックスはその説を考えてみた。ラッツォがまだこの近辺をうろついていると聞いたとき、アレックスは驚いた。当然、とっくに姿をくらましているものだとばかり思っていたのだ。警察にもロペスにも追われているのだ。警察は彼に口を割らせようとして、ロペスは彼の口を永遠に封じようとして。なのになぜ、この市に留まっている？　何か、あるいは……誰かを待っている？

いろいろなシナリオを考えたが、ラッツォに恋人がいるという考えはすぐに否定した。ラッツォが何よりも愛するものは二つ。自分自身と金だ。金か……どこかに金を隠していて、逃走するためにそれを持ち出そうとしているのか。追及してみる価値はある。

「では」アレックスはそう言うと、マーサに合図した。「ここにいる捕食動物は、仕事に戻らなければならないんでね」そこでケイトリンがバッグをひっくり返して何か捜しているのを見て、眉をひそめた。「何してる？」

ケイトリンはびくっとして、目を見開いた。「あの……財布を取り出そうと」

アレックスの眉間のしわが深くなる。「何のために？」

ケイトリンは救いを求めるかのように、四方の壁を見渡した。「それは……」うなだれながらぼそりと言う。「お勘定の私の分を払おうと思って」

マーサがアレックスの右肘の下あたりに勘定書きを置いたので、ケイトリンは手を伸ばした。アレックスは彼女の手首をつかみ、温かくてやわらかな皮膚の感触を意識した。

「いえ、ほんとに」ケイトリンが抵抗する。「払わせて」手首を振りほどこうとして、彼女はアレックスの前の氷水の入ったグラスをひっくり返した。

冷水が自分の急所に当たる衝撃に、アレックスは一瞬、目を閉じた。一時間ほど前には熱々のコーヒーをこぼされたのと、正反対の感覚だ。目を開けると、ケイトリン・サマーズが引きつった表情をしていた。

まあ、いい。これで下半身の熱がすっかり冷めた。どんな不幸にも喜ぶべきところはあるものだ、レイが昔そう言っていた。

「正直に言えよ」アレックスは十ドル札を二枚テーブルに置くと立ち上がった。「君はクリーニング屋の回し者か？」

4

「こんな時間に、ここで何をしてる?」

背後で太い声が厳しい口調で響き、ケイトリンはびくっと飛び上がった。声の主が誰かはわかっている。アレハンドロ・クルーズ警部補の声は、聞き間違いようがない。太く張りのある声そのものだけではなく、有無を言わせない口調のせいだ。そう、これは彼の声だ。

ケイトリンは、彼との対峙《たいじ》に備えて頭をすっきりさせておこうとまばたきをしながら、ゆっくりと振り向いた。自分がいつも最悪な状態にあるとき、なぜかこの男性に見つけられてしまう気がする。

ランチのあと、二人は無言で警察本部まで戻った。その間ケイトリンは、恥ずかしくて、顔を真っ赤に染めたままだった。彼は警部補室に入って行き、ケイトリンは建物のレイアウトを調べてどこに何があるかに慣れ、署員たちと顔なじみになっておこうと署内をぶらついた。

二、三時間、建物内を歩いたあと、ケイトリンは、自分の仕事をしたいのでどこかひとりになれるところがないか、とマーテロ巡査長にたずね、巡査長は捜査課のある場所から少し離れたところ、廊下の端にある比較的大きめの部屋へと案内してくれた。部屋の扉は閉めきってあり、扉には小さなのぞき穴がついているが曇りガラスがはめてある。部屋の上には〝取調室〟と書かれた札があった。ケイトリンはそこに入ると質問票の作成にかかった。

取調室というものは、その性格上、窓を設けず、室内装飾のたぐいもいっさい存在しない。容疑者を質問に集中させるためだが、五感を奪われた雰囲気になる。つまり興味を引くようなものがないので、ケイトリンにとって不幸なことに、彼女は一種のトランス状態になって仕事に没頭してしまった。外の世界のことなどすぐに忘れ、時間の経過にも気を留めなかった。

彼の太い声で、ケイトリンはどきっとして現実に引き戻された。反射的に腕時計を見ると、すでに午後七時四十五分になっている。彼女は慌てた。

「大変！」立ち上がって、書類を片づける。窓のない部屋なので、太陽光がなくなり夜になっているのに気づかなかったのだ。「助かったわ、こんなに遅くなっていると教えてくれて。急がなきゃ。リバーヘッド行きの最終バスは、八時発なの」

彼は分厚くて重い本を二冊、彼女のかばんに詰め、三冊目を手にしたところだった。

「今度はこの本が俺の足に落ちなくてよかったよ」皮肉を言ってから鋭い視線でケイトリンを見る。「車じゃないのか?」

「車を持ってないの」ケイトリンは一瞬、自分でかばんを持とうとしたが、すぐに彼が持つことを許した。言い争いをしている時間はない。リバーヘッドまではバスで二十分かかり、到着する頃にはあたりは真っ暗になっている。バス停からモーテルまで、たっぷり十五分以上は歩かねばならない。いや、小走りに急げば十分程度か。

絶対走ろう。暗くなってからあのあたりを歩くと思うと、ぞっとする。

ケイトリンは階段を二階分飛ぶように駆け下りた。警部補がすぐ後ろをついて来ているのは、感覚でわかった。笑い合ったり冗談を言ったりしながら、階段を上へ行く夜勤の警察官をぬうようにして下りるのは大変だった。やっと重たいオーク材の正面扉を押したとき、肘《ひじ》をがっしりとつかまれるのを感じた。

「警部補」ケイトリンは本の入ったかばんに手を伸ばしながら、急いで肘を放してもらおうとした。つかまれた肘は痛くも何ともないのに、彼の手を振りほどくことはできない。「かばんを持たせてしまって、すみません。では、私ここから走って行きますから」

厳しい顔がケイトリンをにらみつける。「君はどこへも走って行かない。俺と一緒に来るんだ」

ケイトリンの頭から冷静な思考というものがすっかり消えた。ぴたっと足を止めると、肘をつかまれていたので、そのまま体の向きが変わり、彼のほうへ抱き寄せられる格好になった。至近距離で、ケイトリンは彼を見上げた。夜になって、顎《あご》のあたりにうっすらとひげが生えてきている。この人はきっと、一日二回ひげ剃《そ》りをしなきゃならないタイプね、と彼女は思った。夜に外出するときは、そうするに違いない。これまで警察本部の建物の、むっとするような汗や、消毒剤の臭いでわからなかったのだが、彼との距離があまりに近く、彼の匂《にお》いがわかる。かすかな石鹸《せっけん》の匂いに革と銃のオイルの匂いが混じる。怖い顔で見下ろされているにもかかわらず、ケイトリンはもっと彼に近づきたくなった。そんなふうに思うなんて、どうかしてる。けれど昼間体が触れ合ったときのあのすてきな感覚をまた確かめてみたい気がする。

誘惑に負けてしまいそう――ケイトリンは半歩だけ彼に近づいた。

ああ、すてき。彼の感触。こんなふうに感じた人は、初めて。これまで触れ合ったことのある男性と言えば同級生たちがほとんどで、彼らの体はなよっとしていて、腕や脚も細かった。そんな体に触れても、興奮することはなかった。

昨年の秋、ケイトリンは生物学専攻の院生と付き合った。この男性はウェイトリフティングにはまっていて、ケイトリンをベンチプレス代わりに持ち上げることができた。完全な筋肉ばかりで、体じゅうが筋肉で盛り上がり、触れると岩みたいな感覚だった。彼は自分の筋肉のことで頭がいっぱいで、彼にキスしても自分の腕にキスしているのと変わりなかった。あれでは興奮などできない。

警部補の体には興奮する。強くてしなやかで、自分の体にぴったり寄り添う感触。手を伸ばして影のある顎を両手で包みたい。そうすれば彼の表情は少しはやわらぐのだろうか。そうしてみたい誘惑に、ケイトリンは負けそうになった。

この男性は、どうやら自分の理性を狂わせてしまうらしい。まともな思考ができなくなっている。そういうのは危険だ。火遊びをしていい男性でないのは明らかだ。彼はタフで感情に流されない男性だし、何より、来週いっぱい、彼の協力が必要なのだ。彼に触れるのなど、問題外だ。

ケイトリンはこぶしを握り、さっと体を離した。

「私、急いでるんです、警部補」また腕をふりほどこうともがく。「バスの時間が――」

「言ったよな、俺のことはアレックスと呼べと。それから君はバスには乗らない」

ケイトリンはぽかんとした。「失礼、今、何て？」

彼は腕を放し、今度はケイトリンの背中に手を置いた。大きな手。「俺のことはアレックスと呼ぶ。俺に子守り役を頼みたいなら、敬語を使うな」

威圧されてはいても、ケイトリンの胸に自尊心がわき起こった。十二歳のときに父を亡くして以来、さまざまなアルバイトをしながら、今日まで一生懸命人には頼らない生活を送ってきた。大学を卒業し、大学院に入ったのも、人一倍努力してきたからだし、自分のことは何でも自分でする癖を身につけた。実のところ、自分が自立した人間であることに、プライドを感じていた。

ケイトリンはぴたりと動きを止め、彼をにらみつけた。「あなたに子守りなんてしていただかなくて結構です。必要ありませんから。自分のことは何でも自分でできます。今、私がしなければならないのは、八時発のバスに乗ることです。このバスに乗り遅れれば、モーテルに帰る手段がなくなります。タクシー代なんて、持ってませんから」ケイトリンはできるだけ居丈高に言って、今すぐこの建物から出なければならないことを警部補に理解させようとした。ところが、彼のほうは横の通用口にケイトリンを引っ張って行く。

「帰る手段ならあるぞ」警部補が言った。「俺だ」

「クルーズ警部補——」

「アレックスだ」

「アレックス」もう怒りを抑えるのも限界だった。ケイトリンは足を突っ張って抵抗した。こんなひどい事態になるとは。非生産的な会話だ。彼に自分の存在を重荷だと感じさせることだけは避けたかったのに。そうなれば厄介払いのいい口実を与えることになる。「私の子守りをしなければならない理由など、あなたにはないわ。そんなこと、思ってもらわなくていいの。まったく、いっさい。食事をおごる必要も、運転手代わりを務める必要もない。ただ私は、どうしても必ず、バスに乗らなければならない。このままじゃ、乗り遅れる」不愉快な表情でわざとらしく腕を見下ろす。彼の手はまだしっかりと肘をつかんでいたが、ケイトリンの視線で手を放した。

「君はレイの紹介で来た」太い声には、これが口論の決め手になる、という響きがあった。彼が肩をすくめる。

ケイトリンは自分の偽物のスウォッチを見た。いつからこの時計をしているのだろう。しかし、時計が7：55と告げているのを見て、パニックになった。これ以上ぐずぐずしていられない。バスに乗り遅れる。「警部補が、モーテルまで私を送って行く義務があると感じてらっしゃるのはわかりました。けれど、その必要はありませんから」

「アレックス」

「アレックス」ケイトリンは繰り返しながら、追い詰められた気分だった。7：56。

「そんな義務、あなたにはないわ。エイヴァリー本部長も、あなたが私の面倒をみることを期待していたわけじゃない。本部長はあなたと署の皆さんが、少しの時間を割いて、私と話してくれることを望んでいただけなの」

「君はレイの紹介で来た。正直に言おう。君がひとりで夜にリバーヘッドを歩くことを許したとレイに知られれば、俺は殺される」

う、う。ケイトリンは反論の言葉をのみ込んだ。理由のひとつは、自分が実年齢より若く見えることは、ケイトリン自身よく知っている。おとなの女性らしいまともな服を着ていないからなのだが、そんなお金はないのだ。そこに本来の見た目も加わり、誰もが自分を子ども扱いする。その事実に苛立《いらだ》ちを覚える。自分はばかではないし、世知に無頓着《むとんじゃく》なわけでもない。「あのあたりを、うろつくわけではないんです――ないのよ、アレックス。すごく気をつける。ほんとに。危ない地区でどういうことをしてはいけないかぐらい、わかってる。心配は無用よ」

柳に風、とはこのことだろう。アレックスはまたケイトリンの肘をつかんだ。今度は痛みを感じるか、感じないかぐらいの強さになっていて、振りほどくことは不可能だとわかった。そして通用口へと歩かされたが、抵抗することなどまったくできなかった。ここで逆らえば、大騒ぎになるだろうし、おそらく腕を切り落とさねば、放してもらえそうにない。そしてちょうどそのとき、玄関の大時計が八時を告げた。

ああ、もう！　バスは出てしまった。

二人は通用口から駐車場へ出た。警部補――違った、アレックスが、上着のポケットの中で何かのボタンを押すと、〝クルーズ警部補〟とペンキで書かれたレンガの壁の前の場所に停められていた流線形の車が、かしゃ、といかにも高級そうな音を立ててロックを解除した。なるほどね、とケイトリンは心の中でぼやいた。この人は部下の署員たちだけでは足りずに、車まで自分の思いどおりに操るわけだ。車までもが、彼の命令にいつでも従います、と待ち構えているように思えた。

骨董品《こっとうひん》かがらくたか、自分が所有していた車のことが思い出される。昔付き合っていたボーイフレンドにちなんで、その車にはマービンというあだ名をつけていた。肝心なときには、絶対に役に立たない存在、そういう意味合いで元ボーイフレンドとその車には共通点があった。車のほうのマービンには、キーレスエントリーはおろか、パワーステアリングも、エアコンもついていなかった。タイヤが四つついていることだけでもありがたいと思うような車だった。そのタイヤもすり減って溝などまったくなかったが。

アレックスは助手席側のドアを開いてケイトリンを座らせ、彼女が座席に落ち着くとやっと腕を放した。そして自分も運転席に着くと言った。「シートベルト」彼はどこまでも警察官なのだ。

「はい、はい。わかりました」

皮肉っぽいケイトリンの言葉に、アレックスが振り向いたが、特に気にしている様子もない。「法律で決まってるからな」

法律ならケイトリンのほうが詳しい。法律が問題なのではなくて、彼の言い方に皮肉を言いたくなるのだ。「そう。でも私を守る責任とか、宿泊先まで送り届けなきゃならないなんて法律はどこにもないわよ」

彼が慣れた手つきでギアをバックに入れる。「そこのとこは法律では曖昧《あいまい》だがね、ミズ・サマーズ、決まりってものはあるんだ」

「ケイトリンよ」やれやれ。「私の子守りをする気なら、せめてファーストネームで呼んでよね」

道は渋滞しており、結局四十分近くかかってしまった。朽《く》ち果てる寸前のモーテル——朽ち果て始める前でもひどいモーテルだったに違いないが——その敷地内に車を乗り入れたときには、あたりはすっかり暗くなっていた。

モーテルから道路をはさんで向かい側にあるのは、すさみきった集合住宅だ。右側にはがれきを敷きつめただけの空き地、左側にベニヤ板で囲った建物がある。建物の壊れたドアに貼《は》ってある通告書によれば、この建築物は安全性に問題があるため立ち入り禁止だということだった。ただ、わざわざこんな建物を実際に取り壊そうとは誰も考えないのだ。

高速道路をマディソン通りで降りて、リバーヘッド地区に車が入った瞬間、あたりの景色は一変する。昼から突然夜になった感じ。道行く人もまばらで、たまに見かけてもひどい服装をしている。歩くことさえおぼつかない人、ずっと同じ場所に立ったままの人。ドラッグのせいか強い酒のせいか、目を閉じハイになっている人。新しい建物はなく、夏に涼を取るためのポーチを作るのが流行していた当時に建ったものばかりだ。そのポーチにはたくさんの人々が力なく腰を下ろしている。段に脚を投げ出し、そのあいだに酒のボトルを置き、ときおり通り過ぎる車をぼんやりと見つめる。

統計によると、リバーヘッドにおける犯罪発生率は、ベイローヴィル市のリバーヘッドを除いた地域と比べて二倍の高さになる。だが実際は、犯罪発生率は記録よりはるかに高い。ほとんどの犯罪が警察に届け出られないからで、その理由は簡単だ。被害者のほうも、犯罪者だから。平均すると、リバーヘッドでは三日に一度殺人があり、週に一度は強姦《ごうかん》事件が起こる。一日四件の強盗があり、ドメスティックバイオレンスの件数など、数えきれない。毎日四百万ドル前後の麻薬取引が行なわれる。

ただ、この地区で商業活動として行なわれる唯一のものが、麻薬取引なのだ。

リバーヘッドの人々の平均寿命は、他の地区より三十年短く、それには当然の理由がある。ここの住民は全員が貧しく、ドラッグかアルコールの依存症で、両方に依存している人たちも少なくない。依存症がなくても、たいていは結婚相手が依存症か、依存症の親のもとに生まれる。ここから逃げ出せる希望などはほとんどなく、離れるには棺おけに入らなければならない。実際、統計ではリバーヘッドの十代の少年少女の多くが殺人事件の犠牲者として、この地区を去る。

アレックスはこの地区で育った――実は、カールトン・インから六ブロック離れたところにある裏小路だ。彼の家族ということになっていた人たち――アルコール依存の母と、ドラッグで頭がいかれた父も、この地区で育った。アレックスの遺伝子に〝リバーヘッド〟というものが組み込まれているのだ。ここで生まれたアレックスは、ここで死ぬことが運命づけられていた。リバーヘッドの失われた魂たちと同じように、生き急ぎ、若くして命を落とし、あとに恥辱を残す運命だったのだ。

レイに出会えたことを、つくづく神に感謝する。

アレックスが不良少年だった頃から、カールトン・インはここにあった。その当時は、市内のサラリーマンたちが、簡単にセックスに応じてくれるリバーヘッドの若い娘を相手に、昼休みに欲望を満足させるための場所として使われていた。

リバーヘッドには囲われた愛人などいない。豪華なコンドミニアムをあてがわれたセクシーなレディとか、高価なコールガールも存在しない。ここの女たちは、車の中に呼ばれて口でのサービスをし、十ドルもらえればラッキーと考える。カールトン・インでもっと本格的なサービスをしたら二十ドルだ。だからそのニーズにこたえるため、カールトン・インは時間貸しをする。

数年前に、リバーヘッドをきれいにしよう、という一過性の運動みたいなものが起きた。カールトン・インは外壁のペンキを塗り直し、屋根も修理して、普通のモーテルとしても通用しそうなところまできれいになった。ところが、今見るとまたペンキが剝《は》げ落ち、ちょっとした売春まがいの行為より、はるかに危険な目的のために使われているようだ。

アレックスは受付事務所の正面に車を横づけした。入り口の弱い電灯でも、照らされていれば車のホイールキャップを盗まれずに済む——十五分以内なら大丈夫、まあ何とか二十分は無事だろうと考えたからだった。

エンジンを切ってからケイトリンのほうを向いて、皮肉を言った。「リッツ・カールトンに到着したぞ」車中で、彼女はとても静かだった。外の景色が暗く、そしてすさんだ様子になっていくところを黙って見ていた。

だめだ、こんなところには、彼女はひどく場違いだ。モーテルの玄関前の電灯が、ついたり消えたりしている。おぼつかない光に照らされた彼女の姿は十代の少女みたいに見えた。誰にも危害を加えることのない子ども。そんな子どもであれば、絶対に危ない目に遭わないという場所も世の中にはある。しかしここは違う。リバーヘッドでは、さあ拉致《らち》してくれ、と合図を発しているようなものだ。

「そんな立派なホテルじゃないけど。そうでしょ?」ケイトリンが静かに言った。

あたりまえだ、まったく違う。

アレックスは車から降りて助手席側に回り、彼女のためにドアを開けた。彼女はひび割れた路面に足を下ろした。

アレックスが真鍮《しんちゅう》の取っ手を持って、ケイトリンを先に中に入れてから、肩で重い玄関の扉を押し開けると、自分も続く。遠くで、ちりん、ちりんと音が鳴った。ケイトリンはアレックスの眉間《みけん》のしわがさらに深くなった。はがれた壁紙や割れ目のある床を見て、アレックスの眉間のしわがさらに深くなった。

フロントには誰もおらず、部屋の鍵《かぎ》が板にフックでぶら下げてあるのを見て取ると、眉間にしわをよせているだけだった顔が怒りの形相に変わった。

「君の部屋番号は？」ケイトリンにたずねる。

「４４６号室だけど、どうして？」

アレックスはカウンター越しに手を伸ばし、かけてあった鍵を取った。その鍵をポケットに入れたのと同時に、汚らしいターバンを巻いた浅黒い肌の痩《や》せた男が口をもぐもぐさせたまま現われた。奥のドアのほうからカレーの匂いがふわっと漂ってくる。男は礼儀正しい笑みを浮かべていたが、ケイトリンを見るなり、本ものの笑顔になって彼女を迎えた。「これは、サマーズさま、お帰りなさい」

「こんばんは、ハッサン」

「鍵がお入用ですか？　４４６号室でしたよね？」男が鍵のぶら下げてある板を見る。

「はて、おかしいな……」男はこちらに向き直り、自分の鼻先にアレックスが掲げる警察バッジが突きつけられているのを見て凍りついた。バッジのすぐ後ろでアレックスがにらみつけている。「な、何でしょう?」

「ベイローヴィル警察だ」アレックスはどうにか怒りを抑えておこうと、低い声で告げた。このクズ野郎のせいで、ケイトリンはレイプされるか、殺されていたかもしれないのだ。「ハッサン、今日はついてたな。業務上過失傷害で、おまえを警察本部まで引っ張っていかずに済んだんだから。しかも移民局におまえの就労ビザの問い合わせをするつもりもないんだ」

ハッサンの浅黒い肌が、蒼白《そうはく》に見える。

アレックスはケイトリンの部屋の鍵をハッサンの目の前でぶら下げて見せた。「一度しか言わないから、よく聞け。何があっても絶対に鍵を置いたままここを離れるんじゃないぞ。どうしても仕方ない事情で席を離れる場合は、ミズ・サマーズの部屋の鍵も一緒に持って行け。もしそれを怠って、彼女の身に何かあったら、おまえが残りの人生のすべてを塀の中で暮らすようにしてやる。必ずそうなるようにこの俺が最後まで見届けるからな」アレックスは憤怒《ふんぬ》の眼差しを向けた。今の言葉は脅しでも何でもない。「わかったか?」

ハッサンはびくっとした。「は、はい! 確かに」両手を重ねて額をその上にこすりつける。「しっかりと」

アレックスはしばらくそのままハッサンを見ていたが、そのあとケイトリンの背中に手を置き、疵《きず》だらけのエレベータのほうへと促した。

ケイトリンは扉が閉まるのを待ちかねたように、話し始めた。エレベータが、きいきいと音を立ててのろのろ上がって行く。「あんなひどい言い方をしなくてもいいでしょ？」彼女がアレックスと向き合う。「かわいそうに。ハッサンを怖がらす必要がどこにあるの？」

「冗談だろ？　必要があるからああ言ったんだ！」エレベータが停まり、アレックスは警戒しながら廊下へ出た。廊下の照明は暗く、４４６号室はその階の端で、そこまでには物陰もたくさんある。「外から誰でも玄関に入り、君の部屋の鍵を手にすることができるんだぞ」その可能性を考えて、アレックスは改めてぞっとした。あとをつけられていたとしても、彼女は気づかないだろう。そしてホテルまで追って来て、彼女の部屋が何号室かを知る。その後、あの間抜けなハッサンが奥の事務室に引っ込んでカレーを腹に詰め込むあいだ、悠々と鍵を盗んでいける。

ケイトリンは彼の言うことなどに、聞く耳を持たない。「ハッサンは去年、パキスタンからこの国に来たばかりなのよ。農学を学ぶために、細々とお金を貯めている。そんな人を死ぬほど震え上がらせたのよ、あなたは。移民局に連絡するなんて、あんまりでしょ！　ハッサンならちゃんと労働許可証《グリーンカード》を持ってるはずだわ。そういう話なら――アレックス、何をしてるの？」

アレックスは鍵を使って446号室のドアを開けたが、ピッキングしても二秒ぐらいで開錠できそうだった。入口の片方に体を寄せてドアを押し、部屋の中をさっと見渡してから、一歩だけ中に入った。そこから少し大股《おおまた》気味に三歩進んだだけで、部屋の奥の壁に行き当たってしまった。カールトン・インは広々とした空間を売りにしているわけではないのだ。小さなクロゼットの中、さらに小さなバスルームも調べる。

ケイトリンは戸口で腕組みをして待っていた。「どうなの」勝ち誇った口調だ。「麻薬の売人がベッドの下に隠れてた？　シャワーブースに連続殺人犯がいた？」

「いや」アレックスは戸口のほうへと戻り始めた。廊下の薄暗い照明のせいで、ケイトリンの肌が輝いて見える。アレックスが近づいていく様子、彼女の目を見たまま前に進んでくるところを見ていた、空色の彼女の瞳《ひとみ》が大きく見開かれる。

アレックスは彼女の手を取り、その手のひらに鍵を置いた。彼女の両手をすっぽりと彼の手が包み込む。華奢《きゃしゃ》でたおやかな手。そのまま自分の手を離すことができなくなって、アレックス自身驚いた。脳が機能を停止したのか。ただ警官としての観察眼は、彼女の呼吸が不規則になっていくのを見逃さなかった。アレックスの唇に注がれていた彼女の視線が、やがて彼の瞳へ、淡いピンクの唇がそっと開いて……

何かを考えたわけでも、計画したわけでもなく、そしてそうしようと思ってさえいなかったのに、アレックスはいつの間にか上体を倒していた。彼女の瞳が大きく開かれて彼を見つめている。彼女が目を閉じた瞬間、アレックスは唇を重ねていた。
ケイトリンが口を開け、ほうっと息を吐くのを、アレックスの口が感じた。さらに近寄ってうなじを手で支え、もう一方の手は彼女の腰に回し、彼は唇を奪い始めた。
こんなことをしてはいけない理由なら山ほどある。
その1：ケイトリン・サマーズは二十八歳だが、外見的には女子高生みたいだ。アレックスの実年齢は三十八歳で、警察官年齢で言えば百九十歳にもなる。そんな男女が釣り合うはずがない。
その2：アレックスの好みは世知に長《た》け、経験豊富な女性だ。触れたら壊れそうな少女ではない。彼のモットーは情熱的に愛し、きれいに別れる、というもので、これまでずっとそうだったし、今後もそのモットーを変える気はない。面倒な付き合いなどごめんだ。
その3：この少女、いや女性は、きちんとした交際相手として扱うべき存在であり、気品のある顔からも、深い絆《きずな》を育むべき女性であることぐらい一目瞭然《いちもくりょうぜん》である。
その4：この女性はレイの紹介で警察本部にやって来た。レイの教え子であり、言うなれば彼の娘のようなものだ。レイはアレックスにとって父親同然の男性であり、とすれば、彼女と体の関係を持つのは……近親相姦みたいなものではないか？　いや、違うか。

その5：来週いっぱい、彼女はずっと警察本部にいる。その間、アレックスの頭は彼女のことばかり考えてしまう。セックスしたら、事態はいっそう悪くなる。彼女がそばにいると思うだけで、下半身が頭の機能をストップさせてしまうだろうから、思わぬミスをしでかして、警察本部の責任者としての威厳を失い……

理由その6には、結局たどり着けなかった。下半身に集まった熱のせいで、アレックスの頭の中がショートし、論理の堂々巡りが終わったからだ。彼女の唇の感触に酔いしれる。これまでキスをするとき感じたあの甘ったるい味は、口紅だったのだ。自分はあれが大嫌いなのだということに、アレックスは初めて気づいた。ケイトリンとのキスに没頭するあまり、普段の彼ならけっして忘れないこと――最初は軽く口づけをして、そのあいだにもっと濃密なキスへと発展させていいという女性からの合図を確認する――そういうステップまで飛ばしていた。

だめだ。そんなステップなど考えられない。アレックスは彼女の口をむさぼり、舐《な》め、吸い上げ、噛《か》んだ。甘いデザートを与えられた飢えた男のように。

芳香に包まれて温かな花の海に飛び込み、花びらに背中を愛撫《あいぶ》されているような気分だった。

ケイトリンが腕を上げて、彼の首に巻きつけた。重たい本の入ったかばんが、どさっとアレックスの足に落ち、骨の何本かが折れたぐらいの衝撃があったが、そんなことなどどうでもよかった。頭をショートさせているのと同じ熱が、足先の感覚をブロックして痛みが脳に伝わらない。何の痛みも感じなかったアレックスは、ただもどかしそうに足からかばんを蹴《け》りどけた。かばんがあることでほんの数センチ彼女とのあいだに距離ができ、それが我慢できなかったのだ。できるだけ近くに。もっとぴったりと体を寄せ合いたい。彼の手の先に力が入り、顔の角度をずらしてもっと深く彼女の口を味わう。あまりに気持ちがよくて、口がふさがっていなければ、高らかに笑い出していただろう。

彼の下半身のほうも、この状況を楽しんでいた。すっかり硬くなり鉄の棒のようになって上を向き、彼女の女性器のあいだをこすっている。薄手のワンピース生地とパンティだけなので、その部分の形まではっきりとわかる。布地越しに、彼女の小さな割れ目をはっきりと感じる。抱き合うだけで頭の上半分が吹っ飛んだみたいな気分になるのなら、肌と肌が直接触れ合えば、どれほど気持ちいいのだろう？

そう、すごく気持ちいいはず。

アレックスの右手が腰のあたりからワンピースの裾《すそ》へと伸びた。薄い生地なので持ち上げて手を彼女の太腿《ふともも》にはわせるのは、とても簡単だった。長い脚のなよやかな肌を感じてすぐ、彼の手がまっすぐに向かったのは……

これだ！

ああ。手のひら全体でその部分を覆うと、アレックスは持ち上げるようにして彼女の中心部をつかんだ。興奮のあまり、二人は同時にあえぎ、酸素を求めたが、それでも唇は重ねたままだった。アレックスのキスがさらに濃密になる。その感覚があまりに気持ちよくて、彼は自分の右手が何をしているのかを忘れそうになった。完全に忘れたわけではない。なぜならそこで、その手を邪魔するものを感じたのだ。彼は無性に苛立ち、自分の手を邪魔するそれを思いきり引っ張った。何かが裂ける音がしたが、その音も彼の耳にはほとんど届かなかった。やわらかで湿った彼女の中心部の奥に向かって指がするりと入ったからだ。最上級のシルクよりもなめらかだ。彼の指がその周辺部をなぞっていく。

彼の指が中へ入ると、ケイトリンが大きくあえいだ。指がさらにもう一本入ると、悲鳴のような彼女の声が、アレックスの口の中で反響した。

彼女はすっかり濡《ぬ》れているが、指がとても窮屈だ。アレックスのすべてが、口と指と、そして脚のあいだのものだけが得る感覚に集中した。こんなにきつくては、自分のものを入れることなど不可能だ。まず指でここを広げておかないと。そう思った彼は、二本の指の間隔を少し広げた。すると、彼女の体がびくっと反応し、小刻みに震え始めた。はっはっと短く息を吐き、自分の体の反応をどうすることもできないらしい。

するとそのとき、アレックスの指が脈動を感じた。わずかに残っていた彼の脳の機能が、これは自分の手が絶頂を迎えているのだろうか、と自問した。

違う。手が絶頂を迎えるはずがない。ケイトリン・サマーズの——歓びの瞬間だ。

こんな感覚は、アレックスにも初めてだった。彼女のやわらかな肉が、リズミカルに自分の指を締め上げ、アレックスにもたれかかる彼女の体が歓喜にもだえて、張りつめている。彼女の体を貫くクライマックスを、アレックスは自分の口から、胸から、そして手からも感じた。

アレックスはズボンの前を開けた。ああ。解き放たれた感覚がこれほどうれしいとは。本当に気持ちいい。息が苦しくて、そして大きくなった自分のものをつかむと、彼女の中へ突き立てようとした。呼吸を整えるために、ほんの一瞬唇を離した。

視線を下げた瞬間、彼は凍りついた。

ケイトリンの顔は青ざめ、ショックのせいかわけがわからない表情を浮かべていた。空色の瞳が警戒するように大きく見開かれ、やわらかな口が少し開かれている。唇は彼にキスされたことで、濡れて光っていた。

何てことをしてしまったんだ。彼女は息も荒く、震えて、ぼう然自失状態だ。今は、簡単に体の関係を持てる女性と、気楽なセックスを楽しんでいるわけではない。ドアのフレームにもたれ、手早く互いの欲望を満たしているのとは違うのだ。ドアもまだ開いたままだ。自分はいったい何を考えていたのだろう？

アレックスは一歩後ろに下がり、赤くぱんぱんにふくれ上がった自分のものを視界にとらえて、身震いした。彼はケイトリンの体から指を抜き、手を離した。ワンピースの裾が元の位置に戻り、彼女の脚が見えなくなった。彼女はいくらかなりと品位を取り戻したが、アレックスのほうは、前を開いたズボンから、自分のものがぴょんと飛び出し、岩のように硬くなったその先端から、しずくがこぼれている。見るからに、どうしようもない最低男だった。

こんなふうに自分がコントロールできなくなったのは……何年ぶりだろう？　高校のときですら、こんなことはなかった。ふん、高校当時はセックスの相手にまったく不自由しなかったから、抑制が利かなくなることなど、絶対になかった。これほどまでに興奮したのは、ただ単に、長い間セックスしていなかっただけのことだ。禁欲者みたいな生活をそろそろやめないと。世の中には相手をしてくれる女性なら、たくさんいる。男性ホルモンが活発に出てきて、アレックス自身がその気になり始めたのだから。

彼はもう一歩退いて、飛び出した自分の分身をズボンの中へ入れようとした。あうっ。痛みに飛び上がった。ものすごく痛い。そしてびりびりに裂けた布地を床から拾い集めた。彼女のパンティ。まったく。彼女の下着を破り裂いたとは。自分の女性の扱いには洗練されたものがあると自負してきて、下着を破るような経験などこれまでなかった。ほんとに俺は、どうしちまったんだ、と彼は自問した。

「ほら」声がうまく出ないので、アレックスは一度咳払《せきばら》いをした。「ほら」同じ言葉をつぶやく。「悪かった。俺が……その、破った」

ケイトリンは突っ立ったまま、少しだけ口を開けてアレックスを見つめている。彼はケイトリンの手を取り、破れたパンティを彼女の手に握らせ、もう一度謝った。

「悪かった」

「いいの」声がかすれている。ケイトリンは視線を下げ、握った布きれを見つめた。少し前までは自分の下着だったが、今となっては何の役にも立たない、布地。その姿は、いじめっ子に人形を叩《たた》きつぶされた十歳の女の子みたいだった。

アレックスの手がまさぐったせいで、髪は昼間よりさらに乱れていた。ポニーテールからこぼれた金色の髪が、ほっそりした肩でいく筋も輝いている。

ここを出なければ。出ないと、彼女を壊れかけのベッドに押し倒し、汚いベッドカバーの上で、のしかかってしまう。そのまま誘われるようにすぐ、温かでやわらかな肉のあいだに、自分のものを埋めてしまうだろう。そして激しく彼女を奪う。そうしたくてたまらない。欲望で体が震える。アレックスは大きく体を離した。

「俺が出たらすぐに鍵をかけろ。ドアチェーンを忘れるな」言い方が荒っぽくなる。

ケイトリンはうなずいたが、それではふじゅうぶんだ。

「どうするか、自分で言ってみろ」

「鍵をかける」まだあえぐような声だ。「ドアチェーンを忘れない」

「窓にもしっかり鍵をかけるんだ。どんなに暑くても」

彼女がうなずく。「わかった」

「誰が来ても応対するな。ドアを開ける相手は俺だけだ。絶対に。わかったか？」

「ええ」彼女の呼吸が少し落ち着いてきた。澄んだ空色の瞳で、まっすぐにアレックスを見る。

「朝なら、バスを使っても大丈夫だ。帰りは俺がここまで車で送る」

「私なら――わかった」

「ここでは誰とも口をきくな」念には念を押しておかないと。「いいな？」

彼女は目を見開いてうなずく。

ちくしょう、早くここを立ち去らねば。さっき絶頂を迎えた彼女は頬《ほお》をうっすらと染め、どうしようもないぐらい美しい。今行かなければ、ここから動けなくなる。それぐらい、アレックスにもわかっていた。

「じゃあ、明日の朝、また」

彼女がまた、こっくりとうなずいた。

「鍵をかけるんだぞ」アレックスは部屋から出ると、彼女がドアを閉めるのを待った。鍵が下ろされ、ドアチェーンがかけられる音を確認するまで、その場を動かなかった。

よし。これでいい。それでも彼はそこから立ち去らなかった。しみだらけのカーペットに足が釘《くぎ》で打ちつけられたような気分で、ただドアを見つめていた。五分が十分になり、とうとう、いい加減あきらめろ、と自分に言い聞かせ、歩き始めた。薄暗い廊下を歩きながら、心臓が大きな音を立てるのを感じた。

何であんなことをしてしまった？　ややこしいことになるだけなのに。今、ややこしいことはまずいのに。

ややこしいことはご免だし、彼女もご免だ。

アレックスは何にも、誰にも煩《わずら》わされたくなかった。唯一求めるのは、アンジェロ・ロペスを塀の向こう側に閉じ込めることだけ。

5

翌日、ケイトリンは最大限の努力でアレックスを避けた。うまい具合に、彼のほうでもケイトリンを無視し続けている。ありがたい。彼にどんな顔を見せ、何を言えばいいのだろう？　ごめんなさい、あるまじき態度を取ってしまったわ。だって、あなたはとてもいい匂《にお》いがして、あなたに抱かれた感触がうれしくて、キスに夢中になって、正気を失ったの。

そんなことが言えるはずがない。

ケイトリン自身、自分に何が起きたのかを把握しきれずにいた。わかっているのは、あれはまったく、完全に予想外のできごとだったということ。ベイローヴィル市警察本部長代行、アレハンドロ・クルーズ警部補は……キスという行為とは無縁の人物のように思えた。彼が唇を重ねてきたあの瞬間まで、ケイトリンはそう信じていた。

そしてめくるめくキスのあと、彼女を愛撫《あいぶ》し、彼女は絶頂を迎えた。

これもまた、驚愕《きょうがく》の事実だ。ケイトリンはこれまで、自分の年齢、ならびに社会経済的な地位からすれば相応の肉体的経験があると考えてきた。付き合った相手の数は多くはないが、少なくもない。その誰も、誰ひとりとして、ほんの数分でケイトリンにクライマックスを体験させることはできなかった。しかも行為としては、ただ、祖母なら〝ヘビー・ペッティング〟と呼ぶようなことをしただけなのに。

そもそも、ケイトリンは絶頂に至るまで時間がかかり、それについて愚痴を言われたことも何度かある。

アレハンドロ・クルーズ警部補は違う。キスして触れて、それだけで導火線に火をつけたのと同じだった。そのままケイトリンは爆発してしまったのだから。

それを思うと、恥ずかしくて仕方ない。

さらに情けないのは、昨夜ほとんど眠れなかったことだ。ベッドは硬くて、あちこちでスプリングが出っ張り、変な臭《にお》いもした。しかし実際は、唇が重なった瞬間からのすべてのことを思い出して、窓の外が白んでくるまでひとり悶々《もんもん》としていたのだ。恥ずかしかったせいもある。それは事実だが、体がほてって身もだえしていた。

彼とのわずか数分のことを思い出すだけで、過去の恋人二人との実際のセックスのときよりもはるかに興奮してしまう。

自分は新しい人間に生まれ変わったような気分だった。以前はどちらかというとまじめいっぽうの学者で、男性の扱いより書籍のほうが詳しいというタイプだったのだが、今の彼女は男を惑わす魔性の女に――魔力を発揮できる時間はほんのわずかのあいだであるとしても――変身したような感じ。アレハンドロ・クルーズ警部補みたいなセクシーで思いどおりに女性をクライマックスに導ける男性さえ、誘い込めるのだ。すごい。つまり自分はセックスの女神になったわけだ。

残念なのは、セックスの女神としては、長時間君臨できなかったこと。アレックスは唇を離した瞬間、こわもての警部補に戻ってしまった。数分で、しかも口と手だけで女性に絶頂を与えられたら、普通の男性は自分の技巧の見事さにほくそえむところだ。自慢顔で、次の段階へと移ろうとするだろう。ベッドで、裸で。

アレックスは愕然とした顔になった。自分という男を逮捕したそうな雰囲気だった。その後、また過剰な保護態勢に戻った。頭の中にあるのは、ケイトリンの身の安全だけだ、というように振る舞った。

彼が退いたことが合図となり、ケイトリンの頭も機能し始めた。それまでは頭以外のところにしか血がめぐっていなかったのだ。脳が働き始めると、ケイトリンは激しい後悔に襲われた。自分は何を考えていたのだろう？　何も考えていなかったのだ。

ああ、どうしよう。取り返しのつかない失敗をした。

これまで自分の職業倫理観には、プライドを持っていた。会ったばかりの、しかも自分の研究にきわめて重大な意味を持つ男性の腕の中でとろけてしまうなど、倫理観のかけらもない。こんなことをしていたのでは、研究者としての将来はない。これまで何のために多くの犠牲を払ってがんばってきたのだろう。どこかの警察機構に行くたびに、最初に会った人とベッドをともにするなど、とんでもない。

そこでケイトリンは結論づけた。アレハンドロ・クルーズという男性は、自分の頭をめちゃめちゃに引っかき回すらしい、だからできるかぎり彼を避け、どうしても顔を合わせなければならないときには冷静な態度を取ることとする。

ケイトリンには、大切なものなどほとんどない。お金もないし、地位もない。仕事も研究員として採用される可能性があるだけで、今は学生だ。本当に自分のものとして自慢できるのは、頭脳と評判だけだった。気をつけなければ、その二つともアレックスに台無しにされてしまう。

朝八時に本部に着くと、朝のシフトの署員たちも一緒に建物に入るところだった。ケイトリンはできるだけアレックスと顔を合わせないようにしようと心に決めていたのだが、実際には思ったより簡単だった。午前中、彼の姿をちらっとも見かけなかった。その間、彼女は署員たちとの面談にいそいそと臨んだ。

彼を目にすることはなかったのだが、代わりに嫌というほど彼の話を聞かされた。どの面談でも途中のどこかの時点で、当初の内容から外れて〝代行〟の話になるのだ。たとえば、最近はどういった犯罪が多いのか、勤務時間について、この近辺の犯罪の傾向、みたいなことを話していたのに、五分もしないうちに全員が次期本部長と目されている人物について語り出すのだ。実際のところ、みんなが話したがる唯一の内容がそれだった。アレハンドロ・クルーズのこと。誰もが彼を大好きで、誰もが彼を厄介な人物だと思っていた。みんな彼を尊敬しており、そして彼がもう少しプライベートな時間を持ってくれれば、と心から願っていた。そうなれば、彼に絶えず尻《しり》を叩《たた》かれずに済むのではないか、と。

キャシー・マーテロ巡査長が、警察署特製の苦いコーヒーを飲みながら、彼の生い立ちについて話してくれた。「代行も、不良少年だったのよ。ずっと昔のことだけど、かなり荒れてたって。だからこそ、悪党を捕まえられるってわけ。犯罪者がどういう考え方をするのか、自分でわかるから。あの人、逮捕率も起訴率もカリフォルニア一なのよ。知ってた?」キャシーは、すごいんだから、と尊敬の念を顔に浮かべて、コーヒーをすすった。「あの人はね、犯罪者が次にどうするかを見事に推測するの。あれは天才ね。勘が働くのかわからないけど、とにかく頭がいいし。その分、ごく普通の感情とか人の気持ちがまるでわからないの。自分の感情も、他人の気持ちも。ゼロよ、まるで理解できないいんだから」

ベン・ケイド刑事――あの筋肉の塊みたいな男性だ――は、取調室での面談の中で、さらに直接的な言い方をした。原色使いの派手な服装をする彼は、性格も明るく快活で、警察官になる前は保険会社の調査員として働いていたそうだ。退職まであと十年で、現在はフランス菓子店を開くためにベイローヴィルにやって来た、きれいなフランス人女性と付き合っており、彼女に気に入ってもらうために、フランス語を勉強中らしい。

「アレックスはいいやつだよ。警察官としては最高だ。けど、何て言うか……猪突《ちょとつ》猛進タイプで、犯人を追いかけているときは、とりつかれたみたいになるんだ。もう何年も日曜日だって休まないし、最後に女と関係を持ったのだってずいぶん昔――」

ベンは、しまったと言葉を切り、きまり悪そうにケイトリンを見てからため息を吐《つ》いた。「ま、ともかくだ、今アレックスは、アンジェロ・ロペスしか見えなくなってる。寝るときも食べるときも、あのくそ野郎――え、と、ロペスのことを考えてるんだ。息をするのもロペスを捕まえるためで、いつもロペスのファイルを持ち歩いている。だが、どっかで息抜きが必要だよ。あのままじゃ、ぶっ倒れちまう。ずいぶん昔のことだが、アレックスが警察に入った頃は、ほんとにいいやつでね。よく二人で飲みに行き、女をあさったもんだ」ベンは昔を懐かしむようにほほえみ、大きな肩をすくめた。「ま、俺が一番目の女房と別れたのも、そのせいだろうけど。それはいいとして、当時のアレックスは、歩けば女がぞろぞろついてくるみたいな感じだった。ところが最近じゃ、あいつは仕事のことしか頭にないんだ。それ以外のことなんて、まるで眼中にない。この頃は特に、えらい怒りっぽくなって、何かっていうと怒鳴りつける嫌な野郎だよ、まったく。署内では、代行がちょっとばかり……人生を楽しんでくれれば、ここの雰囲気も明るくなるのにな、っていうやつが多い。怖い顔ばっかりしてないで、どっかでかわいい子と出会って、落ち着いた生活をして、定期的にセックスして、みたいな。わかるだろ？」ベンの視線が、まっすぐにケイトリンを射抜く。

「時間の猶予はないね」

＊＊＊

午後の早い時間、キャシー・マーテロ巡査長との二回目の面談が終わろうとしたときだった。アレックスが突然現われた。

今日は夕方になる前にここを出て、土曜と日曜は来ないから、と先にアレックスに伝えてあったので、ケイトリンは驚いた。計画では、午後二時三十分発のバスに乗ってモーテルに帰り、メモを見ながら面談の内容をきちんとした文書にするつもりだった。そして週末はバスに乗って市内に出て来て食事をする予定だった。リバーヘッドで気を許して食事のできるような場所など、きっとないはずだから。

そのまま市内に留まって週末を過ごし、次にアレックスに会うのは月曜日の夜になるはずだった。

アレックスは戸口に立って、中をにらみつけ、キャシー・マーテロに向かって言った。「巡査長、ここにいたのか。バートンの発砲事件の報告書、月曜の朝までに仕上げて俺の机の上に置いとくように」

「了解です」キャシーはそう言って、アレックスを見上げた。彼が立ち去ろうとしないので、キャシーがたずねる。「まだ何か用ですか？」

アレックスは渋い顔をケイトリンに向けた。ケイトリンはしゃきっと背を伸ばした。何か悪いことをしたのだろうか？　どうしてこんな怖い顔で自分のほうを見るのだろう？「明日の夜」アレックスはケイトリンに向けて人差し指を突き立てた。「君の宿舎に七時三十分に迎えに行く」

「明日の……夜？」ケイトリンは当惑して、言われたことをそのまま繰り返した。何だろう？　彼の言葉の意味が理解できない。「私を迎えに来る」目をぱちぱちさせる。

「どうして？」

「ディナーだ」アレックスは頬《ほお》の下あたりを引きつらせ、その後、去って行った。

彼の足音が廊下に響く。ケイトリンはわけがわからなくなって、キャシー・マーテロのほうを見た。「ディナーって？」

「夕食」マーテロ巡査長が何の感情も見せずに言う。「わからない？　夕方にとる食

思うの？」
を仰いだ。「どうしてまた、クルーズ警部補は私にごちそうしなきゃならないなんて
事のこと」
「ディナーの意味ぐらいわかるわ、ただ……」ケイトリンは悲鳴に近い声を上げ、天

「私が思うに——私がこう言ったなんて言わないでよね、ただ代行はおそらくこれを……まあ、デートみたいなものだと考えてるのよ。ほら、あなた今土曜の夜のデートに誘われたわけ。私の見たところでは、デートよ。ただ、もうちょっとましな誘い方ができないのかとは、私も思うけど」

「デート？」今起きたことをケイトリンは頭の中で再現してみた。あれがディナー・デートへの誘いだったの？　自分の知るかぎりでは、そうとは思えないのだが。社交的な技量を著しく欠如している、オタクの学者仲間ですら、もう少しまともな誘い方をする。「どうなのかしら……私自身は、デートに誘われたという気にはならなかったけど。何と言うか……出頭命令を受けた、みたいな」

「代行は……そうね、上から目線でものを言うときがあるのよ」キャシーは銃のベルトをもてあそびながら、やさしい口調で言った。

ケイトリンはしばらく黙って、さっきの状況をまた考えていた。それから自分の荷物をまとめ始めた。顔をしかめてキャシーに言う。「責任上、そうしなきゃって考え

てるのよ、きっと。私の面倒をきちんとみなければならない、って。レイに頼まれたんだから、宿舎に送り届けるだけじゃ足りないと思ったんだわ」

「違うわよ」キャシーはそう言って戸口に向かった。「私が言うんだから、間違いないわ。あなたは闇《やみ》の王子にデートを申し込まれた。男女間のデートをね」そして指を振ってにやにやしながら出て行った。「楽しんでらっしゃい」

＊　＊　＊

ケイトリンがカールトン・インに戻ったのは午後三時だった。ハッサンは警戒の色を浮かべながらカーテンで仕切られた奥の事務所から出て来て、メッセージを預かっていると伝えてくれた。「サマーズさま」ケイトリンがひとりであることを見ると、すぐに穏やかな表情になった。「今日は、おひとりなんですね」

「そうよ、ハッサン」ケイトリンは彼に笑顔を向けた。「鍵《かぎ》をいただける？」

ハッサンはポケットから鍵を取り出した。ここに入れていたらしい。同時に封筒も渡してくれた。「こちらは一時間ほど前にお預かりしました。若い女性がいらして、置いていかれたんです」

「ありがとう」封筒の裏を見ると、大学のときルームメイトだったサマンサ・デインからだった。サマンサはベイローヴィルにある大手の会社の経営者のエグゼクティブ・アシスタントというすばらしい職を得ていたが、その経営者がフレデリクソン財団への資金提供者のひとりだった。そのため、ケイトリンが財団の研究員となることをサマンサがあと押ししてくれるのではと期待していた。

サマンサからなら、研究員について何か知らせがあるのに違いない。

部屋に入るとすぐ、ケイトリンはかばんをベッドに置き、封筒を開けた。急いで内容を読み、やった！　と小さく叫んでこぶしを突き上げた。うれしくて狭い部屋で跳ね回ると、壁に当たりそうになった。そして椅子《いす》に腰を下ろし、もう一度手紙を、今度はもっと丁寧に読んだ。

ハイ、ケイトリン

宿泊先を、あなたのお母さんから聞いたわ。ホテルにいなかったし、あなたの携帯電話の番号を知らないので、直接ここまで来て、メッセージを残すことにした。とにかく、いい知らせだから、すぐに伝えたくて！　フレデリクソン財団の理事会が今朝、開かれ、あなたは特別研究員の資格を得たわ。年間四万五千ドルの給与が支払われ、契約は二年間更新できる。公式な発表は十四日の木曜日にあるから、あなたも遅くとも水曜までには正式な通知を受け取るはずよ。正式採用日は十八日の

月曜日。おめでとう！　私はこれから十日間、町を離れるけど、戻ったらお祝いしましょう。　じゃあね、サマンサ

ケイトリンはくらくらするような気がして、椅子にもたれた。サマンサの言葉が頭の中で舞い上がる。きらきらと輝いて、空高く。

一年間の特別研究員資格。年間四万五千ドル。

高揚した気分のまま、ケイトリンは母に電話し、祝いの言葉を受け取った。そしてベッドに座り、深く息を吸った。そのあと、感情もいっきに吐き出した。うれしさ。興奮。安堵《あんど》。

これからだ。やっとスタートラインに立った。

長年、ひたすら勉強ばかりしてきたが、とうとう人生が始まるのだ。学生という身分でいた年月があまりに長く、自分が現実の世界とはかけ離れたところにいるような気がすることがあった。学究的な世界は好きだし、自分がその道を選んだことには何の悔いもない。それでも、早く外の世界へ出て、実社会の一員として暮らしていきたいと、強く願ってきた。

ああ、やることがいっぱいある！　まず、グラント・フォールズにある家具つきアパートメントを引き払い、このベイローヴィル市にいい住まいを見つけよう。安もの

でいいから、自分の家具を買って……そうか、そんなに安ものでなくてもいいのだ。とうとう、自分でお金が使える。まとまった金額が手元に残る。ウエイトレスのチップで稼いだわずかばかりのお金を後生大事にちびちび使う必要もない。これまでずっと奨学金をあてにして、夏休みのアルバイトで蓄えたお金で暮らすという生活を続けてきたので、まとまった金額を手にするのだと思うと、不思議な感覚だ。それっておとなみたい。

ばかな、私はもうおとななのよ、とケイトリンは自分に言い聞かせた。それでも四歳からずっと身分は学生のままだったので、妙な気分だ。

そして自分の体を見下ろして、ぞっとした。確かに中身としては、立派な職業に就いた――まあ期間契約の研究員だが――おとなではあるが、外見的にはおとなとは言えない。服装は大学生そのものだ。すりへったスニーカー、いつからはいているかもわからない色褪《あ》せたジーンズ。古い木綿のセーターは伸びきって、裾《すそ》は膝《ひざ》まであるし、袖口《そでぐち》は手が隠れる。手持ちの服すべて、下着も含めて何もかも、過去五年以内に買ったものなどない。

こつこつと貯めてきたお金が貯蓄口座に少しばかりある。あのお金を貯めておく必要はもうない。今後はもっと大きな金額が入ってくるのだから、

おとなの金額が。学生レベルの金額ではない。

新しい服でも買おう。服も靴も化粧品も。美容院にも行ってみたい。明日は特別の日なのだ。新しい人生の始まりを、それにふさわしい形で祝おう。

そう、明日の夜、何ごとにも動じないアレックス・クルーズ警部補も、新しいケイトリンを見て驚くかもしれない。

よし!

＊　＊　＊

土曜日の午後七時三十分、ケイトリンがモーテルのエレベータから出て来た瞬間、アレックスは自分の舌を丸ごとのみ込んでしまいそうになった。

すげえ!

ケイトリンは約束の時間きっかりに現われた。これは予想していた。外見は女子高生みたいでも、彼女が、きちんと仕事をこなす責任感の強い女性であることはわかっている。

ただ、今夜のケイトリン・サマーズは女子高生みたいにはまるで見えない。洗練されたおとなの女性、どきっとするぐらいセクシーな人。これが自分のデート相手なのだ。

ばか、デートじゃないだろ、とアレックスはすぐに自分の考えを否定した。絶対に違う。彼女の面倒をみてやっているだけだ。そうするのがレイに対する礼儀だ。新品の薄手のウールのズボンに、これまた真新しいローファーを履いてきてしまったが、それはその……買ったものはいつかは身に着けるときが来るわけで、それがたまたま今日だったのだ。

自分の新しいズボンと靴のことなど、がたがたのエレベータの扉が開いてケイトリンが出て来た瞬間、完全に頭から吹っ飛んだ。頭がきちんと機能しない。しかし、あぁ、くそ、体のほうは即座に機能し始めている。ぴくんと反応して、熱狂的に訴える。あれだ、あれだ、あれが欲しい！

こんな女性が現われるとはまるで思っていなかったのに、突然……魔性の女みたいな姿が目の前に現われた。実のところ、並んだ感じにも違和感がある。アレックスの目線は、彼女の頭のてっぺんあたりになるはずだった。ところが目の前にあるのは、きれいな首だ。ちらりと視線を下に向けると、彼女の足元は悩殺ハイヒールだった。こういう、いかにも煽情《せんじょう》的なハイヒールを履く女性は頭が空っぽに見えるだけのときもあるのだが、彼女の場合は――ああ、脚がものすごく長く見える。

ケイトリンは、ぴったりとした鮮やかなブルーのセクシーなドレスを身にまとい、いつも着ているだぼだぼのセーターではほとんどわからなかった繊細な体の線が、はっきりと見える。化粧もしているが、そのおかげで瞳《ひとみ》がさらに大きく強調され、唇は死人を墓からよみがえらせるぐらい妖艶《ようえん》だ。頬にもさっと紅《べに》が差してある。プラチナブロンドの髪は上品に結い上げられ、そのせいでほっそりと上品な首が強調されている。ハイヒールのせいで、いろんなことが変わった。彼女の口の位置が高くなり、キスするのも、ずっと簡単に……

アレックスは首を振って、そんな考えを頭から取り払おうとした。今夜は、キスしないぞ。だめ、だめ、絶対にだめだ。キスはなし、触れるのもなし。彼女の肌に置いた指を動かしたりなんか、絶対しない。だめだ。

しかし、今のケイトリンは歩くポテトチップス化している。一度食べ始めたら、やめられない、あの感覚。

アレックスが行動を慎め、と体に言い聞かせているあいだに、ケイトリンは目の前まで来て、彼を見上げた。「ハイ」恥ずかしがっているような、小さな声だった。

「お、う……ハイ」それ以上の言葉が出てこない。おい、しっかりしろ。アレックスはどうにか舌を丸ごとのみ込む悲劇は回避したのだが、舌が口蓋《こうがい》にくっついたまま離れない。話すんだ、この間抜け！

「今夜は……」アレックスはぎこちないしぐさで彼女の全身を示した。その姿を形容する言葉などない。「すてきだね」

二人とも何も言わずに、そのまま十秒ぐらい見つめ合った。

「あなたもすてきよ」やっとケイトリンが口を開いたが、まだ彼を見たままだ。

「お客さま」

ケイトリンは、ぽかんとした顔でハッサンのほうに振り返った。「鍵を……お預かりしましょうか？」

「鍵？　え、ああ、そうね」ケイトリンはハッサンに鍵を渡してから、またアレックスのほうを向いた。「どこに出かけるの？」たずねた顔がほほえんでいた。

初めて見る、彼女の本ものの、屈託のない笑顔だった。これまで笑顔を向けられなくて助かった。完璧《かんぺき》な形をした唇の両脇《わき》に、完璧なえくぼができるのに気づいたからだ。その唇があでやかなピンク色に輝く。誘いかけるような官能的な口、キスを待っている口。あの口の味ならはっきりと覚えている。

この人は、ほほえんではいけないんだ。むさぼることしか考えられなくさせる、こんな完璧な口で、ほほえむなんて、卑怯《ひきょう》じゃないか。

何か他のことを考えねば。たとえば……たとえば、彼女の服装とか。とてもいい。

まったくよくない。

ケイトリンのドレスは、細い肩紐《かたひも》で留めてあるだけで、丸い肩のすべすべの肌がむき出しになっている。このドレスではブラをつけるのは不可能だ。ブラの紐がスパゲッティみたいなドレスの肩紐からはみ出てしまう。なのに、彼女の胸は高い位置で大きく盛り上がっている。ブラなしで、どうしてこんなふうになる？　ああ、ストラップレスのブラをつけているのか。しかし、どうしてこれまで気づかなかったのだろう？　アレックスは女性の乳房にこだわるタイプの男で、これまでも女性の胸元を必ずチェックしてきた。好みというのは変わらないのだ。彼女の乳房は、どういう基準をあてはめても、最高レベルだ。

アレックスの経験では、これほど見事な乳房を持つ女性は、必ず胸を見せびらかそうとする。ケイトリンの場合、だぶだぶの服を何枚もこの上に重ねていた。アレックスの判断基準からいくと、そういうのは罪だ。モナリザの絵を、ぼろ布で覆うようなものだ。

彼女の胸のことばかり考えていたアレックスは現実に引き戻された。彼女が何か言った。確か『出かける』とか言っていたような。もう、何が何だか、わけがわからなくなっている。

「外出するんでしょ？」ケイトリンが不思議そうな顔で見上げる。「ディナーに出かけるんじゃなかったの」

ディナー、そうだった。しっかりしろ、アレックスは自分に言い聞かせた。

女性をディナーに連れ出すなど、本当に久しぶりだった。そう、だからだ。かつての自分は、しょっちゅう女性と出かけていた。自他ともに認める、如才ない身のこなし。そんな技巧は、知らないあいだにすっかりさびついている。会ったとたんに、女性の胸に見とれ、ドレスの下にはブラを身に着けていないのだろうかと考えるなど、とてもスマートとは言えない。本来の自分はこうではないのだ。こういう場合、どうすればいいかぐらい、ちゃんと心得ている――まず、目をしっかり見て、女性に安心感を与え、おとなの男性として、そつのない行動を取る。セックスのことしか考えられない十代の少年ではないのだから。

アレックスは視線を上げ、彼女の目を見た――瞬間に、我を忘れた。何てきれいな瞳なんだ。学者っぽい眼鏡は、かわいくて愛嬌《あいきょう》がある。ただその奥には、まばたきするのも重いのではないかと心配になるほど長いまつ毛に縁取られた、空のように澄んだ青い瞳があった。この瞳におぼれてしまいそうだ……。

ああ。アレックスは歯を食いしばった。できるだけ早い機会に、欲望を吐き出さねば。これからは毎夜寝る前には、必ず出すようにしよう。長らくセックスと無縁でいたから、こんなふうに頭がおかしくなるんだ。すごくおかしい。ケイトリンの胸を――そして脚と口と目も見ないように――まともなディナー相手の役割に徹するんだ。決意を固めてから、アレックスは彼女の肘《ひじ》に手を添えた。さっき、彼女の肌にはいっさい触れないと誓ったことも、忘れていた。

ケイトリンの肘に手を添えたことは数回あるが、その際彼女はジャケットやセーターを着ていた。今回は直接肌に触れるのだ。やわらかで滑らかな肌の感触……うきうきしてしまう……ああ、だめだ。アレックスはまた、集中しろ、と自分を叱《しか》った。

アレックスの当初の計画では、『食事の園』か、メキシコ料理のファミリーレストランに行こうと考えていた。昨夜は会議があったため行けなかったが、ケイトリンが来ている間は毎晩夕食に連れ出すつもりだった。〝善きソマリア人〟それが俺だ、とアレックスは思っていた。困っている人がいれば、赤の他人でも手を差し伸べる。カールトン・インに宿泊するような人間は、非常に切り詰めた生活をしているはずで、ケイトリンが食事の費用を節約していると思うと……食事なしで過ごすのが、どんな気分か、アレックスはよく知っている。すきっ腹を抱えた惨《みじ》めさは、骨身にしみているのだ。レイの知り合いにそんな気分を味わわせるわけにはいかない。これぐらいは、アレックスでも何とかできる。

そう考えて、頭の中にはすっかり計画ができていた。

ステップ一。家族連れで騒がしいファミリーレストランに彼女を連れて行く。うるさくて、親密な会話など不可能な場所にする。そこで簡単に食事を済ませる。

ステップ二。カールトン・インに彼女を送り届ける。

ステップ三。部屋が安全であることを確認する。

ステップ四。ここが大事だ。立ち去る。大急ぎで。

彼女を食事に連れ出し、部下の面談を許すことで、レイへの借りはじゅうぶん返せる。レイには、もう借りは返したぞ、と確認させる。

ところが、このおしゃれで上品な美女がエレベータの扉から現われた瞬間、アレックスは即座に計画の変更を決めた。プランBだ。

『食事の園』やファミリーレストランも、貧乏学生のケイトリン・サマーズにとっては、じゅうぶんいい場所だろう。そういう学生はおそらくカップラーメンやヨーグルトだけで夕食を済ませるのだから。しかしこのあでやかで上品な若い女性には似合わない。

「イタリア料理は好きか？」車に向かって歩きながら、アレックスはたずねた。助手席側のドアを開け、彼女が乗り込む際にドレスの裾がめくれ上がったが、紳士として目をそむけた。

「イタリア料理、ええ、それはもう」アレックスが運転席に座ると、ケイトリンが憧《あこが》れるような口調で言って、正面から彼を見つめた。例の屈託のない笑みを向けてくる。これは卑怯だ。ダッシュボードの光を反射して、瞳が輝き、女性らしい匂いが助手席からふわっと漂ってくる。むせ返りそうにフェロモンたっぷりの匂い。アレックスはハンドルをぎゅっと握った。「トマトソースのパスタ、仔牛肉《こうし》のピカタ、スプモーニ……ええ、イタリア料理は、大好き」

「いいイタリア料理の店がダウンタウンにある」アレックスはエンジンを入れた。

「俺のズボンがトマトソースまみれにならないで済むか、見ものだな」

「縁起でもない」彼女が澄ました顔で言い、アレックスは車をスタートさせた。

＊＊＊

すてきなところね。地中海風のおしゃれな内装と、気さくでカジュアルな雰囲気を見て取りながら、ケイトリンは思った。壁一面に緑色のオリーブオイルの瓶が並べてある。見たところ、オリーブオイルは最高級のエクストラバージンオイルのようだ。反対側にはレモンの木が描かれたタイル壁画がある。巨大なマジョリカ焼きの壺《つぼ》に植えられた木があちこちに置かれ、他の客からの視線をうまくさえぎるようにしてある。現代風のナポリの曲が、隅に置かれたスピーカーから流れている。厨房《ちゅうぼう》はタイル張りのカウンターで仕切られ、よだれが出そうな匂いが部屋に漂う。

温かな雰囲気の親しみのもてる店だが、押しつけがましさはない。高級店だということははっきりわかるが、目をむくほど高額ではない。むっつりした表情のタキシードのウエイターが、間違ったフォークを使うのを待ち構えているような店ではないのだ。そんな妙な緊張感はなく、ただおいしい食事を楽しみ、リラックスした夜を過ごす場所。

大勢いるスタッフは年齢が若く、接客態度も気さくだ。料理皿もグラスも美しい。料理の盛りつけが斬新《ざんしん》だ。すでに食事をしている他の客たちの笑顔から判断すると、味のほうも見た目同様すばらしいのだろう。

店全体がうちとけた感じで、ロマンティックで、五感すべてに心地よい。豊かな音楽のリズムに合わせるように、ケイトリンの胸が弾んだ。

アレックスはカウンターの席を選び、結果として向かい合わせではなく並んで座ることになった。ただ、彼が入口に正面を向け、壁を背にして座るのをケイトリンは見逃さなかった。面白いわね、根っからの警察官なんだわ、と思った。

高級店だろうという最初の予想は正しかったことが、大きなメニューを開くとわかった。主菜一品だけでも、ケイトリンの一週間分の食費より高いのだ。

これまでデートした相手は、全員がケイトリンと同じように貧しく、デートで食事に行く、という場合は、まずできるだけ安い店を見つけるところから始まった。そしてメニューの隅から隅まで調べ、どれがいちばん安いかを見て決めた。

ふっと笑みがこぼれる。そんな生活はもう終わったのだ。たぶん。少しばかり運が向いてきた。

アレックスの鋭い視線がケイトリンを射抜く。「まだ食べてもいないのに、にこにこしてるのか?」

一瞬ケイトリンは、フレデリクソン財団の特別研究員の地位を得たことを話そうかと思ったが、まだサマンサから内々に知らせてもらっただけだから、と思い直した。正式発表があれば、そのときに伝えればいい。今のところは、いい知らせを自分だけのものにして、機嫌よく時間を過ごそう。

「みんなおいしそうだから」

「みんな、本当にうまいんだ」アレックスがそう言ったとき、給仕スタッフの女性が熱々のブルスケッタを載せたトレーを二人の目の前に置いた。彼が見上げて、ありがとうのしるしにうなずいた。女性は大柄な黒髪の美人で、にっこりと笑みを返す。客に対する通常の愛想というには、少しばかり心がこもりすぎている。そして必要以上に彼に近づき、すっと息を吸って背中を伸ばした。すばらしい胸のラインを強調しているのだ。言葉には出さないが、彼に誘いをかけているのは明らかだ。

そんなめめしいブロンドなんて捨てちゃいなさいよ。私ならいつでもOKよ。今すぐ店の奥に来ない? お相手するから。

アレックスは目先が利く男性だ。女性のボディーランゲージに気づかないはずがないのだが、見事な対応を見せた。完璧なタイミングで、女性とのアイコンタクトを切り、体を前に倒して、ケイトリンの皿を少しだけ引き寄せ、今度はケイトリンと目を合わせた。

この動作の意味することも、はっきりと相手に伝わるはずだ。悪いね、今夜はだめだ。

一連の動作はきわめてスムーズだった。彼は自然とこういうことができるのだという証明だ。日常生活でしょっちゅうこんな場面があるのだろう。彼は非常にハンサムで、少年の頃からかっこよかったに違いない。これまで何十人、いや何百人という女性から言い寄られ、こうやって追い払わねばならなかったに違いない。ときにはやんわりと、ときにはもっときっぱりと。女性からの誘いを断るすべを芸術の域にまで高め、その方法をもう体が覚えてしまっていて、自分で拒絶している事実すら、気づかずにいるのかもしれない。

ケイトリンはセックスに関して慎重であり、本来の性格からも、また職業的にも人を観察するほうが得意なので、これまで、性に積極的な女性の驚くべき行動をさまざまな場面で目撃してきた。つい先週も、大学の助手と飲みに出かけ、そこですごい光景を目にした。とある男性が女性に近づき、自己紹介をして、飲みものをおごると言った。五分以内にその女性は、男性の股間《こかん》に手を置き、六分後には二人してどこかに消えて行った。

アレックスは毎日、それに似た状況に遭遇しているに違いない。職場ではそういうところは見かけないが。ケイトリンが観察したところ、彼は職場には絶対にセックスを持ち込まないようだし、署員からも、この点に関して彼が厳しく一線を引いていると聞いた。それに現在の彼は、仕事にどっぷりとひたりきりらしい。彼の暮らしにはプライベートなところなど、まったくないと署員が教えてくれたが、こんなにハンサムで、カリスマ的な魅力があり、圧倒するほどの男らしさのある人なのだから、仕事ばかりしているのは、彼がそう望んでのことに違いない。

もし自分みたいな友人がいたら、警告書を送ってあげたい。〝見込みなし〟見込みなどないと、頭にしっかり刻みつけておかなければ。彼は魔法の杖《つえ》でも持っているのか、自分のような女性にも強烈な絶頂感を与えてくれたけれど、あの体験は忘れなければ。ただ、体にあの感覚が残り、拭《ぬぐ》い去ることができない。しかも彼は、口と手だけであんなことができたのだ。体の他の部位を使われれば、どうなるのだろうと思うと、身震いする。きっと体がばらばらに弾け飛ぶような感じなのだろう。

あらゆる意味合いにおいて、アレックス・クルーズと関係を持つのはいけない。

彼を自分だけのものにしたいと考えるのなど、まるで無意味だ。それはたとえば、ベンツが欲しいとか、もっと背が高くなりたいとかと同じで、どうがんばっても不可能なのだ。

今宵一度だけの時間を楽しめばいい。そして目指すゴールに向かう。博士論文の完成だ。

先ほどのスタッフが開けておいてくれたボトルから、アレックスがワインを注いだ。メルローだ。ワインもブルスケッタも彼が注文したところは見ていないので、おそらくアレックスはここの常連なのだろう。スタッフが彼の好みをよく知っているのだ。

「ツナのステーキ、パッパルデッレ添え、っていうのがお勧めだな」アレックスの言葉が、常連であるという推測の正しさを証明する。

メニューの中でもいちばん高価な品だ。なるほどね。それにしなさいよ、とケイトリンは自分を励ました。「おいしそう、それにするわ」

アレックスは注文のあと、ワインを口に含んだ。その瞬間、至福の表情が彼の顔をよぎった。すっかりくつろいだ様子の彼を見て、ケイトリンは少し驚いていた。彼が上品でおしゃれなレストランに慣れていること自体、想像外だった。

いや、まあ、想像はできた。彼は食物連鎖の頂点にいる生きもので、どこにいても、そのオーラをまき散らしている。彼なら、場末の食堂でも、王宮でも、同じようにくつろぎ、支配者だという雰囲気をかもし出すのだろう。どんな状況においても他を支配する力が彼には備わっている。それは自然が与えたもの。彼が途方に暮れたらどんなふうになるのだろうと、ケイトリンは考えてみたが、そんな姿はまったく思い浮かばなかった。どんな状況下においても、何をどうすればいいかをちゃんと心得ている、彼はそういう種類の人なのだ。

たぶんベッドでも。

ちょっと待って、そういうことは考えないの！

ケイトリンは自分に言い聞かせたが、手遅れだった。すでに考えていたのだ。ひょえー。即座に彼女の思考は禁じられた領域をさまよい始めた。

頭の中に想像図が浮かぶ。だめ、困る、と思っても、映画を観ているように鮮やかに次々と。仰向けになった自分の目の上に、アレックスの浅黒い顔がある。大きな肩で照明がさえぎられ、彼はじっとこちらを見下ろしている。のしかかる彼の体重をどっしりと感じ、服の布地越しに彼のものが信じられないぐらい大きく太くなっているのを感じる。彼女の中へ入ろうと、リズミカルに……

ああ、どうしよう。

こういった想像だけで、ケイトリンはすっかり興奮してしまった。彼女の中には、今にも燃え上がりそうになっている部分と、そんな自分を客観的に観察する人類科学の専門家ならびに研究者がいる。研究者としての彼女は、興奮している自分を興味深く、また驚愕の目で見ている。

彼とのキスのことは、何から何まで覚えている。夕方になって伸びてきたひげが頰にあたってちくちくした。その感触にわくわくしていたら、彼は顔の角度を変え、さらに濃密なキスが始まった。いや、実際は始まったわけではない。一度のキスがずっと終わらずに続いたのだから。あのキスで、ケイトリンは骨までとろけ、全身の細胞が情熱と欲望に燃え始めた。

嘘《うそ》みたいだ。脳のニューロンの多くはあのときにぷちぷちと焼き飛ばされたみたいな気がするが、それでも何が起きていたか、すべてをしっかりと意識していた。自分が未知の領域に入ったことはわかっていたし、あれほど全身が興奮したこともなかった。おそらく、今後もないだろう。

また体が熱くなり始めた。熱が胸の先や脚のあいだにたまっていく。肌が敏感になり、触れる大気に重さを感じる。彼が触れるたびにそこで火花が弾け、そこから電気のような快感が全身を走る。周りの状況などまるで見えず、何もわからず、ケイトリンの意識は、ただアレックスの口と自分に触れる彼の手だけに集中した。

周りの状況が何も見えない、というのは、よろしくない。自分がいる世の中とは、広くて悪いことがいっぱい起きる場所。社会の掟《おきて》を忘れ、知恵を働かせていない女性は、ひどい目に遭うのだ。

ケイトリンはまた身震いして、座り直した。アレックスのキスのイメージで、感覚器官が鋭敏になり、脚のあいだがどくどくと脈打つのを感じる。そこに小さな太陽が輝き始めたかのような。実際にドレスの中から光が出てもおかしくない気がした。

それでも、理性に体をゆだねるべきだ。睡眠不足でお腹が空《す》いているときでも、もう少し頑張れと自らを励ますのと同じように、官能的なイメージを頭から振り払って、まじめでプロ意識の強い研究者に戻らねばならない。

思った以上に、努力が必要だった。

注文したものが届き始めた。さきほどの女性スタッフは、アレックスからの無言のメッセージをしっかり、はっきりと受け取ったようで、今度は当たり障りのない笑顔で皿をテーブルに置く。彼の体に手をつけられないとすれば、その代わりにたくさんチップをもらうよう努力しようと、方針を変えたのだ。

皿から立ち昇る匂いは本当においしそうだ。普段ケイトリンが食べているものとは、雲泥の差だった。金欠状態はずっと当然のように続いていたが、最近は時間がないこともそこに加わって、この数週間はヨーグルトとハンバーガーだけで生活していた。

ああ、これから人生は大きく変わるのだ。すべてがよい方向に。隣に座る、ものすごく力がみなぎる、ものすごくセクシーな男性への反応を、何とか抑えておき、今夜は思いきり楽しもう。ケイトリンはそう心に決めた。

「食べろよ」アレックスが言った。「食事のあいだに、市長がどうして〝トカゲ〟なんてあだ名で呼ばれるようになったか、教えてやるから」

ケイトリンは期待に顔を輝かせて彼を見た。内輪のゴシップ話をしてもらえるなんて、最高だ。「サロンで肌を焼きすぎて、トカゲみたいな肌になってるからじゃないの？」

「違う。トラックと愛人と十万ドルにまつわる話なんだ」

「都市伝説とかじゃなくて？」

「完全に事実だ」

典型的な〝話せば長いんだが〟というたぐいの噂《うわさ》をもとにした、いろいろな人たちが登場する滑稽《こっけい》な話だった。話を聞いているうちに、ケイトリンはパスタ添えのツナ・ステーキ、バルサミコ酢和《あ》えの梨《なし》とルッコラのサラダを食べ終え、さらには、どうしても、と言われてアレックスが頼んだ三百四十グラムもあるフィレンツェ風ステーキ《ビステッカ・フィオレンティーナ》を少し食べてみた。

美味だった。アレックスは美味だ、完璧に。

ああ、どうしよう。

ケイトリンは、アレックス・クルーズという男性は、ほとんど偏執狂的に仕事にとりつかれていて、警察関連施設以外のところなどほとんど出入りしないものだと決め込んでいた。警察本部にいるときの彼はとてもくつろいでいる。市の警察全体が彼のひと声で動くのだから。あそこで王者として君臨しているわけだ。

アレックスほど人並み外れてセクシーで魅力的であったとしても、ひとつのことにしか興味のない人であれば、いずれ頭から消し去ることもできる。おそらく簡単に。ひとつのことに固執する人は、その特徴としてまるでユーモアがないし、皮肉が通じない。自分のことしか頭にないので、会話を楽しめない。

そういうタイプの男性とは、これまでたくさん付き合ってきた。正直なところ、ケイトリンの知るその種の男性の『ひとつのこと』への興味は、通常、学究的なものであり、チベット文学やイタリアオペラやオランダの投票行動についての話を延々と聞かされるのが常だった。

基本的には、ケイトリンは男性というものが好きなのだが、男性と話しているとどうしようもなく退屈に感じるときがある。だから、アレックスも男性としての特性どおり、もちろん他の男性よりセクシーではあるが、同じように退屈だと思っていた。ひとつのことにこだわり、同じ場所にしか出入りしないのだろう、と。

ところが、こんなおしゃれで上品なレストランでも、彼は完璧にくつろげるのだ。楽しい会話を軽い調子で続けられる。品よく、都会的。こんなに魅力的なのは法律違反なのではないだろうか。

これはまずい。ここまで強烈に男性に魅力を感じたのは初めてだ。磁石に引きつけられるみたいだ。男性に強く惹《ひ》かれることなど、自分にはないのではないか、とさえ思っていたのに。昨夜のキスと体が吹き飛ぶような絶頂感は、まったく予期していないものだった。彼のそばにいて、冷静さを保つのは難しくなった。彼がただタフで厳しい警察官でしかない、と思っていたときでさえ、へなへなと崩れ落ちそうになったのに。確かにハンサムではある。それはどうしようもない。ただ長期的な関係を築くのは難しい男性で、長い目で見れば、ベッドの外ではひどく退屈させられるはずだと考えていた。そんな男性にセックス以外のところで惹かれるはずがない。いや、セックス面で惹かれたとしても、じゅうぶんまずい状況なのだが。

自分がセックスというものをこんなに重要視するとは思っていなかった。自分でも驚きだ。ケイトリンにとって歓びを与えてくれる上から順序づけるとすれば、セックスというのは情けないぐらい下の位置にあるものだと思っていた。確かにこれまでの性的な体験を考えてみれば、それも仕方ない。ウィリアム・トルドローとか、あのマービンとのセックスなら、図書館で新しい文献を見つけたときのほうが、興奮できる。ところが、統計的に例外的女性であったはずのケイトリンが、自分の体に裏切られたのだ。アレックスに触れられたとたん、クリスマス・ツリーみたいに体のあちこちがぴかぴか点灯し始めたのだから。

世知に長《た》け、洗練されていて、人を楽しませるすべを知るアレックス。こんな人を自分のものにしたいという憧《あこが》れにも似た気持ちがわき、怖くなる。世知に長け、洗練されていて、人を楽しませるすべを知る、セックスの神に惹かれたら最後、もう他の男性など目に入らなくなるのはわかっている。

自分の手に入らないものは、欲しがらない。それがケイトリンの信条だった。たゆまぬ訓練の成果で、欲しいと思うものなどほとんどなくなった。過去数年、高校や大学のときの友だちが、仕事を見つけ、それぞれのキャリアの中で昇進していくのを横目で見てきた。学術研究部門に進まなかった友人は、ほとんどが家庭を持ち、ブランドものの服を着て、すてきな車に乗り、評判のレストランで食事し、遠い異国での休暇を楽しんでいた。ケイトリンは研究者としての道を選んだときに、そんな生活は自分には当分、ひょっとしたら一生やって来ないのだと覚悟した。

また、友人たちは次々と婚約し、結婚していった。法的な婚姻関係になくても、特定のパートナーとの落ち着いた関係を持った。友人たちが一生の相手を見つけるかたわらで、自分はずっと……どうしようもなく独りぼっちだった。表面には出さなかったけれど、ケイトリンはその事実に、とても傷ついていた。

だから研究者として歩み始めてすぐ、彼女はないものねだりをするのはやめようと決めた。自分は独りぼっちなのだと覚悟し、それでよかったのだと思うことにした。

アレックス・クルーズと長い真剣な付き合いをしたいなどと、思ってはいけない。そんな希望はいずれ心を粉々に砕く。昨夜のことがあったので、ひょっとしたら思いきった行動を取ってしまうかもしれない、とは思った。彼と体の関係を持つ可能性はあるだろう、と。職業倫理にはもとるが、彼との職業的な関係はあとせいぜい一週間程度だ。これがもし同僚だとか、研究で頻繁に顔を合わせなければならない相手なら、絶対にまずいが、彼はそういう人ではない。

つまり、率直なところ、人生初めての燃え上がるようなセックス体験というのに関心がある。すばらしい体験のあと、煩《わずら》わしいことなどなくすっぱりと別れられる。ケイトリンの頭のどこかで、そういう計画ができつつあったのだ。今それをはっきりと意識し始めた。

ケイトリンはこれまでずっと、自分はかなり歳をとってから、穏やかで面倒なことを言わない学者タイプの男性と結婚するのだろうと思ってきた。ズボンをサスペンダーで吊《つ》り、カーディガンを着るような人だ。二人でともに研究し、知性に富む会話を楽しみ、そして暗くした部屋できちんとシーツをかぶって、愛を交わすのだ。

リーダーとして他を支配しようとしないタイプ、つまりベータ男性は、一緒にいて楽しいことはわかっている。ただ、いかんせん、官能をあおってくれることはない。だから一生に一度だけ、肉体が燃え上がる感覚を体験してみたいとケイトリンは思った。本ものの去勢されていないアルファ男性と、シーツの乱れも気にせず熱いときを楽しむ。将来、やさしくて穏やかな夫との夜を、その思い出が温めてくれるだろう。

だから、忘れられないようなセックス体験の相手として、長い付き合いなどしたくない男性を考えたのだ。

そんな男性にセックス以上のものを求めれば、間違いなく心を打ち砕かれる結果に終わる。

「ところで、捜査課での面談は予定どおり進んでるのか?」突然降ってわいたようなアレックスの質問は、否定的でも肯定的でもない口調だった。ただ、彼の視線が鋭くケイトリンの顔色を探っている。

ケイトリンはワインを口に含んだ。ああ、このワイン、何ておいしいの。「ええ、ありがとう。キャシー・マーテロとベン・ケイドが特に協力的でね。参考になる情報をたくさん得たわ」その情報にはアレハンドロ・クルーズに関する詳細な経歴も含まれている。

「また、やってる」アレックスが、ワイングラスの向こうから穏やかな眼差しを向けてくる。

ワインはもう二本目だった。本当にすばらしい料理を堪能《たんのう》したあとだったこともあり、ケイトリンはぼうっとして不思議な充足感に包まれていた。いずれ心が打ちのめされるのなら、今、この瞬間を楽しもう。

「え、何て?」ケイトリンはグラスの軸をくるくる回し、ろうそくの明かりがガラスに反射してはしずく形の光に変わるところを見ていた。

「ほほえんでる」

「あら、警部補さん。ほほえむことが、いつから違法になったの?」

「ほんとに違法と言いたいとこだな。法律で取り締まるべきだよ。俺は一生懸命、州政府の方針について語っているのに、君はひとりでほほえみ始めるんだから」そうだった。最近の州選出上院議員のスキャンダルの話をしていたのだった。そこで、本当に悪いのは誰か、正直だったのは誰か、という点で、二人は完全に意見が一致した。

「そういうときは、せめて口をきちんと閉じ、まじめな顔をして、俺が披露する見識ある意見にうなずくもんだろ?」

ケイトリンは、ふうっと吐息を漏らした。「ごめんなさい、ちょっと他のことを考えてたの」

「どういうことだ?」

ケイトリンはただ肩をすくめた。彼が霊能者でなくてよかった。

「さあ、言うんだ。ここの支配人を呼んで、君が口を割るまでゴムホースで打ちのめしてもらうぞ」そして身を乗り出して、『マルタの鷹《たか》』の悪役の口調を真似《まね》た。「このレストランの地下牢《ちかろう》は、その世界じゃ有名なんだぞ」

この人、ろうそくの明かりが似合うんだわ、とケイトリンは思った。頬骨がくっきり浮き上がり、鋭角的な線が彼をいっそうハンサムに見せる。黒くて知性的な瞳で楽しそうな光が躍る。真っ白なシャツに浅黒い肌が映える。緩んだところなどない口元だが、あの唇は――ああ、またしても思い出す――やわらかなのだ。そのやわらかな唇が少しずれる。ケイトリンの口を開かせる。

彼の舌が入ってきたときのことも覚えている。彼女の体の奥が、互いの舌が絡み合った感触を記憶しているのだ。彼にキスされると、何もかも、彼女の心までもが、ふわふわと浮き上がった。

ケイトリンは膝に手を載せて、しっかりとこぶしを握った。そうしないと、つい手を伸ばして彼の口に触れてしまいそうだった。そのまま指を這《は》わせて、彼の髪を感じたい。彼との距離があまりに近く、互いの体温が感じられる。

彼の匂いもわかる。ただうっとりするような匂い。コロンではない。どんなコロンにも希釈用のアルコール臭があるのだが、そのつんと鼻をつく臭いはない。これは、清潔な服、石鹼《せっけん》とシャンプー、そして彼自身の肌が放つ匂い。何千年もの人類進化の歴史の中で、ケイトリンのような無警戒な女性を惹きつけてきた、清潔な男性の匂いだ。過去何世紀のあいだ、いったい何人の女性が、こういう匂いに足元をすくわれてきたのだろう。ここに女性の心を見抜くかげりを帯びた瞳と、さりげないセクシーな笑みが加われば、女性に勝ち目はない。

そのあと何百万人もの女性が、失恋し打ちのめされてきたのだ。

給仕の女性が、二人の前に陶器の深皿に入ったふわふわのクリームを置いた。チョコレートがかかっている。ああ、よかった。一瞬他のことを考えられて、ケイトリンは喜んだ。ほんの一瞬でもアレックス・クルーズのことを忘れさせてくれるものは、この世にチョコレートとクリームの組み合わせしかない。「うわあ、ティラミスね」

「最高のティラミスだぞ」アレックスがデザートスプーンを手にした。

容器の深皿もすてきだ。鮮やかな色の渦状の模様が見事だった。鼻をくすぐるチョコレートの匂いに、うっとりする。ほほえみながら顔を上げて、アレックスと目が合い——ぴたりと動きを止めた。

炎だ。彼の瞳で炎が燃え盛っている。頬骨のあたりが強ばり、緊張感で口元がきつく結ばれ、唇が線のようになっている。ティラミスでなくて、ケイトリンに今にもむさぼりつきそうな様子……

彼にむさぼられる、というイメージが頭の中に浮かび、どきっとしたケイトリンは反射的に手を引っ込め、その拍子に自分のデザートの皿をアレックスの膝の上にひっくり返してしまった。

6

「ほんとにごめんなさい、アレックス」謝るのはこれで何百万回目だろう。胸のあたりまで赤くなってきているのを感じる。レストランにいるあいだは、まだ全身が真っ赤というほどではなかったはずで、それが不幸中の幸いだった。アレックスが自分の家の玄関ドアを開け、ケイトリンの背中を押して中へと促す。

街の反対側からここまで戻る道中は悪夢のようだった。アレックスの太腿《ふともも》の上で、ティラミスがだんだん乾いていき、暗い車内でも自分の頬《ほお》が熱く、赤くなっていくのがわかる。膝《ひざ》に載せた手はぶるぶる震え、会話をしようにも、文章のどこかに必ず『ごめんなさい』という語をはさまなければ話もできない。やがて、ケイトリンは完全に何の話をするのもやめてしまった。

「ティラミスか」アレックスが達観した口調でつぶやき、チョコレートとクリームまみれになった自分のズボンを見下ろした。「ま、黒いところがあるのが救いだな。あのパスタのソースがぶちまけられていたら、目も当てられない」

う、う。ケイトリンは思わず目をそらした。彼のズボンは色は黒だが、非常に細い糸で織られた高級ウール地で、それが乾き始めたクリームとチョコレートでどうしようもない状態になっている。彼のズボンがこんなことになったのは、すべてケイトリンの責任だ。「何てお詫《わ》びすればいいのか。ほんとにごめんなさい」自分の声が震えるのを聞き、さらに情けなくなった。

着替えに戻らず、まっすぐモーテルに送り届けてもらいたかった。薄汚くてでこぼこのベッドにもぐり込みたい。そうすれば、赤い顔をして涙をこらえながら、恥ずかしさに身を震わせているところを誰にも見られなくて済んだのに。

「なあ」アレックスの大きな手が彼女の顎《あご》をつかみ、顔を上に向けられた。彼の親指が頬を撫《な》で、目じりからこぼれかけていた涙を拭《ぬぐ》った。「これは何だ?」彼の太い声がやさしかった。

彼に触れられたとたん、ケイトリンの体がびくっと飛び上がった。だめ、まずいわ。何気なく触れられただけで、電気を感じたみたいになるなんて。

アレックスが眉《まゆ》を上げる。「俺のこと、怖がってないよな?」

「え、ええ」ケイトリンは大きく息を吸った。怖いのではない。ただ、確かにどきっとさせられる。「でも、少し……どぎまぎしてしまうの」

「そういうのも、困る」真剣な口調で彼が告げる。きれいな形の眉が、ぎゅっと真ん中に寄り、困った表情のままゆっくりと首を横に振った。「これじゃ、すっかり新しい服に買い替えるはめになる。俺は買い物が本当に嫌いなんだ」

「それ――冗談よね？」ケイトリンは震える声でたずねた。「お願い、冗談だって言って」

アレックスはケイトリンの言葉など無視して、顎に置いていた手を髪に滑らせ、頭を後ろから抱えた。彼の視線が、ケイトリンの口元を見つめる。彼の息を顔に感じる。一瞬二人の視線が合い、彼の瞳《ひとみ》に浮かぶ熱の強さに、ケイトリンはどきっとした。自分の体が、ふっと彼のほうに倒れていく。鉄が磁石に引き寄せられるように、抵抗することができない。「アレックス？」

彼は自分のズボンを見下ろし、一歩退いた。そこに何かの磁場があって、それがケイトリンのスイッチを切った感じだった。よろけながらも、しっかりと元の姿勢に戻った彼女は、肩のあたりの緊張がやわらいだように感じた。大きく息を吐いたが、しばらく息を止めていたことに、初めて気づいた。

アレックスがまたケイトリンの顔を見る。「これから二階の寝室で着替えてくる。そのあと、君さえよければ、もう一度出かけよう。近所に小さなジャズ・クラブがあるんだ。ここのマルガリータが絶品でね、かなりアルコール度は強いが。それが嫌なら、映画を借りて来て、ここで観よう。うちにあるやつを観てもいい」アレックスは階段を飛ぶように上がり、踊り場で振り返った。居間の明かりは踊り場まで届かず、白のシャツが浮かんで見えるだけで、豊かな声の力のみなぎる幽霊がしゃべっている感じだった。「待ってるあいだ、気に入った曲があれば、かけててくれ」

「わかった」

ひとりにしてもらえたのがありがたかった。昂《たか》ぶった感情を元に戻す必要があったのだ。

他のことを考えたくて、ケイトリンはアレックスの家の中を見回した。ここがどこかは、まったくわからなかったが、街の中心部から離れたところであるのは確かだ。人に会うたびに、その人がどういうところに住んでいるかを推測するというのが、ケイトリンのひそかな趣味で、その推測を誤ったことはほとんどなかった。アレックスに関しても、いろいろ想像した。この人は、街中の賑《にぎ》やかで利便のいいところ、維持管理に手間のかからない独身者向けのマンションに住んでいて、そこはおそらく寝るだけの場所なのだろう。

そのため、彼がこぢんまりとして手入れの行き届いた、比較的高級な住宅街の二階建ての一軒家の前に車を停めたとき、非常に驚いた。ここからだと繁華街までは十マイルはある。

彼が郊外に一軒家を構えるタイプだとは、まさか思っていなかった。アレックス・

クルーズという人物には、知るほどに驚きがある。

彼のことをもっと知りたいという好奇心に駆られ、ケイトリンは居間を見て回った。ただ、個人的なものがほとんどないので、彼について新たに得られた情報はない。この家は、人間の生命維持のための機械のようなものだ。飾りだとか、写真だとか、観葉植物だとか、普通の家庭には必ずある誰かからのおみやげだとか、そういったものが見当たらない。この居間は、持ち主の人となりをうかがい知る手がかりをいっさい与えてくれないのだ。数は少ないが、家具は上質のものだった。壁はしっくい塗りで、絵画や写真などはかけられていない。彼がどういったスポーツを好むのか、趣味は何なのか、まったくわからない。

また、どこにも女性の存在を感じさせるものはなかった。何ひとつ。

家はきちんと整理されていた。これは、最初からの想像どおりだ。彼はいつもきちんとした服装だし、シャツ——真っ白のシャツは、常に清潔できれいにアイロンがあててある。ズボン——真っ黒のズボンは、刃物みたいにぴしっと折り目がつけられている。靴——これも黒——は磨き上げられている。

だから、きれいに整頓《せいとん》された家というのは、驚きではなかった。いちばんの驚きは書物だ。四方の壁には書棚が作りつけられ、二重に、場所によっては三重に本が置かれている。彼は読書家なのだ。ものすごい本好きらしい。

現実的で、実際的なマッチョな警察官は普通、余暇を射撃練習場に行くかバスケットボールをして過ごすものだ。アレックスもそういう人物だと思っていた。

いっそう好奇心がわいてきて、ケイトリンは彼がどういう本を読んでいるのかを見てみた。歴史書、科学解説書、伝記、旅行記、ＳＦもある。ミステリーも好きらしいが、これは当然だろう。さらにウェスタン、こちらは意外だった。

ウェスタン？　そんなものが好きだったなんて。ウェスタン好きな人なら、ロマンティックなところがあるはず。いや、勝手にそう信じ込んでいただけだろうか。

何とまた。ウェスタンだなんて。

ケイトリンの頭に、西部開拓劇の場面にいるアレックスの姿が浮かんだ。黒ずくめの服装、悪者には容赦のない冷徹な保安官、早撃ちの名人で、喧嘩《けんか》も人一倍強い。黒いテンガロンハットをかぶり、そのせいで目元がいつも影になる。帽子には銀の飾り縁、拳銃《けんじゅう》の持ち手は真珠貝、暗い瞳にめらめらと炎が燃えるとき……ああ。どきどきして、彼女はさらに書棚の探索から次に進んだ。

金属のスタンドに、見たこともないような最新式のオーディオ機器が並んでいる。巨大な薄型テレビと、最高級のスウェーデン製音響装置。

ＤＶＤの棚を指で追っていくと、すべてが購入されたものであるのがわかった。法の番人であるアレックスは、コピーしたＤＶＤなど持たないのだ。ほとんどが昔の映画で、題名は知っていても、実際には観たことがないものばかりだった。CDもすべて正規に購入されたもので、棚四段にぎっしりと、アルファベット順に並べてある。自分が音楽を楽しむためにお金を払わなくなってどれぐらい経つのだろう、とケイトリンは思った。だが、考えてみれば、ずっと大学のキャンパス周辺で暮らしてきたし、二〇〇二年を最後に、学生はCDというものを買わなくなったのだ。アーティスト名などを見ると、アレックスの音楽の趣味は多岐にわたっており、どちらかと言えば、ボーカルよりインストルメンタルが好きなようだ。

「CDプレーヤーのリモコンは、コーヒー・テーブルの上の木製ボウルにある」アレックスの太い声が、階段の上のほうから聞こえた。

ケイトリンはリモコンを手にすると、静かなブルース曲の入ったアルバムを選んだ。サックスの哀愁を帯びた音色が部屋をいっぱいにする。もの悲しげで、心に迫る。ケイトリンは目を閉じ、音楽に合わせて体を揺らし、そのあと、深緑色のソファに座って、頭を背もたれに置いた。音楽が体の隅々にしみわたっていく感じがする。悲しく、やさしく、誘惑に満ちて。彼女は目を閉じたまま、音楽に身をゆだねた。テナーサックスの音色が、昂ぶっていた神経を鎮めてくれた。

「ほら」うっすら目を開けると、アレックスがクリスタルのグラスを差し出していた。琥珀《こはく》色の液体に氷が入っている。「コルトレーンは最高だね。気持ちを鎮めてくれる。

だろ？　こいつも利くぞ」ほとんど無理やり、彼にグラスを手渡された。

「ありがと」ケイトリンはウィスキーをひと口飲み、アレックスは彼女の隣に座った。ソファが彼の重みで沈み、そのはずみで彼女はアレックスのほうに傾いた。全宇宙が陰謀をくわだて、ケイトリンを彼に引き寄せようとしているようにさえ思える。近づくと、彼の体の熱を感じる。彼がじっとこちらを見ているのがわかる。不安になって、彼女はさらに大きく、ごくりとウィスキーを飲んだ。

「おい、おい。無茶するな」アレックスの厳しい顔が、少しだけほころんだ。「君を落ち着かせようと思っただけだぞ。酔っ払わそうとしたわけじゃない」彼がため息を吐いてソファにもたれると、幅の広い肩が少し触れた。彼が左の腕を上げ、ソファの背もたれに載せる。その腕がケイトリンの肩に少しだけ触れた瞬間、彼女はうなじの毛がさっと逆立つのを感じた。

　少し顔をかしげて、彼のほうを見る。彼は黒のTシャツと、洗い立ての黒のジーンズに着替えていた。カジュアルな服装だと、若く見える。普段の彼はまるで世界の平和を守る〝ロボコップ〟みたいなのだが、そんな様子は消えている。それでも、やわで近づきやすい印象はない。

　ケイトリンはこれまでのデート相手について考えてみた。ただ、今この瞬間、誰か特定の男性の顔を思い出すことすらできなかった。今思えば、かつてのデート相手は少年で、おとなになりきっていなかった。そのため、何かしっくりこない感じがあったのだ。やわで、ひ弱で、すぐにすねる。子犬と一緒だ。アレックス・クルーズには、やわだとか子どもっぽいところなど皆無、まさに男盛《ざか》り、力のみなぎる男性だ。威風堂々、偉大な動物、虎《とら》とか狼《おおかみ》のような自然が選んだ貴族のような存在。どこをどう見ても、力強い。

彼が顔の向きを変えた。ハンサムな顔がケイトリンを見つめる。他のものには目もくれない。

その瞬間、圧倒的な力が、鋭くケイトリンに集中した。ケイトリンだけに。大気中の分子が帯電して、向かってきたかのような感覚だった。意識していないと、呼吸を忘れそうだと彼女は思った。ちゃんと肺を大きくしたり小さくしたりしないと。あたりにセックスへの期待感が満ちる。重く、ねっとりと。その期待感がブルースを奏でるテナーサックスのリズムに合わせて、脈打つ。薄明かりの中で、フェロモンが動いているところが見える気さえする。全身が重い――まぶたも、手足も。煮えたぎった血は甘いはちみつのように感じられ、その液体がゆっくりと体をめぐっていく。何もかもが重い、ただ頭だけは血が回っていないのか、ふらふらして軽い。あんまり軽くて、宙を漂い始めそう。

曲が終わり、ＣＤプレーヤーがディスクを変えた。一瞬の静寂が、毛布のように二人を包む。暗い部屋で呼吸する二人に、それまでは音楽が付き合っていてくれた。音が消え、そこには二人だけしか存在しなくなった。

別の曲が始まる。今度は都会的でおしゃれで、けれどやはりセクシーな曲。クラリネットとピアノが、官能的なメロディーにリズムをつける。まさにセックスのための音楽。

ケイトリンの五感すべてが研《と》ぎ澄まされている。自分の息も、彼の呼吸も聞こえる。閑静な住宅街を通り過ぎる車の音が遠く聞こえる。どすん、どすんと重い自分の鼓動がわかる。肌はどこも敏感になり、身に着けている衣服のすべて――ドレスもパンティも靴も、そこにあることを意識する。むき出しになっている残りの部分は、彼の眼差しを受けていることを感じ取る。たくましい手が直接愛撫《あいぶ》しているのと同じように。アレックスの表情は厳しく、暗くて影ばかり目立つ。その影の中に、何かがひそんでいる。大気そのものが、何か大きな力を秘めて脈動する。まさに何かが起きようとしている。

ケイトリンは、高い崖《がけ》から飛び下りるのをためらっているような気がしていた。足先を縁にかけ、見下ろすと恐怖と興奮で心臓が高鳴る。この次の数秒が、人生を変えてしまう。それはわかっている。ただ、動くのが怖い。息をするのも恐ろしい。

彼の手がうなじの近くに置かれると、ケイトリンはびくっとした。手が震える。グラスの氷が、ちりん、と音を立てた。

アレックスが、ケイトリンの手からグラスを取った。「危ないぞ」低くささやく。

「ズボンの替えがなくなってしまう」

ウィスキーのせいで、ケイトリンの虚勢も吹き飛んだ。弱々しくつぶやくことしかできない。「冗談はやめて」

アレックスが手ぐしで、ケイトリンの髪をとかす。「もちろんだ、冗談じゃない。言っただろ、俺は買い物が大嫌いなんだから」彼の親指が頬の線をなぞる。「で、どうする？　出かけるか？」

出かける？　どこに？　欲しいものすべてがここにあるのに、ここにしかないのに。飢えた眼差しで、熱く暗く、自分を見つめているのに。ケイトリンは首を横に振った。

「行かない」

アレックスは表情を変えなかったが、顔がさらに強ばった。彼の顔はさらにはっきりと彼の欲望を映し出し、もっとそのことだけに集中してきている。

彼はゆっくりとした動きで、慎重にケイトリンの眼鏡をテーブルに置いた。ケイトリンは近視なのだが、今は何の問題もない。なぜなら、彼女が見たいものすべてが、すぐ目の前にあるのだから。

彼の顔が近づいてくる。彼の耳の後ろに、ほんの数本白髪があるのに気づいた。彼の黒い瞳に、間接照明の明かりが反射するのが見える。顎のあたりにうっすらひげが生えてきている——そう思ったところで、何も見えなくなった。彼の唇を自分の口元に感じて、目を閉じたからだった。

かろうじてわずかに残った理性が、冷静に、自分を見失うな、ばかなことをしてはだめ、と告げる。彼におぼれてはいけない。

手遅れだった。

唇が重なったその瞬間に、ケイトリンはすべてを忘れていた。

こうなることはわかっていた。ああ、もちろん。

アレックスはずっと、自分に言い聞かせてきた——彼女に手を出すな、彼女は自分よりはるかに年下だ、彼女は同僚、いや、まあ職場で顔を合わすわけだし、何より、レイの娘のような存在だ。警察本部にいるあいだは、こういった厳しい神の声が、アレックスの衝動を押し留めていた。あれも、これも、理由はいくらでも考えついた。ただこの崇高な理由づけを、彼の下半身はことごとく無視した。

ケイトリン・サマーズに手出ししてはいけない、という論理を自分自身に理解させるのは、ディナーのあいだも大変だった。ただ、他の客がいっぱいいるレストランで彼女の服をはぎとって、襲いかかるという機会など、まずない。

　ところが、今は彼女と二人きり。自分の家で。すると全身の細胞がセックスを訴え始めた。ディナーのあいだじゅうも、ずっと訴え続けてはいたのだが、どうにかその要求を抑えておくことができた。しかし唇を重ねた今となっては、無視することなどできるはずがない。アレックスは、体の要求に屈服した。抵抗さえしなかった。彼女に触れるだけで、爆発するような快感を覚える。ただ首に手を置いただけなのに、耳の後ろのシルクのような肌に触れただけなのに、心臓が激しく高鳴る。

　耳の後ろの皮膚はやわらかくて、すべすべしている。彼女の目がやさしくて、唇が……

　呼吸のために一瞬、アレックスは唇を離した。ケイトリンは目を閉じ、長いまつ毛が華奢《きゃしゃ》な頬骨に影を作っている。まつ毛がおぼつかなく動き、彼女が目を開けた。視線がアレックスの表情を探る。薄暗い光の中で、彼女の虹彩《こうさい》が銀色に見える。その周囲を少し濃い色の青が縁取る。彼女が視線を動かすと、稲妻のように光って見える。それを見ているだけで、どきどきする。目をそらすことなど、できるはずがない。

「アレックス？」

　ああ、だめだ。彼女は声までやさしい。かすかな南部訛《なま》りに、夢中になってしまう。

「何だ？」彼女が話をしたいと言うのなら――まあ、彼女のことだ、知的な内容になるだろう。そうなれば、非常に困ったことになる。今のアレックスは、自分の名前さえきちんと憶えているかどうか。

「私たち、セックスするの？」

「ああ、もちろん」息も荒く、アレックスは答えた。

ぴしっ。

今のは、アレックスを拘束していたものが、弾け飛んだ音だ。

「よかった」

うなるような声を上げ、アレックスはまた体を倒した。さっきよりも大きく体を傾け、彼女の口をむさぼり、舌を舐《な》める。ああ、すてきな味がする。レストランで飲んだメルローの残り香に、少しバーボン・ウィスキーが混じり、そこに純粋なセックスの味が加わる。降伏すると、何か味が出てくるのだろうか？　そうだとすれば、これこそがその味だ。彼女は顔を上げてアレックスの手に頭を預け、完全にキスを受け入れる態勢になった。彼女の手がするすると伸び、彼の首に巻きつけられる。アレックスは彼女の体をさらに抱き寄せた。その瞬間、彼の脳細胞がぱちぱちと音を立ててショートした。

キスには順序ってものがある。最初はゆっくりと。そして感情を高め——そのあとキスをやめて、性行為へと移る。そこまでの段階、まだキスしている最中に、相手の女性が、イエス、のサインを出しているかどうかを確かめる。口からその合図を感じ取れば、そこから先に進んでもいい。アレックスは通常、キスの段階まで行って拒否されることがなく、唇をしっかり合わせれば、そこがセックスへのプロセスの一部となっていた。

しかし、今は違う。相手がケイトリンだと、そうではない。キスは何かへのステップではなく、キスそのものが熱くてめくるめく歓びをもたらしてくれる。これからセックスするぞ、というだけのキスではない。やさしく、軽く、唇を嚙《か》み、舌を細かく出し入れする。

それだけで、アレックスの興奮はどうしようもなく高まった。

彼は舌をまっすぐに彼女の口へ突き入れた。開けた口を彼女の口へ押しつけると、彼女のほうも口を開いて待っていてくれたのが、うれしかった。即座に彼女のやわらかな舌が、迎えてくれる。彼女の口の中で舌を動かすと、彼女の吐息を感じる。舌が絡み合うたびに、下半身へ大量の血液が送られ、ジーンズの中のものが、踊り跳ねる。親指が彼女の頸《けい》動脈を探り当てると、舌が絡み合うたびに、彼女の脈が速くなっていくのがわかる。

どれぐらい時間が経ったのか、アレックスにはわからなくなってしまった。今しているいることだけに集中していたのだ。首に巻きつけられた彼女の細い腕、胸に押しつけられた彼女の乳房、そして彼女の口だけにしか、意識が向かない。もっと体を寄せたい、もっと密着したい。両手で彼女の頭を支えて顔の角度を変えると、彼女の匂《にお》いと味が、直接アレックスの脳を襲う。バーボンよりも熱く、強烈に。

彼のものは石みたいに硬くなった。彼女に触れてからずっとこの状態が続いている。彼女のうなじの柔肌を感じた瞬間、勃起《ぼっき》し始め、舌を絡め合うたびに、むくむくと大きくなっていく。

彼女の肩を両手でつかむと、細いが筋肉質の腕の上にドレスの肩紐《かたひも》を感じる。アレックスは手を滑らせてウエストに置き、それからそろそろとドレスの背中を探っていった。

いちばん上まで来ると、よし、あった。天国への入口が。ぽつっと小さなこいつを引き下げれば、ファスナーが開く。

ファスナーを半分まで下ろしたところで、アレックスは布地を左右に広げた。温かでシルクのような女性の肌ならではの感触がそこにあった。彼はほんの一瞬、唇を離した。

「ずっと」下半身があまりに硬くなり、痛くてまともに声が出ない。「ディナーのあいだずっと、このドレスの下に何を着ているんだろうと思ってた」やわらかで温かい、裸の背中を撫で下ろす。「やっとわかった」

「ええ、もうわかったでしょ」ケイトリンがそうつぶやく。アレックスは唇をなぞってから、指をこめかみへと動かし、唇を軽く噛んだ。ケイトリンが、びくっと反応する。

やっとわかったことは、たくさんあった。アレックスにキスされると、彼女の呼吸が速くなること、ほっそりしたウエストを抱き寄せると、彼女は背中を反らすこと、舌を絡ませると、彼女はあえぎ声を上げること。

アレックスはできるだけ時間をかけ、慎重に手を動かした。実際には今すぐにでも襲いかかりたい気分だった。彼女を力まかせに組み伏せ、ドレスをはぎとって、激しく荒っぽく奪いたかった。二人が体を重ねている光景が頭に浮かび、その想像で頭の中がいっぱいになる。彼女の体の奥深くへ自分のものを沈め、勢いよく突き立てているところ。これまでにないぐらいの激しさで、めちゃめちゃに彼女を奪っている姿。そうしたいという欲望は、凶暴なまでに強く、やさしく愛撫するには渾身《こんしん》の努力が必要だった。

手を開いたままにしておくだけでも、相当な意志の力が必要だった。本当は思いきり彼女の体をつかみ、その柔肌に指を食い込ませたい。手をかぎ針のようにして、彼女を強く引き寄せ、逃げられないようにしたい。

そんなイメージに、アレックス自身が恐怖を抱いた。自分は力が強い。この手が望みどおりの強さで彼女の体をつかんだら、この真っ白でクリームのような肌に、青黒いあざを作ってしまう。

アレックスは開いたままの手を、彼女の肩甲骨から頭へと滑らせた。もう一度やさしく、彼女の頭を固定し、濃厚なキスを始める。彼女の髪からひとつずつピンを取り除くと、結い上げられた髪が崩れ、彼の手の中で輝くブロンドがいっぱいになった。そしてふわふわと彼女の肩に落ちていく。髪からシャンプーの香が立ち昇り、花びらをこすったときのように甘く広がる。うっとりするような、強烈に官能的な匂い。

「うーん」アレックスはケイトリンの首筋に顔を埋め、思わずそうつぶやいた。ふんわりした髪が、肌をくすぐる。彼はためらいがちに、彼女のうなじに舌を這《は》わせた。彼女の脈動を感じ、そこに歯を立てたくなる。その誘惑は強く、彼は軽く噛んでみた。痛みを感じるほど強く歯を立てたわけではないが、自分のものだというしるしはついた。彼女は少しびくっとしたあと、身震いした。一瞬息を止め、そのあとあえぎながら、ふうっと息を吐いた。

ああ、だめだ。なんて気持ちいいんだ。このすべてが。彼女の感触、彼女の匂い、彼女の味、何もかも。

ドレスのファスナーをさらに下ろし、肩を外す。非常に軽い生地だったため、ケイトリンが少し腰を振るあいだに持ち上げると、するっと脱げた。こういうことを見越してデザインされたとさえ思えるぐらい、脱がすのは簡単だった。女性の体から、何枚も衣服を取り去らねばならないのが、アレックスは大嫌いだった。だからこういうドレスは夢みたいだ。ひょいっと持ち上げると、もう脱げている。

アレックスは腕を伸ばし、腕の分の距離を空けて彼女を見つめた。完璧《かんぺき》な女性。小さくて華奢で、けれどほっそりした体にはきちんと筋肉がついている。むさぼるような彼の視線を感じて、ケイトリンは頬を染めた。今度はバラ色、興奮の色だ。さっき恥ずかしくて赤くなっていたときは、信号の止まれ、みたいな色だった。ティラミスをアレックスの膝にぶちまけたからだ。

結局、あのティラミスのおかげで、二人はこうしているわけだ。ありがたい。ブロンズでかたどったティラミスの置物でも作りたいぐらいだ。

彼女を見ているのはいいものだが、触れるのはもっといい。アレックスは彼女を引き寄せ、また首筋に顔をうずめて、耳の後ろのやわらかな部分にキスした。首筋の腱《けん》に歯を立てると、ケイトリンは大きく反応した。興奮して身もだえ、小さく、ああ、と声を漏らす。彼は少しだけ体を離し、視線を下げた。よし、いいぞ。彼女の胸の頂が、硬くなっている。

「最初に何をすればいいかわからないんだ」ささやきながら、硬くなった彼女の胸の頂の周囲に円を描く。彼女がまた身もだえし、アレックスは視線を上げて、しっかり彼女の目を見た。「助けてほしいんだ、ケイトリン。俺はこれからどうすればいい？」

ケイトリンは、ふと口を開き、ふっと笑い声を漏らして、また閉じた。「私にだって、まったくわからないわ。恐れを知らぬクルーズ警部補が、私に教えを乞《こ》うってわけ？」

恐れを知らぬクルーズ警部補は、これほど繊細なものに触れたことなど、ずっとなかったのだ。

「つまり……君が歓ぶことをしたいんだ。君が気持ちいいと感じることだけをしたい。だから、たずねた」

ケイトリンは、しばらく黙っていた。空色の瞳を見開いたので、その色の美しさが印象的だった。部屋の暗がりに鮮やかな色彩が浮き立ち、彼女の顔から二筋の光が放たれているようだった。

「あなたのしてくれることなら、何でも気持ちいい」飾りのない言葉が返ってきた。

もうだめだ。アレックスは完全に、我を忘れてしまった。

アレックスはケイトリンを腕に抱え、唇を重ねたまま、むくっとソファから立ち上がり、階段へ向かった。彼女は羽根みたいに軽かったが、軽くなくても、今この瞬間は欲望に突き動かされて、超人的な力を発揮できそうだった。彼女が銅像なみの重さだったとしても、必ず抱きかかえたまま二階へ上がる。なぜなら、そこにベッドがあるから。そして彼女にはそのベッドにいてほしいから。さらにその上に自分の体を置きたいから。今、何よりも彼が必要としているのは、それだった。

最初の踏板に足を引っかけ、アレックスは「ちくしょう！」とつぶやいた。まだ彼女と唇を重ねたままだったので、彼女の口の中に悪態をつく格好になった。彼女の唇が笑みを作るのがわかる。

「こんなこと、本気でするの？」アレックスが階段を駆け上がり始めると、ケイトリンがささやく。「後ろ向きに階段から転げ落ちたって、知らないわよ」

ああ、くそ、本気だとも。こうしたいんだ、俺は！「今夜は、いろんな危険を体験してみたいんだよ」

寝室に到着しても、明かりはつけなかった。カーテンは引いていなかったし、差し込む満月の光が、ケイトリンの全身をぼんやりと美しく照らしていた。彼女の足を床に下ろす。この青白き、繊細な存在を見つめ、その姿を楽しみたい。何時間でもこの光景を楽しみたいが、彼女に触れたい気持ちのほうが大きい。

ケイトリンは小さくて伸縮性のある紐だけのようなパンティを身に着け、ハイヒールで立っていた。

降参だ。

「まいったな、ドレスの下がどうなってるか、知らなくてよかったよ。そんな紐だけだったなんて知ってたら」彼女の髪に顔を埋める。「ディナーの最後まで、とてももたなかった」

腰骨のゴムの部分に人さし指をかけると、ケイトリンは、びくっと息をのんで彼の肩につかまった。アレックスはゴムの下に手を滑らせてぺたんこのお腹《なか》へと移動し、そして彼女の脚のあいだを、手のひらで持ち上げるようにした。

期待していた以上の熱を手のひらに感じる。手をそっと左右に動かしてみると、ケイトリンは無言の合図を感じ取り、脚を開いてくれた。ああ、そうだ、これでいい。アレックスは指を動かして、熱の源の周囲を撫でた。たっぷりと湿っている。完璧だ。

手に触れる毛はやわらかく、その部分の肌もやわらかだ。ぬめりを帯びて、アレックスを温かく迎え入れてくれる。入れた中指にまとわりつく感覚からも、彼女の体が自分を歓迎しているのを感じる。固く閉ざして、中に入ったら嚙みつくぞ、と言わんばかりの女性器を持つ相手も経験したことがあるが、ケイトリンはまったく違う。やわらかな襞《ひだ》が、彼を奥へと誘い込む。その誘いに応じよう。中指をさらに深く入れると、口の中で彼女が息をのむのを感じる。彼女は興奮している。疑いようもない。手が彼女のクリームでべったりしている。それでも、彼女は華奢で、あらゆる場所が繊細にできている。できるだけたくさんのクリームを出してもらわねばならない。

アレックスは指を動かし始めた。指と同じ強弱をつけて、同じリズムで舌で彼女の口の中を探索する。ケイトリンの体はしっかりつかまえた。片手で頭の後ろを抱え、口は自分の口で覆い、もう片方の手は脚のあいだから、彼女の体を持ち上げるようにして。さらにその手の指は彼女の体の奥に深々と入っている。逃げようとしても、もう逃げられない。

ただ、ケイトリンが逃げようとしていないのは、明らかだ。腕をきつくアレックスの首に巻きつけ、彼の髪の中で指を動かしている。Tシャツ越しにも、彼女の体が熱を帯びてきているのがわかる。かわいい裸の乳房を強く彼の胸にこすりつけているから。もっと密度の高いキスにしようと顔の角度を変えると、彼女のほうからも、口を開いて受け入れてくれる。舌が絡み合うたびに、指が締め上げられる。すると彼の下半身もそれに呼応するようにぴくぴく動く。試すように指を出し入れしてみると、彼女が悲鳴のような声を上げ、指がぎゅっと締め上げられる。彼女はもう絶頂を迎える寸前だ。彼のほうも、こらえきれない。

ここでは嫌だ、こんな形では、終わりたくない。

そのときを迎える瞬間は、ベッドで彼女に覆いかぶさり、自分のものをしっかりと彼女の体に入れて、腰を突き動かしていたい。

これまで体の関係を持つとき、体位というものにこだわりはなかった。女性が求めるのなら、女性にまたがられる形でもよかった。実は、そのほうがよかったりした。自分から動かなくていい分、楽でいい。

けれど、今回はこだわる。相手はケイトリンで、彼女とは初めてなのだから。彼女の体がベッドに仰向けになり、輝く金色の髪が雲のように枕元《まくらもと》に広がるのを見ながら、その上に自分の体を重ねたい。彼女の体を自分の体重で組み伏せ、深く激しく突き立てたい。正常位と呼ばれるやつだが、自分のこの状態を正常と言えるのか？　荒々しい動物的な本能に突き動かされ、激しく彼女を奪いたいのに。今の望みは、野性のオスがメスを奪うように、猛々《たけだけ》しく、しゃにむに、彼女を支配すること。

今夜は時間をかけて、彼女をその気にさせてきた。セックスへの期待と緊張がそこはかとなく漂い続けた。美しい女性が自分の腕の中にいる。しかも窓の外は、おあつらえ向きに満月。音楽、月夜、美しい女性……だからその女性をゆっくりと興奮させていくのがふさわしい。キスと愛撫で彼女の感覚をあおり、きれいだよ、と耳元でささやいて。

きれいだよ、とささやくべきだ。本当にきれいなのだから。文句のつけようもなく。これほど美しい女性を抱いたことなどない。これまでの相手には、すらすらと褒め言葉をささやいてきた。なのになぜ、彼女には何も言えない？　頭の中に熱がたまりすぎて、言葉をすっかり消し去ったようだ。

どうすればいいかぐらい、わかっている。体の動かし方ぐらい身についているし、当然、これまでにじゅうぶんその技を磨いてきた。こういうときには、少しロマンティックな雰囲気をかもし出せばいいことぐらい、知っている。なのに、経験に基づく知識や、磨いた技、女性はどういうことが好きかといった情報すべてが、すっぽりと頭から抜け落ち、血流となって下半身に集中している。

何とかしないと。焦ったアレックスは、唇を離した。そうするには、ものすごい努力が必要で、できた自分を表彰してやりたい気分だった。「きれいだよ」何とか、それだけ口に出した。

ケイトリンはきょとんとした表情を浮かべたあと、すぐにアレックスの体を引き寄せて、耳元でささやいた。「キスして」

なるほど。彼女は言葉など要《い》らないわけか。同感だ。

血管で、飢餓感が煮えたぎる。下着をやさしく脱がそうとしていたのに、ほとんど破らんばかりの勢いでパンティを引き下ろし、パンティが足元に落ちると、ケイトリンを抱き上げてベッドへと投げ置いた。文字どおり、投げたのだ。あまりに荒っぽかったので、彼女の体がベッドで弾んだ。

アレックスはベッド脇《わき》にひざまずいて、靴を脱がせた。きれいな靴だ。まさに悩殺ハイヒール。脱がせるとかわいい足が見え、彼は靴を後ろに投げた。こん、こん、と二回音がした。

ケイトリンの肌が月明かりに輝く。彼女は、にっこりして小さくつぶやいた。「アレックス」

彼は自分の服脱ぎ所要時間記録を更新し、脱いだ服をそのままにした。毎日寝る前にはタンスの横の服掛けにきちんとそろえて置くのに。

まさに彼女に覆いかぶさろうとしたその瞬間、アレックスのショートした脳細胞の中でまだ機能していた部分が、何かを訴えた。

何かがおかしい。いつもと違うことがある。

彼女は裸だ、よし。すばらしい。

自分も裸だ、よし。いいぞ。いや、待て！　何か身に着けるものがあったはず。生まれたままの姿ではいけないいんだ……

コンドームだ！

忘れてたなんて、信じられない。アレックスはベッド横のテーブルに手を伸ばした。まだ性生活というものを持っていた当時は、ここにコンドームを入れておいたのだ。封を切ってゴムを出し、ケイトリンに渡す。手が汗ばんでいて、とても自分でできそうにない。「着けてくれ」

ケイトリンはびっくりした顔をして、体を起こした。「えっ、ああ、ええ。自分でするの、私、初めてなんだけど……」

彼女の小さなやさしい手が自分のものをつかんだ瞬間、アレックスは、あうっ、と叫びそうになった。コンドームを装着しようと、彼女がかちかちになった自分のものを引っ張るので、折れてしまうのではないかと、一瞬不安になった。まっすぐ上を向いて、腹部に張りついたようになっていて、根元のところにひびでも入るかもしれない。

ケイトリンの慣れない手つきがかわいらしい。やっと、装着が終わったと思って見ると、裏返しになっている。「違う、それじゃだめだ」

「何が？」彼女が手を止めて、顔を上げた。月明かりに彼女の瞳が銀色に輝く。「何が違うの？」

「裏返しだ」アレックスは説明した。「反対側からするんだ」

「こっち？」ケイトリンはそう言うと、コンドームをえいっと押し下げた。

鋼鉄の棒みたいになっていた彼のものに、ゴムが押し返され、はずみで部屋の反対側へと飛んで行った。

信じられない思いで、アレックスはコンドームが暗闇《くらやみ》へ消えて行くところを目で追った。鼓動が激しく胸に響く中、彼はこの悲劇のあと、次に何をすべきかを考えた。

何てこった！　彼女の存在を感じ、彼女の匂いを嗅《か》ぎ、彼女に触れてもいる。五感のすべてが敏感になって、興奮をどうすることもできない。彼女がベッドに横たわり、脚を広げている姿が頭に浮かぶ。欲望で濡《ぬ》れた場所をあらわにしているところ。今考えられるのは、彼女を押し倒して、そこに自分のものを埋めることだけなのに。それでも、一秒はかかる。

ところが、またコンドームを着けるとなると……体を倒してテーブルに近づき、引き出しからコンドームを取り出し、袋を破って……何秒かかるんだ？　一分ぐらいかかるかもしれない。そんなには待てない。もう今にも爆発しそうなのだ。

だが、仕方ない。アレックスは首を振りながら、テーブルに手を伸ばした。次のを装着するまで、もてばいいが。そのとき、ケイトリンの静かな声が暗闇に聞こえた。

「私、ピルをのんでるの。ちょっとした不調があったので、お医者さんから――」

医者が何を言ったのかは、アレックスの口の中に消えてわからずじまいだった。それに、すぐさま彼にのしかかられて膝で脚を大きく広げられ、激しく突き立てられたのでは、彼女は何を言うこともできなかっただろう。

彼女の中に入ったとたん、欲望が放出されていくのをアレックスは感じた。その激しい勢いのまま、体じゅうからすべての液体が吐き出されていく。下半身からはもちろん、全身の毛孔《けあな》から汗が、さらには、その強烈な体験に目も潤んでいる。

自分の体なのに、その瞬間起きていることをどうすることもできない。ブレーキの利かない貨物列車になったような感覚。体のすべての筋肉が張りつめ、緊張し、硬くなっている。足先をマットレスに埋めるようにして踏ん張り、もっと、さらに深く彼女の中へ自分を沈めようとしている。根元がしっかりと彼女の体につかまれていて、これ以上奥へ進みようがないことはわかっているのに。それでも、もっと奥へ入りたい。

これ以上深く貫けば、彼女の体に穴をうがってしまいそうだけれど、できることならそうしたい。

落ち着け、穏やかに行こう。こういうときはどうすればいいか、ちゃんと知ってるはずだぞ、とアレックスは自分を叱りつけた。洗練されたベッド技巧には自信があったのに、今の彼は欲望のおもむくままの行動をしている。

彼女の中に入っているものを、動かすことさえできない。少しでも外に出されることを、彼のものが拒絶しているのだ。ここにいたい、ケイトリンの体の奥深くに入ったままでいたい、と強く主張してくる。全身を興奮に震わせながら、このまま熱い欲望のあかしを、猛烈な勢いで彼女の中に出し続けたがっている。

こんなに激しい絶頂が、長く続くはずはない。それでもかなり時間が経ってから、やっと、興奮のきわみにあった心臓が三倍の速さで大きな音を立てるのをやめ、ちょうど五マイル走を終えた直後ぐらいの落ち着きを取り戻した。

宇宙を漂っているような感覚だった。長い時間、意識が遠のいたままになり、アレックスは自分が誰なのかも忘れた。脳の前頭葉はとろけたクリームみたいな状態なのに、感覚は歓びを訴える。生命力がみなぎり、全身のあちこちから次々に歓喜の叫びが脳へ伝わる。

顔はリンゴのシャンプーの匂いのする金色の髪の雲の中に埋まり、唇がケイトリンのやわらかなこめかみの皮膚に触れている。ああ、何ていい匂いなんだ。おいしそうな——フルーツかキャンディか花みたいで——欲望を抱かせる女性の匂い。その特別な匂いが、彼の脳のいちばん原始的な部分を直接刺激する。

呼吸はまだ荒いままだ。はっはっと短く息をはくたびに、口元近くにある彼女の髪が揺れる。酸素を求めて胸が上下するたびに、丸いきれいな乳房に近づく。興奮して頂が硬く尖《とが》り、アレックスの胸板をつつく。足先までもが、喜んでいる。彼女の華奢な足にぴったりくっついているのが、うれしそうだ。

そして何と言っても喜んでいるのが、脚のあいだにあるもの。熱く濡れた彼女の体の奥にしっかりと居座って、これ以上ないほど幸せそうだ。

そう、アレックスのすべてが、幸福感によいしれている。

やがて、頭に血が戻ってきて、アレックスも状況を理解し始めた。肉体的に普通の状態に近づくやいなや、脳が機能し始めるとすぐ、歓びと充足感は消えていった。何が起きたのかを考えなければ——非常にまずい事態だった。

自分の女性の扱いにかけては、アレックスは自信を持っていた。確かに長期間交際をするような男ではないし、相手の女性にもそれをきちんと理解してもらう。だからといって、相手をレディとして扱わない、というわけではない。実際にレディとは呼べないような女であっても、関係を持つかぎりは、必ず大切に扱う。

ケイトリンは頭のてっぺんからつま先まで——これがまた、かわいいつま先だ——完璧なレディだ。それなのに今、安っぽい売春婦のような扱いをしてしまった。

女性を大切に扱う場合、獰猛《どうもう》な野獣が襲いかかるようにして、体を奪ったりはしない。前戯はなし、やさしく導くこともなかった。まったく、いっさい。ただ力のかぎり、彼女に自分のものを突き立てたのだ。彼女は華奢な体をしている。もちろん彼女も興奮していたし、それについては疑問の余地はないが、それでも、全身の力をこめて、いきなり腰を打ちつけたのだ。ひょっとしたら、傷を負わせてしまったかもしれない。ああ、どうしよう。その可能性を考えると、吐き気さえする。

彼女のヒップを強い力でつかんでしまった。あまりに力が入っていたので、あの繊細な肌にあざを作ってしまったかもしれない。もっと、もっと奥のほうへ入りたくて、つい力が入ってしまった。

うむ。まず、この柔肌に食い込んだ指を放すところから始めればいいのではないか。

とりあえずは、取り返しのつかない失敗を償うステップとして、それが第一歩のはず。

アレックスはびくびくしながら、手を開き、マットレスに置いた。そして、顔を上げた。何が起きようが、覚悟はできていた。

ケイトリンに何と罵《ののし》られようが、当然だ。彼女には、アレックスに怒りをぶつける権利がある。罵詈雑言《ばりぞうごん》を浴びせられても、目をそらさずに受け止めよう。彼女が引っぱたきたいのなら、頬を差し出そう。彼女が望むこと、彼女が必要とすることを、何でも与えよう。けれど、ただ、ひとつだけ、譲れないことがある。

どうしても、自分のものを彼女の中から出すことだけは、しない、いや、できない。彼のものは、今の場所にいたがっている。永遠に。彼女との行為は、まだまだこれからなのだ。

もう一度チャンスをくれ、と彼女を説得するのは非常に難しいだろう。何せ乱暴に腰を打ちつけ、その瞬間に果ててしまったのだから。彼女を説得するための言葉、いろんな言い訳を、あらゆる角度から考え、言い方を検討しながら、ふとアレックスは視線を下ろして彼女を見た。

その光景に、アレックスの心臓は止まりそうになった。何て、本当にどうしてこうきれいなんだ？　こうやってベッドで女性を見下ろした経験なら、これまでに数えきれないぐらいあった。けれど、これほど美しい光景は初めてだった。窓から入る満月の明かりに照らされた彼女の顔は、青白く光り、この世のものとは思えない輝きを放っている。水の底で誘いかける真珠のように、鮮やかな青い瞳が銀色に光る。血のかよった人間ではなく、人魚みたいに見える。

ケイトリンは黙って、ただアレックスを見上げていた。二人の顔はほんの数センチ離れているだけ。その表情からは、彼女が何を考えているのかわからない。ほほえんではいないが、不快そうな顔もしていない。ただ、彼の目をのぞき込むだけ。

「ケイトリン」アレックスは急いでささやいた。さっきのひどいやり方をどれほど申し訳なく思っているかだけでも、伝えておきたかったし、彼女が泣きわめいて、嚙みついてきたら、それもできなくなるのが怖かった。自分の気持ちを、彼女にわかってもらいたかった。

「あ、だめ」ケイトリンが声を上げた。そして、低い声で彼の名前だけをつぶやき始めた。アレックスのうなじの毛が逆立つ。「アレックス、アレックス」彼女が背中を弓なりにして、腰を高く突き上げる。目を閉じ、円を描くようにヒップを揺らす。その瞬間、アレックスは自分のものが、きつく締め上げられるのを感じた。短い間隔で激しく収縮し、ベルベットでできた万力《まんりき》で締められている感触。彼は、はっとした。

彼女が絶頂を迎えようとしている。

彼女がクライマックスに達するのだ！　彼女の腕にも脚にも、強い力が入り、滑らかにアレックスを包み込む。彼女の肌の匂いが、香水のように熱く彼の鼻孔を満たす。どこに触れても、彼女の肌は温かくてやわらかい。ああ、すごい。こんな強烈な感覚に、耐えられそうもない。彼女の体がリズミカルに自分のものを締め上げ、まだ残っていた欲望のしずくを搾り取っていく。アレックスは顔を下げ、二人は額を合わせた。彼女の体の奥から起こる鋭い収縮を、彼の全身が感じ取る。彼の心臓さえも、そのリズムに合わせて脈打つように思えた。

ケイトリンがもう一度、彼の名前を叫ぶ。その息が顔にかかるのが心地いい。そして彼女は目を閉じた。

アレックスの経験では、ほとんどの女性はクライマックスのとき、苦悩しているような険しい顔になる。痛みをともなっているかのように、顔が強ばる。顔が歪《ゆが》み、首筋の腱が浮き上がり、口の両端が下がる。ところが、ケイトリンは違う。彼女の顔は、うっとりするような、夢みがちな表情に変わり、男性に組み敷かれてクライマックスを迎えているのではなく、湖畔《こはん》で詩の朗読でもしているようになる。

アレックスは彼女の髪に顔を埋め、踏ん張った。

「大丈夫か?」アレックスの太い声が、耳のすぐそばで聞こえた。彼の息が耳にかかると、反射的にぶるっと体が震える。

自分は大丈夫なのだろうか?　ケイトリンは状況を確認するため、指先や、足を動かしてみた。それ以外の部分を動かすことは不可能だ。彼の体がどっしりと自分の上に載っているのだから。

大きく胸を上下させなければ、呼吸するのも困難だ。その際には、重さであちこちの関節が軋《きし》む気がする。

「元気はつらつ」あえぎながら、そう答えた。

それでも、彼の体重を感じるのが心地よい。腕を精一杯伸ばしても、彼の背中に回した自分の手が届かない。仕事用に、警察本部ではアレックスは地味な服装だが、それでも引き締まった体つきであるのは、はっきりわかっていた。ただ、これほど筋肉質だったとは。体じゅう、いたるところ筋肉だ。金茶に輝く皮膚の下に、鋼《はがね》のように硬い筋肉が盛り上がっている。これほど見事な色の肌も初めて見た。

「口で君を歓ばせたい」耳元で、太い声が聞こえる。そうされると思うと、全身が歓喜に躍る。ああ、でも、耐えられるかしら。今のオーガズムの強烈さには、心臓が止まるのではないかと思った。アレックスが特別なことをしたわけではないのに。実際、特に何もしなかった。ただ……自分の中に入っただけ。それだけで、ケイトリンは人生でいちばん強烈な絶頂を体験した。

「すてき」彼女は、どうにか深く息を吸った。胸いっぱいに空気をためると、少し彼の体が持ち上がる。「してほしい」

死んでしまうかもしれないけれど、ぜひとも、してもらいたい。

「ちょっと待ってくれ」アレックスの口調が、ゆったりとしてきた。「今、乗り出すところだ」

すでに乗っている。ケイトリンの体に。さらに、中にも入ったまま。硬い状態で。アレックスの呼吸が緩やかになり、深い呼吸がケイトリンの髪を揺らす。髪が頰をくすぐるが、手を上げて顔からどけることなど、とてもできそうにない。無理だ。すばらしい体験だ。いつまでも記憶に留めておきたい。鋼のような彼の筋肉を手のひらに感じ、濃い胸毛が乳房をくすぐる感覚。彼のものを、自分の中で熱く感じる。さっきよりは、いくぶん軟らかくなっているが、それでもマービンのいちばん硬くなったときよりも、はるかに硬い。

「今すぐに」彼の言葉が、薬が効いてきたときのようにもつれている。

「だいじょぶよ」ケイトリンはやさしく言って、彼のふさふさとした髪に指を滑らせた。

ぐぐ、という音が聞こえる。

自分に載る彼の体が、少しだけだがさらに重くなった気がする。彼が、低い音で何かをつぶやいた。そしてすぐに、かすかに、ぐー、という音が耳元でした。

アレックスがいびきをかいている。

ケイトリンは天井を見上げて、にっこり笑い、できるだけ胸を張って酸素を吸い込んだ。顔を横に向けると、唇が彼の上腕二頭筋に触れる。
一分も経たないうちに、ケイトリンも眠りについていた。

7

目覚めた瞬間にケイトリンは、以前に付き合った相手は誰も、本ものの成熟した男性ではなかったのだと、改めて実感した。横にいるアレックス・クルーズが、あまりにも立派なおとなの男性だったからだ。

伸びをしようとしたのだが、まだ体の大部分が彼の下になっている。脚を大きく広げ、彼の腰に巻きついたまま。金色を帯びた彼の肌の色合いが、白いシーツに美しいコントラストを作っている。

アレックスは強そうで、その力に圧倒される気がする。突っ伏して熟睡しているときでも、本来のイメージが損なわれることはない。肉食動物だ。

彼の無意識下の本能が、差し迫った脅威はないと告げているのだろう、ケイトリンが少しばかり音を立てても、目を覚ます気配はない。しかし何らかの問題が起きていることをほんのちょっとでも感じれば、完全な覚醒《かくせい》状態に戻るだろう。すぐに警戒態勢を取り、危険な存在になる、ケイトリンはそう確信していた。ベッドの支柱にかけてあるホルスターに手を伸ばし、拳銃《けんじゅう》を手にするはずだ。

強さと人格が、彼の鋭い顔の線に刻まれている。ふと横を見ると、自分の顔のすぐそばに彼の手があった。大きくて優美で、指が長い。甲には血管が浮き出ている。あ、そうだ、最初の朝に、警部補室で見たタトゥ――やっぱり。手首に有刺鉄線が彫ってある。かつてギャングだった頃の名残だ。有刺鉄線のタトゥは、エイトボールという組織のメンバーであることを示すもので、このギャングは特に暴力的な行為で知られ、メンバーになると、だいたいが十九歳までにこの世を去る。そうなる前に、ギャングから抜けられた彼は、幸運だったのだ。

おとなになったアレックスは、まさに勤勉実直、曲がったことなどしない、俺は法の番人だ、という感じなので、タトゥがとてもセクシーに見える。

ああ。この手が昨夜、自分にどう触れたかを思い出し、ケイトリンはぶるっと体を震わせた。

何か落ち着いた音がする。静かなささやきのような……

雨だ。

雨なの？

ケイトリンは窓のほうに顔を向けた。確かに外は雨だ。カーテンを開けた窓から入ってくる光は、穏やかな銀色で、あたりは薄暗い。風が、少しだけ開けた窓を抜けて、ひんやりとそよぐ。雨が、やさしく、規則正しく、音を立てる。今の気分にぴったりだ。

ケイトリンは、起き上がろうとした。立ち上がってシャワーを浴び、コーヒーを飲みたい。

それに……トイレも使いたいし。

アレックスが目を覚ますことなくマットレスの上に転がり落ちてくれないかと、ケイトリンはもぞもぞ体を動かした。ものすごく重い。そっと肩を押して、彼の体を動かそうとしたのだが、滑り落ちてもくれない。昏睡《こんすい》状態みたいに熟睡しているので、彼の全体重が彼女にかかり、びくともしないのだ。

ケイトリンのほうは、すっかり目覚めていた。意気軒昂《いきけんこう》というか、体内にエネルギーが満ちている気がする。つま先から、髪の一本に至るまで、くすぐったいぐらいの気力にあふれている。もうこれ以上、ベッドでじっとしてはいられない。起き上がらねば。

アレックスの寝息は深い。まあ、正確に言えば、これはいびきと呼ぶべき音だろう。「アレックス」ケイトリンは彼の肩に置いた指に、力を入れた。びくともしない。この人の筋肉は、押してもへこむことすらないのだ。「アレックス」少し大きな声を出してみる。

アレックスは、あまり優雅とは言えない音を立てた。彼のまぶたがぴくっと動く。今度はケイトリンは耳元に直接訴えた。「私、お手洗いに行きたいの。どいてちょうだい」

彼の脳の深層組織にでも届いたのか、彼は少しだけ体の向きを変えた。ほんのわずかな隙間《すきま》が空き、ケイトリンは彼の体の下から抜け出すことができた。少しばかり軟らかくなった彼のものが、まだ彼女の体の中に入ったままだったが、彼女が体をずらしたことによって、外に出た。その瞬間、彼女は体が満たされなくなった空虚感に襲われた。その部分の筋肉が、彼をそこに留めておこうと反射的に収縮した。

ケイトリンはベッドの横に足を下ろして立ち、自分の体がどんな状態にあるかを知って、少しショックを受けた。あちこちで筋肉痛が起き、ひりひりするところや、少しだけ生えてきた彼の頰《ほお》ひげで、こすれて赤くなっているところもある。乳房や脚のあいだが、重たく感じる。不思議なものだが、まだ彼の体の存在を感じ続けていて、彼のものが自分の体の奥に収まったままのようにも思える。そこの部分が無理に引っ張られたような、ひりつく感じもあるが、その事実が、彼のものだ、というしるしをつけられた証明のように思える。

目に見える名残以外にも、彼のものだと宣言された感じがある。他の男性が、あれほどの快楽を与えてくれるとはとても思えない。アレックスによってケイトリンは完全に満たされた。生まれてから二十八年間、セックスの本当の意味を知らずにきた。アレックスとの体験のあと、他の男性との関係でこんなに精神的に満たされるはずがない。それは、確信できる。

セックスの技巧とは、関係ない。昨夜は、取り立てて技巧というようなものはなかった。ただ、ひたすら体を打ちつけられただけ。だから、そういう意味での違いはない。アレックスはひどく興奮していて、そのため、すぐに果ててしまった。ケイトリンはそれでも構わなかった。理由は――アレックスのような男性なら、望めばどんな女性でも手に入れられる。そんな男性が自分に興奮してくれている、そう思うだけで、彼女自身が興奮したのだ。

その興奮の度合いといったら――確かに彼もあっという間に絶頂へ昇りつめたが、昨夜は、二人が顔を合わせた瞬間から、前戯が始まっていたようなものだった。ただ彼のそばにいること、同じ空気を吸い、肌が触れ合うことが、前戯だった。男性に対して、自分の体がそういう反応を示すのだ、ということすら初めて知った。これまでそんな経験はなかったし、今後もないだろう。

ああ、悲しいことを考えてはだめ。今日だけは。アレックスは彗星《すいせい》のようなもので、自分の人生に華やかな光を投げかけ、あっという間に通り過ぎてしまう存在なのだ。その光を受けて、ケイトリンもまぶしく輝き、熱くなるが、すぐに燃え尽きてしまう。

彗星とはそういうものだ。だから、その瞬間を、しっかり目を開けて見つめていないと。そんな時間を持てたことをありがたいと思い、消えていく彗星を見届けよう。

ケイトリンはうなだれながら、バスルームに向かった。

寝室続きのバスルームは広く、庭を見下ろす大きな窓があった。ポプラの大木が外からの視界をさえぎるので、プライバシーは保てる。ケイトリンは窓を開け、深呼吸をした。雨はすでに小降りになっており、大気は澄んで、新鮮だった。午後になると蒸してくるかもしれないが、まだ明け方の今のところは、新鮮な雨の匂《にお》いがして、何か新しいことが起きる気配がある。

アレックスのバスルームは、白と黒のタイル張りだった。予想どおり、と言うべきか。昔風の真鍮《しんちゅう》の蛇口に、白の陶器の栓がついている。洗面道具はたくさんある——メーカー品の石鹸《せっけん》、使い捨てのかみそりやシェービング・クリーム、シャンプー、そして、ああよかった、新しい歯ブラシもある、さらには歯磨きチューブ——それなのに、手入れ用品はまったくない。コロン類、アフターシェーブ・ローション、クリーム、そういったものがいっさいないのだ。大きな棚に、きちんとたたまれた白いタオルがあり、それ以外には何もない。

シャワー・キャップもなかったので、大きなタオルを頭に巻いて、シャワーを浴びることにした。熱いお湯が勢いよく出て、あちこち痛む筋肉をほぐしてくれる。

ケイトリンは、うーん、と伸びをした。最高の気分。シャワーの下で体の向きを変えながら、彼女は思った。こんなすばらしい気分になるのは、いつ以来のことだろう。男性と一夜を過ごした次の日の朝、という体験を数多くしたわけではないが、今朝のこの気分は、人生におけるお気に入りの瞬間というリストを作れば、断然トップに来るはずだ。

体を乾かすと、裸の体をどうしようか、と考えた。

ドレスはまだ階下にある。思い出すと、ひとりでに笑みがこぼれる。あのドレスはウエストが細く絞ってあるので、大きく呼吸ができなかったのだが、エレベータから出た瞬間のアレックスの顔に浮かんだ表情を見れば、呼吸をあきらめた甲斐《かい》があったというものだ。広告でもよく言っているが、まさに〝プライスレス〟だった。呼吸なんて、そもそも必要ないではないか。

にこにこしながら、ケイトリンはアレックスのシャツを着てみた。裾《すそ》が膝《ひざ》まで届いた。

袖《そで》をまくり上げると、ちょっとしたサマードレス風になった。すうっと息を吸う。かすかな石鹼の匂いと、間違えようのないアレックスの匂い。アフターシェーブ・ローションの匂いではない。彼にはそんなものは必要ないのだ。純然たる男性フェロモンを大量に放出しているから。オーデコロンをつければ、その匂いを消してしまうだけ。そして彼の匂いほど魅力的なコロンを作り出せるはずがない。ああ、うっとりする。

ケイトリンは目を閉じて、また息を吸い込んだ。匂いが大脳視床下部に直接届き、本能をつかさどる暗い原始的な部分に働きかける。理性や思考とは無関係な部分だ。すぐさま、彼女の頭から思考が消えた。匂いは昨夜のことを強烈に思い出させる。アレックスの匂いは独特で――かすかに森の匂いがして、男らしさを感じさせ、うっすらと健康な汗の匂いがする。

そのままケイトリンは、その場に立ちつくした。膝ががくがくして、腿《もも》にぎゅっと力を入れる。思い出すと、呼吸が苦しくなる。脚のあいだの奥のほうが、鋭くぴくっと動く。アレックスのものを締め上げたときと同じように。気づかぬうちに、あえぎ声が漏れる。

しまったと思って振り向いたが、アレックスはまだ寝ている。起こさずに済んだ。片方の腕を投げ出し、ベッドから落ちて丸まった手が床に着きそうだ。もう一方の手はベッドにあり、まだケイトリンを抱いているような形になっている。たくましい背中が規則正しく上下する。濃いまつ毛は、ぴくりとも動かない。まったく死んだように、ぐっすり寝ているのだ。

アレックスは肉食動物のような人なので、部屋に危険がないときしか、こんなに熟だけだ。彼ではない。

ケイトリンはタンスの上の鏡に映る自分の姿をちらっと見た。憧憬《しょうけい》にも似た表情をそこに認めて、恥ずかしくなった。気をつけないと、この男性に失恋し、心を打ちのめされてしまう。彼と体の関係を持つのはすばらしかった。信じられないくらい。圧倒された。

そして、やってはいけないことだった。

鏡の中の自分は、頬を染め、唇がぽったりと腫《は》れて赤く、ひげでこすられたあとがある。髪はくしゃくしゃだ。見るからに、セックスしました、と告げている。

そんな自分を見たくなくて、ケイトリンは寝室の中を調べることにした。それに、自分をこんなにも夢中にさせてしまうアレックス・クルーズという人物をもっと知りたい。

昨夜は欲望で頭がうまく働いていなかった。しかし、穏やかな朝の光の中に立つと、いろいろなことがわかる。アレックスの寝室は、警察本部での彼のオフィスや、居間と同じように、清潔できれいに整頓《せいとん》され、寝室という本来の機能に必要な最低限のものしかない。ところが奇妙なことに、壁にはシンプルなフレームに入った白黒写真が何枚か飾ってあった。

どれもすばらしい写真だった。砂浜の貝殻、崩れかけた壁に立てかけられた古い自転車、満開の花のクローズアップ、どの写真も見事な構図で、強い印象を残す。これはアレックスが自分で撮ったのだろうか、それとも購入した写真だろうか？　どちらにせよ、彼の芸術的なセンスが垣間見えた。

体の関係を持っただけの男性を、もっと知りたいという欲求の強さに、ケイトリン自身が驚いた。

クロゼットのドアを少しだけ開ける。彼女のクロゼットとは大違いで、まるで異なる生物のために用意されたもののようだ。ただ、いかにもアレックス・クルーズらしいクロゼットだ。厚手の黒のカシミアのコートが、布パッドつきのハンガーに掛けてある。他に吊《つ》るしてあるのは、きれいに折り目のついた黒のジーンズが四本、ジーンズ以外のズボンが十本とジャケットが十枚、すべて黒で同じデザインだ。白の長袖シャツと白の半袖シャツが何枚かあり、黒のタートルネックシャツ、白のTシャツ、黒のTシャツは、それぞれが何枚も重ねて別々に置かれている。クロゼットの中は、糊《のり》と清潔な布の匂いがした。床に視線を落とすと、まったく同じデザインの紐《ひも》で結ぶタイプの黒い革靴が八足、ナイキの靴が二足あった。昨夜履いていたローファーは、どうやら、いろんな危険を体験してみたい夜用のものらしい。昨夜みたいに。

靴の紐をひとつほどいて、それで自分の髪を結わえ、ケイトリンは鼻歌混じりに階下のキッチンへと向かった。キッチンの窓から見ると、雨はやっとやみ、大きくて分厚い雲の切れ目から、青い空がのぞいている。すばらしい空。すばらしい雲。すばらしい朝。この世が始まって以来、最高の朝だった。

ポプラの木のあいだから、さっと陽の光が射し込んだ。雨に濡《ぬ》れた葉が虹《にじ》色に輝き、ダイヤモンドでできているように見える。その光景に感動し、ケイトリンは自分の体を抱きしめた。奇跡のような美しさ。完璧《かんぺき》だ。人生は、本当にすばらしい。

何かに夢中になった状態の生化学的反応については、ケイトリンには完璧な知識がある。心理学用語では〝心酔《リマランス》〟――いわゆる恋の初期段階であり、この状態に陥ると非常にまずい。ノルアドレナリンが大量に放出され、体内を駆けめぐる。グリコーゲンとトライアシルグリセロールの分解を促し、瞬発力が増加する。脈が速くなり、感覚が鋭敏になり、頭の中の論理的思考回路を遮断する。ケイトリンは、今まさにこの状態だ。

あらゆる重要な意味合いにおいて、この状態は、精神的錯乱と同じだ。学術的にはそうであることはわかっていても、実際にそういう状態に陥った――人生で初めて――ケイトリンにとっては、どうすることもできない。

裏庭に通じるドアを開けて、家の外に出てみた。大きく息を吸うと、胸いっぱいに清らかで新鮮な大気が入ってくる。酸素が体の隅々に行き渡る感じがする。

この裏庭にも、アレックスならではの雰囲気がある。色のない庭が持てるのなら、彼はそういう庭を選んだだろうが、この場所には白黒だけに近いものがある。短くそろえられた芝生のある、小さな四角いスペース。四隅にある生け垣のサンザシは、ほとんど直角に刈り込まれている。芝生の長さも見事にそろえられている。花や観賞用の木などはいっさいなし。サンザシ四本と、視界をさえぎるポプラの木が並んでいるだけ。何か色が欲しい、やわらかな形が必要だと、庭が叫んでいるように思える。

ここにハーブを植えてみたらどうかしら、とケイトリンは思った。右手のキッチンに近いところ。そこから石を並べてアクセントをつけ、左側には花壇を設ける。今ならパンジーがいいかな、薄紫と赤が混じったようなの。しばし、彼女はそんな様子を頭に描いた。

ちょっと待って。ホルモンの過剰分泌と精神錯乱のせいだわ。何てばかな空想をしてしまったのだろう。やれやれ、と思いながら、彼女は家の中に戻った。アレックスとは一夜をともにしただけで、彼のほうはもう二度と会うつもりさえないかもしれないのに。自分だけが勝手に、庭に何を植えるかを考えている。この調子で行くと、間違いなく失恋がこたえるはず。こんなすてきな日に、失恋の痛みについて考えたくはない。それに何だかお腹《なか》が空《す》いてきた。アレックスが朝食を作ってくれそうな気配はない。

朝食の用意なら、喜んでする。ケイトリンは料理が好きなのだ。あと片づけが嫌いなだけ。

ケイトリンは冷蔵庫の中身を見て、顔を曇らせた。食料庫も調べてみる。

どうやら、朝食の用意は、想像以上に大仕事になりそうだ。アレックスは食料品を買う、ということを知らないらしい。さんざんあちこちを調べて、何もないのにがっかりしたあと、結局フレンチトーストなら作れそうだとケイトリンは結論づけた。食パンはかちかちになっていたし、卵はいつから冷蔵庫にあったのか不明だが、それでも食べられるものができそうだ。主要な栄養素――油脂、炭水化物、コレステロールを摂取できるわけだ。

きれいな白のボウルに卵を割り入れて溶く。黄身の色が薄いが、まあ何とかなるだろう。食器棚にコーヒーメーカーがあり、その横にラジオがあった。つまみを回すと、ポップなロックを流す曲があったので、そこに決めた。番組が九〇年代の名曲特集だと知って、満足した。

流れてきたのは、マドンナ。『レイ・オブ・ライト』一筋の光、完璧だ。

曲に合わせて口ずさみ、腰を振り、コーヒーメーカーのスイッチを入れ、フレンチトースト用にコンロの火をつける。また食器棚のほうを向いたときに、大きくて暗い影が戸口にあるのを見て、ぎょっとした。アレックスだ。ケイトリンを見つめる暗い瞳《ひとみ》からは、その気持ちが読み取れない。

淡い朝の光が、彼のオリーブ色の肌を金属的な色に照らす。緊張して引き締まった顔が、この世のものとは思えない印象を与えている。何千年もの未来からやって来た新種の人類で、その数千年のあいだに、進化を遂げた人類は、顔から不要な部分をそぎ落とし、完璧な顔立ちに創り上げられたかのように思える。『スタートレック』に出てくる宇宙艦隊の司令官でもやってそうな。

「ああ、びっくりした」どきどきしながら、笑顔を向ける。「あんまり、どっきりさせないで。目が覚めたのね、気づかなかったわ。すぐに朝食が用意できる……アレックス？」

彼はにこりともせず、ただまっすぐにケイトリンの目を見ていた。「やっとかなきゃならないことが、残ってる」しばらくしてから、そう言った。長いあいだ、言葉を発していなかったかのように、かすれた声だ。「俺と君のあいだで」

どうしよう、朝からこんなにすてきな男性が存在することが許されるの？　彼はパジャマのズボンだけの姿だった。ゴムではなく、紐を引っ張って留めるタイプなのだが、薄い木綿生地のウエスト部分を、贅肉《ぜいにく》のない腰の低い位置にゆったりと留めてあるため、平らなお腹の下のほうまで見える。黒い胸毛で覆われた胸板は、見事としか言いようがない。日中はシャツとジャケットでこの胸を隠してあるが、公序良俗にはそれが賢明だ。彼がヌーディスト村の住民になったら、女性住民たちから、ひっきりなしに飛びつかれるだろう。

あの胸のすべてを、昨夜ケイトリンは自分の肌に直接感じた。アレックスの姿を見ただけで血が騒ぎ、体が彼を迎えようと準備を始めるのが、恥ずかしかった。心臓が大きな鼓動を打ち、膝の力が抜け、体の奥がやわらかくなっていく。

「アレックス?」彼が動こうとしないので、ケイトリンは不安になり始めた。彼はただ、無表情でケイトリンを見つめるだけ。「どうかしたの?」彼が戸口を離れ、むっつりとキッチンに入って来た。靴や靴下を履いていない彼の足が大きく見える。不公平だわ、とケイトリンは思った。この人、足さえもきれいなのね。縦に長いが幅が細く、土踏まずのアーチが大きく、きれいな形の足だ。彼の歩き方には、パンサーを思わせるものがある。獲物を狙《ねら》って忍び寄るときの歩き方だ。

彼は勃起《ぼっき》していた。プラムのような色の大きな先端部が、薄い木綿地のウエストから、顔をのぞかせている。大変だ。

「アレックス?」思いきって、もう一度呼びかける。「私が勝手に冷蔵庫をあさったから、怒ってるの? 何か――むぐっ!」

アレックスの腕がケイトリンの首に巻きつけられ、ぐっと引き寄せられたときには、もう唇が重なっていた。彼女は体から力が抜けていくのを感じて、頭を彼の腕に預けた。ベイローヴィル市、アレックスの家、彼のキッチン、世界がぐるぐると回り始め、二人の体がさらに近づく。彼女は崩れ落ちないように、彼の裸の肩につかまった。

舌が絡み合った瞬間、電気のような衝撃がケイトリンの全身を貫いた。彼の大きくてごつごつした手が、シャツの下から彼女の太腿を探り、徐々に上へと進み、裸の彼女のヒップを撫《な》でる。

「寝室の床で君のパンティを見つけた」アレックスが口を離して、耳元でささやく。

「つまり、シャツの下は何もはいていないんだろうと、思ったんだ」

「正しい推理だわ、名探偵さん。よくわかったわね」ケイトリンがつぶやくと、彼の手がゆっくりと脇《わき》を上がり乳房を撫でた。彼女はあえぎ声が出そうになるのを押し殺した。

「うむ」彼がさらに強く体を引き寄せる。「だが、直接真相を確かめる必要があった。刑事マニュアルにそう書いてあるからな。刑事にとって必要なこと、その一。事実を確認せよ」

アレックスは手を伸ばしてコンロの火を消し、片足で椅子《いす》を引き寄せて、その上に腰を下ろした。実にセクシーな足だ。ケイトリンは彼の膝にまたがって座った。

ケイトリンは彼の顔を見た。少し彼の顔よりも高いこの位置からだと、見えるのは意志の強そうな顎《あご》と、ひげが生えてきた頬、無用に長い黒いまつ毛だけだ。彼に促されて、ケイトリンは座り方を調整し、やがて、胸も鼻もぴったり合う位置に落ち着いた。

　彼のものが、大きく脈打つのをお腹に感じる。ますます大きくなり、大きくなるたびに彼女の体の奥が、そのリズムに呼応する。

　アレックスは彼女の目を見ていた。自分の勃起に彼女がどう反応するかを確かめているのだ。熱く硬くなってお腹を押してくる彼のものを、ケイトリンはどうしても意識してしまい、その気持ちを隠せるはずもなかった。

　自分が真っ赤になっているのは、彼女にもわかっていた。胸のあたりまで熱く染まっているのを感じる。胸の頂は敏感になり、糊が利いてごわっとしたシャツの生地が擦れると痛い。生地が厚手でよかった。小石みたいに硬く尖《とが》っているのを知られずに済む。

　アレックスの視線は、彼女の目から唇へ移り、そこでしばらく止まって、そのあと胸元へと下りた。次にまた視線を上げたとき、彼の眼差しは燃えるように熱くなっていた。この瞳にはX線装置でも備えてあるのかもしれない。

「何なの？」どうしよう。自分の体の内側からほとばしる熱の勢いがあまりに強くて、言葉にも興奮の色が出てしまう。「やっとかなきゃならないことって？」

「前戯だ」アレックスは咆《ほ》えるように言うと、ケイトリンを引き寄せ荒っぽくキスした。そのキスにこめられた彼の飢えを感じ、唇が離れたとき、彼女は身震いした。「昨夜は、完全に忘れていた。そんなものの存在さえ思い出さなかった」彼の手がケイトリンのお腹からゆっくりと滑り上がり、親指で軽く胸の頂をこする。彼女の全身が、さっと総毛立った。「先を争っているみたいな勢いで、とにかく早く君の体の中に入ろうとしていた。ごめん」

最後の言葉は、ケイトリンの耳元でささやかれた。彼の歯が首筋の腱《けん》に立てられる。また身震いが起こる。

「許してあげる」ケイトリンは、そっと告げた。

アレックスは笑みを浮かべたのだろう、首に感じる彼の唇の動きでわかる。「よかった。許してもらえたことに、心から感謝する。できれば、その埋め合わせをしたいんだが……」彼の手がケイトリンの着ているシャツの前をつかむ。「俺のシャツを盗んだんだな？　盗品はどう処理されるか、知ってるか？」

アレックスはボタンに手をかけ、ゆっくりひとつずつ外していった。シャツの前が開き、彼女の乳房があらわになっていくところをじっと見ている。

その表情に、ケイトリンはすっかり見とれていた。彼の顔のいたるところに力が入っている。瞳孔《どうこう》が開き、鋭く熱のこもった眼差しが見える。彼がふと顔を上げた。ケイトリンの全身にぱっと炎が上がる。

「わかってるのか？」

何がわかってるのかって？　くらくらする頭で、ケイトリンは考えた。そう、彼は自分をからかっているのだ。何か気の利いた返事をしなければ。しかし口の中はからからで、飲みこむ唾《つば》さえ出てこない。何を質問されていたのか……。ケイトリンは彼と目を合わせたまま、ゆっくりと首を横に振った。

シャツのボタンがすべて外れ、開いた前の部分が乳房に触れる。アレックスがシャツの下からケイトリンの肩に手を置き、前を大きく開いた。

「警察が証拠品として押収するんだ」彼の手は腕を滑り下り、シャツが取り除かれる。

「法律では、そう定められている」

ケイトリンは、アレックスの膝にまたがり、裸になった。どきどきして、自分の心臓が大きく脈打つところが彼にも見えるのではないかと思った。何かが見えたようだ。彼は胸のあたりを凝視している。彼の手が片方の乳房を持ち上げると、白い肌に彼のごつごつした浅黒い手が対照的に見える。その鮮やかな対比に、また興奮をあおられる。

彼の黒髪が顔にかかり、上体が前に倒れてくる。彼の口が持ち上げた乳房の先端を含んだ。

ケイトリンの体が、びくっと反応する。彼の舌の動きに合わせて、体の奥が収縮する。彼女は、はっはっとあえぎながら、これぐらいのことでひどく興奮してしまう自分が恥ずかしくなった。乳房に彼の手を、その先端に彼の舌を感じるだけのことなのに。心臓は大きく脈打ち、肋骨《ろっこつ》を突き破ってしまいそうだ。まだ胸の中に収まっていること自体、不思議なぐらい。

アレックスは顔を上げ、また唇を重ねた。ケイトリンの頭の後ろを支え、激しく唇を奪う。しっかり押さえておかないと、彼女に逃げられるとでも思っているのだろうか？

ばかね、ほんとに。ケイトリンは、そう思った。どこにも行くはずがないでしょう？　アレックスにキスされると、彼女の体から力が抜けていく。まっすぐ座っているのさえ、やっとなのに。彼の手は乳房からヒップへと移動し、彼女をさらに引き寄せる。ちょうど、彼の存在感のある巨大なものが、彼女の体の入口に当たるところまで。彼のものがいっそう長く、太くなる。

ケイトリンは息をのんだ。吐き出すときには、口がわなわなと震えた。

アレックスがさらに強く抱き寄せ、またキスする。ケイトリンは唇を奪われるまま、なすすべもない。体は勝手に彼を迎える準備を整えた。乳房が重く腫《は》れぼったく、下半身がやわらかくなる。ちょうど花が開くように。

彼にもそれがわかったのだろうか、とにかく何かを感じたらしく、びくっとして動きを速めた。わけもわからないまま、ケイトリンの体は持ち上げられていた。彼はケイトリンの背中に回した腕を使って、自分のものの真上に彼女の体を持ってくる。もう一方の手は、パジャマのズボンを引き下ろし、お腹にへばりつくように上を向いていた自分のものをつかんだ。そこへ彼女の体を下ろしていく。彼女が腰を下ろした瞬間、彼がヒップを突き上げたので、ケイトリンは完全にアレックスに貫かれる形になった。興奮して硬く、今にも弾けそうになったアレックスのもので、彼女の体が満たされる。

少しだけ、違和感はあった。痛みではない。痛みとはまったく異なる。ただ、その部分が強く引っ張られて、侵入された感じがあるというか。そして、熱い。真っ赤に焼けた鋼《はがね》がそこに入ってきた感じ。アレックスは背が高いので、ケイトリンの足は床に着かず、彼に貫かれた部分に体重のすべてを預けるしかない。深く奥まで侵入してくるものを、どうすることもできないのだ。もう少し体を楽にしようと、彼女は腰を揺すって体の向きを変えようとした。すると、彼が声を上げた。

「う、だめだ」アレックスはケイトリンの肩に頭を載せる。額が当たって、こつん、と音がした。「またた」

しかし、ケイトリンはさらにヒップを動かした。彼のものが自分の体の中でさらに大きくなるのを感じる。信じられない。「また、何?」荒い息でたずねた。呼吸が苦しい。ひとつのこと――アレックスが自分の中に入っていることに集中しているため、それ以外のこと、つまり酸素を吸い込むことまで気が回らないのだ。

「前戯がなかった」くぐもった彼の声がぼんやりと聞こえる。「くそっ、また忘れちまった」

今の状態以上に興奮させてくれる前戯など、あるはずがない。最初のわずかな違和感も消え、今のケイトリンはどうしようもないぐらいに興奮して、全身が震えている。アレックスの体そのものが、彼女を興奮させるのだ。乳房をくすぐる胸毛、引き締まった腰、その下の部分が敏感な部分の肌を荒っぽくこするところ、腿の後ろで感じるたくましい脚、椅子に収まりきらないぐらい幅の広い肩、そのすべてが。

さらには、この匂い。ああ、アレックスの匂いだ。純粋にセックスを感じさせる。

「いいのよ」ケイトリンはそっと告げた。「次のときに、ね」

その言葉に、アレックスは顔を上げた。整った顔で、唇の端が一方だけ持ち上がり、かすかな笑みを見せる。「だめだ」太い声が響く。「今、しよう」

注意深くケイトリンの様子を見ながら、アレックスは二人がつながっている部分に手を伸ばした。慎重に、軽く、彼女の蕾《つぼみ》の部分に触れる。彼の手が触れた瞬間、ケイトリンはびくっと飛び上がった。雷に打たれたようだった。

「それでいい」アレックスはそうつぶやくと、そっと指を動かし始めた。ケイトリンは、全身が強烈な熱に覆いつくされるのを感じた。下半身が燃え上がり、蜜《みつ》があふれ出る。なるほど、これでいい。

彼の指がゆっくり丁寧に円を描き出す。彼のものをつかまえている部分を、もう少しだけ開くんだ、と勇気づけるように。脚に感じる彼の腿にさらに力が入る。彼が腰をほんの少しだけ突き出し、もうそこが行き止まりだ、と思っていた彼女の体内のさらに深いところに入って行く。

「後ろに倒れるんだ」アレックスが命令した。

どういう意味？　ケイトリンには、彼が英語を話しているのかも理解できなかった。

「何？」

「俺の腕にもたれるんだ。そのまま後ろに倒れろ」アレックスの口調は厳しく、喉《のど》の奥から絞り出すような声だった。ケイトリンが頭をのけぞらせると、彼のたくましい腕が彼女の体を支えた。

「そう、それでいい」かろうじて言葉になっていたが、ほとんどは荒い息が吐き出されただけだ。そしてアレックスは自分の体を前に倒し、ケイトリンの乳房の片方の先端に舌先で触れた。ケイトリンは甘えるような、せつないあえぎ声を出す。はっはっと短い呼吸しかできず、その呼吸が静かなキッチンに大きく響く。アレックスは満足げに低いうなり声を漏らし、乳房を口に含むと、吸い上げた。強く。

彼のものをつかんでいる部分が、ぎゅっと締まる。猫がぐるぐると喉を鳴らすときのような音。

彼の胸の奥から、くぐもった音が聞こえた。

吸い上げられるたびに、彼女の体の奥の部分が反応し、それに呼応して彼のものが、ぴくっぴくっと動く。コンクリートに鉄筋を打ち込む機械みたいに。

ケイトリンの体はぐったりして、彼の腕に支えてもらっているおかげで、やっと上体も倒れずに済んでいるという状態だった。下半身は彼のものに深く貫かれているが、そうでなければ体全体が床に崩れ落ちていただろう。

アレックスが反対側の乳房へと口を移した。すると一方からは彼の口で強い熱が生まれ、もう一方は濡れているため涼しい朝の大気に触れて冷たく感じられた。その対比に、ケイトリンの体が震える。

やがてアレックスは、胸から口を上のほうへと動かし始めた。喉元までのあらゆる部分にキスし、敏感な腱のところでは歯を立て、舌を這《は》わせる。ケイトリンの全身の毛が逆立ち、アレックスがほほえんでいるのを肌で感じる。

「それでいい」肌に口を近づけたまま、彼がつぶやく。「さあ、ここからもっと、俺を中に迎え入れてくれ」

ケイトリンは、信じられない気分だった。もっと中に迎え入れる？　これ以上どうやって？　すると背中に置かれた彼の手の位置が移動し、ケイトリンが脚を下げる角度が変わった。いつの間にか、彼女の体は前に倒れる形になり、胸がぴったりと彼の胴体にくっついている。腿を大きく広げざるを得なくなり、不可能だと思っていたのに、アレックスがさらに奥へと入ってきた。

「よし」彼がつぶやく。「その調子だ」

彼の脚がいっそう硬くなり、ケイトリンの中のものが動き出す。最初はやさしく、腰で小さな円を描き、彼女の性感帯のすべてに触れるようにして、そのあとは、強い力で突き上げる。ゆっくり浅く突き始めたのだが、すぐにもっと奥へ、もっと激しく突き立てる。

ケイトリンは頭を彼の肩に預けていた。キスはできない。彼の突き立てる動きがあまりに激しく、口を重ねたままではいられないのだ。それに、今はキスしてもたいした意味はない。ケイトリンはアレックスにキスされるのが大好きで、彼はすごくキスがうまいと思っている。他の男性なら、顔をどっちに向けたらいいのかと悩んだり、息が苦しくなったりすることがあるのだが、アレックスとなら、そんなことは一度もなかった。アレックスは、何をどうすればいいかをちゃんと心得ていて、そういう男性にキスされるのがうれしかった。

しかし、今は違う。ケイトリンの意識のすべてが、脚のあいだの熱に集中しているからだ。

どうにか少しだけ顔を上げ、ケイトリンは目を開いてみた。二人の体がつながっているところを見ると、目がくらみそうな気がする。二人のすべてが対照的なのだ。彼が突き上げるたびに、互いの毛が絡み合う。淡い金色と漆黒。彼が少し引くと、暗い大地の色をした彼のものがぬめり光り、自分の明るいピンク色の肌の中がまぶしく白く見える。

ケイトリンはひどく濡れていた。毛まで濡れて真珠の粒がついたようになっている。彼が少し抜き出したときにも、まばゆい光沢をまとっている。強烈な、紛れもないセックスの匂いが立ち昇る。彼が突き出すたびに、吸い上げるような音がする。目を閉じたままでも、ここで何が行なわれているのか、はっきりわかるだろう。

彼の動きがさらに力を帯び、激しく、速くなってきた。胸と胸がこすれ合う感覚は、彼のものが入っていく際の刺激と同じぐらいわくわくする。同じぐらい、だが、完全に同じではない。その部分からの刺激は、ケイトリンの体の内側に火をつける。燃え上がったその火は、彼女を包み込み、その勢いの強さに自分から動くこともできない。ただアレックスの肩に頭を載せ、二人の姿を見ているだけ。その光景のエロティックさに戦慄《せんりつ》さえ覚える。

アレックスの動きが、いよいよ速く激しくなってきた。両手で彼女のヒップをしっかり抱え、持ち上げては下ろす。荒々しいクライマックスのリズムに、いっきに引き込まれていく。

ケイトリンは二人の体がつながっているところから、ゆっくり視線を上げた。突き上げるたびに、筋肉の形が変わる割れた腹筋、そして彼の顔。彼は赤い顔に険しい表情を浮かべている。獲物を狙う肉食獣の顔。顔の下の分厚い胸板は、彼女の手を載せたまま、上下に激しく動き呼吸を助けている。マラソンを走った人のように、荒い息だ。黒髪がひと房、額に落ちてきている。突き続けるアレックス。ぴしゃ、ぴしゃ、と肉のぶつかる音が聞こえる。薄く開けた瞳から、強い眼差しが注意深くケイトリンを見守っている。

何度も繰り返し突き立てるたびに、彼の頬の筋肉と腹筋が波打つ。

もう我慢できない。それでもケイトリンは息を深く吸ってこらえた。断崖《だんがい》絶壁の縁にどうにかつかまり――ああ！　叫び声を上げ、彼女はその縁を飛び立った。落ちていく体をアレックスがつかまえ、体の奥から爆発するような鋭い収縮を繰り返す。その強烈な動きに、痛みさえ覚えるほどだ。

その間もずっと、アレックスは動きを止めない。ケイトリンは感じる波の大きさに圧倒された。これほどまでの快感を味わったのは初めて。純粋に獣としてのセックスの歓び。激しく、強く。

ケイトリンは体を震わせ、目をしっかり閉じた。感覚による刺激が多すぎる。視覚ぐらいはさえぎっておかなければ。あまりに強烈で、今起こっていることすべてを、彼女の体が処理しきれずにいる。下半身は汗びっしょりで、閉じた瞳から涙がにじむ。そのときアレックスがぎゅっと彼女を抱き寄せた。息ができない。すると彼女の体は、また別のオーガズムへと転がり始めた。彼が大きく高く腰を突き上げ、彼女の中で彼のものがさらに大きくなる。彼は咆えるような声を上げ、精液をいっきに吐き出した。その勢いを感じて、ケイトリンはまた、短く強烈な、たとえばしゃっくりとか咳《せき》をするみたいなオーガズムを感じた。

ぼんやりした頭で、ケイトリンは、アレックスが椅子に座り直すのを感じた。自分の息に比べると、彼の呼吸は落ち着いている気がした。二人は額を互いの肩に載せ、汗と精液まみれになって抱き合い……ただ息をするだけだった。

そろそろと目を開けたケイトリンは、部屋の様子がさっきとまるで同じであることに驚いた。二人が放っていた強烈なエネルギーが竜巻のようにあたりを襲い、カウンターに置かれた食器を吹き飛ばし、椅子をなぎ倒しているような気がしたのだ。

ところが、何の変化もない。ケイトリン以外は。

彼女はまた目を閉じ、自分の体の中でひとつ、またひとつと筋肉の緊張が解けていくのを感じた。呼吸も普段どおりになってきた。五感が周囲の状況に気づくようになっている。

さらに時間が経ってから、アレックスも動き始めた。顔を上げ、ケイトリンの顔を自分のほうに向かせる。全身の筋肉が完全に弛緩《しかん》していて、ケイトリンは目を開ける力もなかった。

「俺を見ろ」静かに彼が告げる。

はい。ケイトリンのまぶたが、ひくひくと動いたが、それ以上の力がわいてこない。目が開かない。

アレックスが軽くケイトリンの体を揺さぶる。

「ケイトリン、俺を見るんだ」まあ、大変。これはアレックス・クルーズ警部補が命令するときの口調だわ。この命令に従わないのは、モーゼが神の御声に抵抗するようなもの。

ケイトリンの目が、ぱっと開いた。

「大丈夫か？　俺、痛いことをしてしまったか？」アレックスは厳しい表情だ。悪い知らせを覚悟しているみたい。かわいそうに。こんな表情を今すぐ消し去ってあげたい。二人は……すばらしい時間を分かち合った。恍惚《こうこつ》の体験だった。

そう伝えようとしたときに、お腹がぐう、と音を立て、静かな部屋に大きく響いた。

アレックスはいかめしい表情を崩して、笑った。目を閉じて体を前に倒し、額を合わせる。口元がやさしくほほえんでいた。「もう一回、と言いたいところだが、他のことをしろ、と言われているようだな」そっとケイトリンの体を持ち上げ、名残惜しそうに自分の膝から下ろす。「さっきまで何をしてたんだ?」

「お料理」ケイトリンはまだ足元がおぼつかなくて、視線を下げた。勃起したままの彼のものが目に入った。全身を欲望が駆け抜け、彼の膝に戻ろうとした瞬間、またお腹が、ぐうっ、と鳴った。大きくはっきりとした音で、恥ずかしいことこの上ない。ため息を吐きながら、床に落ちていた彼のシャツを拾う。本能を二つ一度に満足させることはできないわ、とあきらめた。

「料理ができるのか?」アレックスが不思議そうにたずねる。上半身裸で、キッチンの椅子に座る彼は、ものすごくセクシーだ。生えかけのひげで影のできた顎、眠そうな目、そして脚のあいだにあるものはまだあまりに大きくて、ケイトリンのところからでも血管が浮き出ているのが見える。自分を抑えておかねば、彼に飛びかかってしまいそうだ。

今の彼は、曲がったことなどいっさい許さない法と秩序の番人、という感じではない。荒っぽくタフで危険な男に見える。普段の彼が、逮捕しなければならないような人物だ。

リラックスしているが、必要とあれば、すぐさま行動に移れる。それぐらい、ケイトリンにはわかっている。チータみたいに。完全に静止した状態から、目にも止まらない速さで走り出せる。

アレックスがパジャマのズボンを引き上げた。いつまでも見ていたい男らしさの象徴が隠れる。プラム色の先端部を持つ大きくて硬いその肉塊が、目のくらむような歓びを与えてくれたのだ。それがすっかり隠れると、ケイトリンは失望のため息を漏らしそうになった。

彼の体に気を取られていてはいけない。ケイトリンはそう自分に言い聞かせた。けれど、アレックスの肩はどうしてこんなにたくましいのだろう。お腹がぺったんこで、毛が矢印のようにパジャマのズボンの中に……

だめ、だめ。アレックス・クルーズはセクシーな男性、というだけではないのだ。彼は、『指輪物語』に出てくるモルドールで、冥王《めいおう》から直接行儀を教えてもらったとしか思えない行動を取るときもある。その事実を忘れないでおこう。

そうだ、質問されていたのだ。

「私はおいしいものが好きで、でもおいしいものを外で食べられるほどお金に余裕がない。だから、ええ、自分で料理するわ。ただ、料理できる材料があれば、だけど」

そこで両腰に手を置き、厳しい態度を見せる。ただ、彼がこんなにセクシーな眼差しでこちらを見ていたのでは、そういう態度を保つのはなかなか難しい。黒い瞳に熱が満ち、こんなにすてきだと。「何とかありあわせのもので、朝食は作ったわ。でも、まともな食材の買い出しに行かなきゃならないわね」

「あとで、食料を買いに行こう」アレックスはゆったりとした口調で答え、皿をテーブルに運んだ。「君の気が済むまで買えばいい。うちの食料庫をいっぱいにしてくれ」

「それって、すてきな日曜日の過ごし方ね」ケイトリンはコンロに戻り、火をつけた。卵とミルクの量を少し多くし、硬くなったパンを追加する。溶けたバターが、ぱちぱちと音を立てる。「じゃ、そうしましょ。私はここに食料を蓄えるのを手伝ってあげる。それからお昼も私が作るわ。そのあと、モーテルまで車で送って」

「だめだ」アレックスは、有無を言わさぬ調子で言った。

「だめなの？」ケイトリンの手が止まり、そのあと震え始めた。肌の白さが恨めしい。恥ずかしくて真っ赤になっているのが、すぐにわかってしまう。かあっと頬が熱くなっていくのを感じる。もう顔全体がピンク色になっているはずだ。情けない肌。そして情けないハート。ありもしないことを期待してしまって。

どうしよう。失恋プロセスが始まったんだわ。

アレックスとの関係が続くことなんて、いっさい期待してはだめ、と自分を戒めていたのに、ハートはそんな忠告を聞き入れなかったのだ。この遊び心に満ちた魅力的なアレックスとお昼すぎまで一緒に過ごせる、そう思うとわくわくして、いろいろな期待をふくらませてしまった。そして期待をつい、口にしてしまったのだ。何てばかなの。でも後悔しても、もう遅い。

捜査課で面談した全員が口をそろえていたのに。アレックスが休みを取ることはない。一日たりとも。彼は日曜日も働くのだ。

彼は、ケイトリンと一緒に時間を過ごす気などない。買い物のあと、まっすぐ仕事に向かうつもりなのだ。それに、ひょっとしたら――さらに恥ずかしくなって、いっそう顔が赤らむ。たぶん、午後、あるいは夕方に他の女性と約束でもしているのだろう。捜査課では、アレックスの私生活を知る人は誰もいなかった。だからと言って、彼に付き合っている女性がいないとは限らない。アレックスは男性としての魅力にあふれている。彼に憧《あこが》れる女性なら、星の数ほどもいるに違いない。

ケイトリンと彼は、関係を持った。まあ、どういう関係にしろ、とにかく一夜限りのもので、それはもう終わったのだ。胃から酸っぱいものがせり上がってきて、ケイトリンはそれをごくんとのみ込んだ。カビが生えているかもしれないパンをこれからフレンチトーストで食べるから、胃が抵抗しているのね、と自分に言いわけしたが、本当のところはわかっている。胃の中で荒れ狂っているのは、彼との関係がただのセックスだけではなかった、と信じたい愚かな気持ちだ。

ばか、ばか、私のばか。何を期待すればいいかぐらい、ちゃんとわかっていた。失望したって、何になる？　いいわ、スマートに行こうじゃないの。そう心に決めた彼女は、彼のほうを向いた。その拍子にカウンターにあったコーヒーマグを倒した。アレックスが光のような速さで手を出したので、マグは床に落ちて壊れずに済んだ。顔がさらに赤くなる。割れていたら大変だった。二人とも裸足《はだし》なのだ。陶器の破片を掃除しようがない。

最低だ。昨夜、彼のズボンにデザートをぶちまけた失敗を思い出す。

「ごめんなさい」そうつぶやいて、ケイトリンは庭のほうを見た。これで彼の顔を観なくて済む。

「いいか」アレックスはマグカップをカウンターに置き、ケイトリンの正面から両肩をつかんだ。彼の長くてほっそりした指が伸び、ケイトリンの顔を彼のほうへ向けさせる。「お昼を食べてから、一緒にモーテルまで車で行く。だが、君の荷物を持って来るだけだ。君はあのモーテルには、今後宿泊しない」

はて、どういうことだろう？　ケイトリンは考え込んだ。どうしようもなく魅力的な、リラックスしてセクシーなアレックスが、厳しい法の番人の顔に戻っている。残念なことに、このアレックスも同じぐらいすてきだった。「私の……宿泊場所は？」

アレックスの頬が波打つ。ぐっと歯を嚙《か》んだのだ。「あのモーテルじゃない。今後二度と、あそこには泊まるな」

「それじゃ……どこに？」ケイトリンは答を見出そうと、彼の暗い瞳を探った。

「あのモーテルじゃない」肩に置かれたアレックスの手に力が入る。「ここに泊まるんだ。俺のところに。当面は。あのモーテルには、俺が電話を入れておいた。君は今日チェックアウトすると伝えてある。荷物を取りに、午後にでも立ち寄ろう。ただ、君には二度とリバーヘッドに足を踏み入れてもらいたくない。わかったか？」

ケイトリンはぽかんとしていた。口を開いたが言葉が出てこなかった。

「え、ええ」しばらくしてから、それだけ言った。

「わかったんだな？」アレックスがなおもたずねる。彼女はうなずいた。

コーヒーメーカーがしゅーっと音を立てた。ケイトリンがスイッチを切る。言うべき言葉が見つからない。それで、無駄なことをしゃべり始めた。「座ってちょうだい。フレンチトーストがすぐにできるから。シロップとかジャムはどこにもなかったから、お砂糖をまぶしたわ。フレンチトースト用に使ってしまったので、コーヒーに入れるミルクはほとんど残っていないの。ブラックで飲むのが好きだといいんだけど。私は、すこーしだけクリームを入れるのが好きなの……」ケイトリンは肩をすくめた。ふうっと息を吸い、唇を噛んでテーブルの向かい側にフレンチトーストを置いた。アレックスはそのあと、皿の前に座る。

ケイトリンは朝食用の食べものを見下ろした。あまり食欲をそそる代物ではない。

顔を上げるとアレックスがいた。すごく食欲をそそる。

「私は、あなたと一緒に、この家に滞在する」彼の言葉を復唱する。「当面のあいだは」

アレックスはうなずくと、フォークを手に食べ始めた。

もう。ケイトリンは苛立《いらだ》ちを覚えた。彼女自身、そうなることを望んでいたのだが、最初に彼女の意向をたずねてくれてもよさそうなものだ。彼はただ、そうなるのだ、と告げるだけ。

アレックスの世界では、民主主義というものは存在しないらしい。また、外交交渉というものも、機能していない。

誰かに何かを礼儀正しく頼む、という経験が、アレックスにはほとんどなかった。子どもの頃は、彼が何を頼もうが耳を貸してくれる人などいなかった。両親はともに、ドラッグ、あるいはアルコールという残酷な闇《やみ》の世界におぼれていて、息子に何をしてやる気もなかった。

青年期に入ってからは、ただ命令を下すだけだった。周囲は皆、彼の命令に従った。警察機構というのは、軍隊と似ている。民主主義などというものは、存在しない。そのため、こうやって人に何かを頼み、その相手の気分次第で、その頼みに応じてくれるかどうかはわからない、という概念が、アレックスにとってはなじみのないものだった。

ケイトリンが警察本部で何をする必要があるのかはよくわからないが、その研究を続けるあいだ、この家に宿泊したいかどうかを先にたずねるべきだったのかもしれない。

だめだ！

アレックスの存在すべてが、その考えに反対する。夕食に何を食べたいか、どんな映画を観たいか、それとも散歩に行きたいか、ということなら、ケイトリンの気持ちを確かめればいい。しかし彼女がリバーヘッド地区のカールトン・インで寝泊まりすることなど、問題外だ。これに関しては、ノー、という答を受け付けない。あそこでひと晩過ごすことを許しただけでも、どうかしていたと思う。

リバーヘッドは夜になると、ドラッグ密売者やギャングがうろつく場所だ。昼間はただ、頭のおかしなやつとか、救いようのない酔っぱらいがいるだけなので、危険な時間帯には彼女が外に出ないということで、自分を納得させようとしていた。

鳴り響く警報を聞き逃していた。あんなところに彼女を宿泊させてはいけない、とわかっていたのに、そのままにしてしまった。しかし、体の関係を持った今、彼女はもうレイ・エイヴァリーに庇護《ひご》される者ではない。彼女はアレックスのものだ。ともかく、しばらくのあいだは。彼女の身の安全には、直接アレックスが責任を持たねばならず、彼女がリバーヘッドに滞在していては、責任をまっとうできない。リバーヘッドは犯罪者の町だ。若くてセクシーな学者には似合わない。

今朝の彼女は、本当に美しい。彼のシャツを着て、まぶしい髪を靴の紐で結わえただけの姿。何もないキッチンをひっくり返し、ラジオに合わせて歌を口ずさんでいた。アレックスは戸口にもたれて、その様子を目に焼き付けていた。すると胸の奥がきゅっと締めつけられる気がして、心臓のあたりを押さえた。

ケイトリンは妖精《ようせい》みたいだ。天上からアレックスのためだけに遣わされた、心やさしい妖精が、カビの生えそうなパンを使ってフレンチトーストを作ってくれている。三年間一日たりとも署に出向くのをやめたことはなかったが、彼女のそんな姿を見て日曜出勤の記録を続けられるはずがない。さらにそう思った瞬間、シャツの下で彼女のヒップが揺れるのを見た。日曜に出勤するのがいかに異常なことかに気づき、アレックスは慄然《りつぜん》とした。どうして今まで、そんな生活をしてきたのだろう? 日曜はセクシーな妖精が、音楽に合わせてヒップを揺らす日なのに。

「何だ?」アレックスは、フォークを持つ手を止めた。ケイトリンが何かを言ったのだ。

「だからね、あなたって本当に親切なのね、って」驚いた彼が顔を上げると、彼女はぽっと頬を染めた。「私を泊めてくれるなんて」

ふん。アレックスはコーヒーをすすった。親切なわけではない、ただ自己中心的なだけだ。彼女をここに泊めるのは、ただ、自分にとって都合がいいからだ。ここにいれば、彼女の安全は確保できる。彼女があのあたりをうろつくのではないかと心配する必要がなくなる。それに、したいだけセックスできる。彼の支配欲がホルモンを分泌し始めたのだ。勃起して目が覚め、バラの匂いを嗅《か》いだ今、彼はセックスを求めていた。すごく。しかし、彼女のほうが、自分の行動を親切心からのものだと思ってくれるのなら……ま、それでもいいか。

「それに、ほんの二、三日だけのことだし」彼女の口ぶりが真剣だ。

「ほう？」まじめな顔をした彼女は、本当にかわいい。アレックスはマグカップを置いた。「何でだ？　研究には、少なくとも一週間以上必要なんだろ？」

「ええ、そうなんだけど」ケイトリンが身を乗り出したので、アレックスもつい前かがみになりそうになった。胸の谷間をのぞきたかったのだ。ああ、情けない。こういうのは、純粋に男性の本能だが、こういう機会をとらえる必要はなかった。彼女の乳房、たっぷりとやわらかで、白い肌の丸い乳房に、自分は好きなときに好きなように触れられるのだ。ただ手を伸ばしてシャツのボタンを外せばいい。いつでもさわらせてもらえる。そうだ、彼女はここにいて、ここは自分の家で、手を伸ばせばすぐに彼女と体を重ねられる。

「来週早々に、アパート探しを始めるつもりなの。正式発表は木曜日になるんだけど……フレデリクソン財団から特別研究員として採用してもらえそうなの。前に話したでしょ？　研究員としてのお給料で、こぎれいなアパートを借りられるの！」

何だと？

「そうか、そりゃ……おめでとう」アレックスは慎重に言葉を選んだ。昔から言うではないか、いい知らせには、悪い知らせもついてくる。いい知らせというのは、ケイトリンがこれからまだしばらくベイローヴィルにいるということで、悪い知らせは、彼女がこの家からは出て行くということ。「任期はどれぐらいなんだ？」

「一年契約よ。その後二年間は、契約が更新できる」

ケイトリンが、丸一年ここにいる。このベイローヴィル市に。ふむ、なるほど、悪くない話だ。アレックスは突然、古いパンの臭《にお》いが残るフレンチトーストを熱心に食べ始めた。

「もう、本当にうれしくって！」ケイトリンが顔を輝かせる。「私の研究の中心は、オーガスト・ヴォルマーになるわ。フレデリクソン財団には、ヴォルマーに関する資料がたくさんあるの。私が特に興味を持つ時代のものが、そろっていてね。英国のピール首相が提唱した警察改革を採用した頃から、ＩＡＣＰを創設した時期までなんだけど、このあたりを私の著作としてまとめたいの。財団の文献があれば、じゅうぶんな資料になるはずだわ」

彼女はいったい、何の話をしている？

「ヴォルマー？」その名前に、アレックスも聞き覚えはあった。懸命に記憶をたどって質問する。「なかなか……珍しい研究だな」

「あら、全然」ケイトリンは質問を不思議がっている。「だって、考えてもみてよ。現在の警察組織は、彼の運営理論なしには成り立たないのよ。だから彼は、地域に根差した警察機構の先駆者と呼ばれているわけでしょ」

「ああ、そうだったな」アレックスは低い声でつぶやくと、さらに考え込んだ。「オーガスト・ヴォルマーを対象にした本なら、実に興味深いものになるな」

オーガスト・ヴォルマー？　いったいそいつは、何者だ？　警察学校での授業で習った記憶がある。暑い夏の午後だった。講師の話は退屈だったが、あれは確か、オーガスト・ヴォルマーについての講義だった。しかしどうがんばっても、内容についてはまるで思い出せなかった。

警察学校でのアレックスは、体を使う科目や実際の警察の仕事に関係することに関して、抜群の成績を収めた。法律も、いや法律はとりわけ得意科目だった。かつて法律を破ることばかりしていた彼が、それを順守すると決めたのだから。監視技術、自己防衛術、射撃、すべてにおいて、誰にも負けなかった。唯一、トップの成績を取れなかったのが、警察理論だ。

オーガスト・ヴォルマーは、この退屈な分野のどこかに出てきたやつだ。しかし、どこだったかがわからない。まあ、どうだっていい。今大切なのは、ケイトリンをカールトン・インから連れ出すこと。そして……この家に落ち着かせるのだ。

「よし」アレックスはテーブルに両手を置いて立ち上がった。「そろそろ出かけよう」皿を流しに運ぶ。「急がないと、お昼に間に合わなくなる。君が自慢の腕をふるってくれるんだろ?」

ケイトリンは笑って、あかんべえ、と舌を出した。階段を駆け上がる彼女を追いかけながら、アレックスは彼女のむき出しの素足とシャツの裾からちらちらとのぞく裸のヒップを見て楽しんだ。シャツの下に手を入れて、あの盛り上がったヒップをつかんでみたいという誘惑は強かったが、そんなことをすれば、またベッドに二人して倒れ込むことになる。悪くないアイデアだが——いや、実にいい案ではある。

食事中、彼女のピンクの舌がのぞくたびに、彼の分身が頭をもたげ始め——こうやって階段を上る彼女の後ろ姿を見て、今ふと浮かんだアイデアに大賛成している。落ち着け、アレックスは自分の分身に言い聞かせた。ともかくケイトリンをあのホテルからチェックアウトさせることが肝心だ。そして食料を買い込む。遊ぶ時間はそれからだ。

その間、どこかで暇を見つけて、警察学校時代の教科書を倉庫から取り出そう。オーガスト・ヴォルマー？　ケイトリン・サマーズの相手をするには、猛勉強が必要らしい。

＊＊＊

「これだけあれば非常事態が起きたとしても、ベイローヴィル市全住民を一ヶ月は食べさせられるわよ」ケイトリンの口調が愚痴っぽくなる。アレックスは猛然と食料を買い込んだ。本もののシャンパーニュ産シャンパンまで買った。彼女が特別研究員の職を得たのだから、それにふさわしいお祝いをしなければ、と彼は言った。

カールトン・インに残していたわずかばかりの持ちものを持ってチェックアウトを済ませたあと、アレックスは暗くてじめじめして、ウサギ小屋みたいな家々が並ぶ裏通りに車を走らせた。ケイトリンはすさんだ町の様子を見ながら言った。「でもこのあたりは、いつでも非常事態みたいね。ここはどこなの？」

「リバーヘッドでも特に治安の悪い地区だ。ここを通ると近道なんだ」

窓の外を眺めていたケイトリンは、彼の言葉を聞いて驚いて振り向いた。「てことは、カールトン・インは、リバーヘッドでも治安のいい地区にあるわけ?」

アレックスが、暗い眼差しをちらっとケイトリンに向ける。「ああ」

ケイトリンは、ぞっとして座り直した。空には黒雲が立ち込めている。嵐《あらし》が来そうだ。しかし、このあたりのあまりにさびれた雰囲気は、太陽が分厚い雲に隠されたせいではない。

ほとんどすべての建物が、ベニヤ板で覆われている。ひどいものは、ドアや窓がなく、中にゴミが山積みにされている。通りには人影がない。このあたり一帯が、完全に見捨てられた雰囲気なのだ。ちょうど戦争に負けて、戦勝軍が略奪のかぎりを尽くしていったかのような。あとには何も残らない。

ゴミ収集場所では、漁られたのか大型のゴミ捨て箱がひっくり返っている。ひび割れた歩道には、あちこちに黒い焦げあとが丸くついている。ここで火を燃やしたのだろう。錆《さび》だらけの車があちこちにあるが、タイヤはとっくに盗まれており、残骸《ざんがい》だけの姿をさらしている。

がりがりに痩《や》せた男たちが、むっつりと家の前に座り込んでいる。ときおり紙袋に包んだ瓶から酒をあおる者、あるいは、明らかにドラッグでいかれている者。

爆撃にあったかのような状態の家もある。おそらく、火災保険をあて込んで、家の持ち主が自ら火をつけたのだろう。営業をしている商店など一軒もなく、何かの目的があって歩いているような人物もひとりもいない。寒い日でもないのに、アレックスは車のウィンドウをぴったりと上げ、ドアをロックしている。

財布の入ったバッグは足元の見えないところに置くようにと言われた。持ちものや、買った食料品も、ほとんどをトランクに積んだ。

アレックスは完全に警察官モードで、黙ったまま警戒を怠らず、頻繁にバックミラーで周囲の様子を確認している。

ときおり、道にたたずむ男たちから向けられる視線に、ケイトリンはぞっとした。アレックスが警察官であることはわからないはずだが、憎しみに満ちた目つきで道行くアレックスの高級車を見る。ここでは彼の車は完全に場違い、宇宙船も同然なのだ。警察官でなくても、憎悪の対象となる。こんな車に乗るのは別世界の人間。彼らがけっして入ることのできない世界にいるというだけで、憎しみをぶつけられる。

新しく買ったコットンのカーディガンの前をぴったり合わせ、ケイトリンは身震いした。「何てひどいところなの」

「ああ、まったくだ」アレックスの口調が険しい。そして深く息を吸ってから、ふうっと吐き出す。「俺はここで育った」

ケイトリンはびっくりして、さっと彼のほうを見た。アレックスは前を見たままだが、ごまかされはしない。向けられるエネルギーの強さで、彼が自分の反応をうかがおうとしているのを感じる。

彼がこの地区の出身だという事実に、感嘆してしまう。元々は不良だったという話は聞いていたし、それがアレックスにまつわる伝説の一部だった。レイと会ったときの彼はすさんだ生活を送っており、レイによって救われたのだ。しかし、この地区に来てみて初めて、アレックスが今の生活を送れるようになるためには、どれほどの困難がともなったのかを実感できた。ここの生活から立ち直ることなど、不可能に近い。

ケイトリンは胸に迫るものを感じた。しかし同情を覚えたのではない。アレハンドロ・クルーズという男性は、彼女の同情など必要としない。誰からも、かわいそうだと思ってもらう必要などない。

ケイトリンは三年続けて、授業がない夏の期間、都会のスラム街で社会学の調査プロジェクトに参加した。だから、環境のせいで若者が希望を失い、絶望感から負の連鎖に陥っていくのをよく知っている。

ところがアレックスは、自らの強さでその連鎖を打ち破った。頭のよさで、環境に打ち勝ったのだ。彼はリーダーとなるオス、つまりアルファ・メールであり、アルファ・メールは勝つまで闘う。勝てなければ死ぬだけ。アレックスは、ほとんど勝ち目のなかった闘いに勝ち、成功した。彼の努力には、賞賛を感じるだけだ。いや、賞賛と……何か別の感情がわく。

彼に恋をしてしまいそう。彼の〝地元〟を車で走り、まっすぐ前を見つめる彼の隣に座る、今この瞬間に。ハンドルを握る彼の手に力が入り、こぶしが白く見える。だめだ、完全に恋してしまった。

ただセックスだけではないのだ。悲しいことに。セックスだけのことなら、話は簡単だ。アレックス・クルーズに恋をしてしまうのは、愚かとしか言えないが、それでもどうしようもない。

「タフな環境で育ったのね」そっとつぶやく。

アレックスは緊張した面持ちでうなずいた。

「でも、あなたのほうがタフだった」

彼がさっとケイトリンに顔を向けた。彼女はほほえみかけた。一秒ぐらい彼女の顔を見てから、彼はまた道路のほうに注意を戻した。そのまましばらく、彼は何も言わなかったが、彼の口元が少し持ち上がるのが見えた。そう、これが彼の笑顔だ。「ああ」落ち着いた声が返ってきた。「俺のほうがタフだった」

そのまま二人は、何も話さなかった。アレックスはこのあたりの地理には詳しいらしい。今車がどのあたりを走っているのか、ケイトリンにはさっぱりわからなかった。

空がいっそう暗くなり、遠くに稲妻が光る。そして、ぽたっぽたっと雨粒が落ちてきた。

アレックスが角を曲がると、袋小路のようなところに入った。こんなところに入ってどうする気だろう、とケイトリンが思った瞬間、車はもうひとつ角を曲がり、大通りに出た。ここなら、わかる。裏道を通ることで、二十分も時間を節約できたのだ。

「俺が子どもの頃は、このあたりもこれほどひどくなかったんだ」しばらくしてから、アレックスがぽつりと言った。

「そうなの？」

「いや、確かにひどいとこではあったよ。だが、まあ、普通の生活を送ろうと思えばできた。あそこ」アレックスが焼け落ちた二階建てを顎で示す。「あそこは、ちっちゃなスーパーマーケットだった。それから」前をベニヤ板張りにしてある建物だ。「あれは服屋だった」

ケイトリンは驚いた。ここにまともな生活の営みが存在したとは、信じられない。

「じゃあ、何があったの？」

「いろんなことがあったんだが、いちばんの原因はアンジェロ・ロペスだ」

またこの名前が出てきた。「アンジェロ・ロペス？」

「ああ、ベイローヴィルきっての悪党だ。犯罪者ってのは、普通、どうしようもなく愚かで、簡単に捕まえられる。だが、こいつはちょっと違うんだ。基本的には金貸しで、食らいついたら鮫《さめ》みたいなんだが、みかじめ料をせしめて生き延びる。ものすごく凶暴なやつでね。みかじめ料を払わない店があれば、爆弾を仕かける。支払いが滞れば、手下が出向いて主人の膝を打ち砕く。あるいは妻や子どもを狙う。ロペスがここで商売を始めて五年以内に、地区全体が荒廃しきってしまった。まだエネルギーの残っていた店主、あるいは才覚のあった者は、出て行ったよ」

「でも、それって賢いやり方じゃないわよね？」ケイトリンは考えた。「だって、金の卵を産む鵞鳥《がちょう》を殺すみたいなものでしょ」

「ああいうやつらは、そういう考え方をしないんだよ、ハニー」恋人同士のように、ハニーと呼びかけられ、ケイトリンの心に温かなものが広がる。ばかね、こんなことぐらいで喜ぶなんて。「あいつらには、どうだっていいんだ。少なくとも、ロペスは気にしていない。この数年で、この地区から五百万ドルは吸い上げたはずだからな。からからになるまで吸い上げ、もう吸い取れるものがないとわかれば、緑の生い茂るところに移動するんだ。今あいつは、バートン地区で商売を始めようとしている」

ショックを受けて、ケイトリンは息をのんだ。バートンは元々スラム街だったところなのだが、再開発できれいな街並みを取り戻した。友人のサマンサが中古の家を買ったのもここだ。「やめさせないとだめよ！　バートンまで、こんなふうになってしまうわ」

アレックスがちらっと視線を投げ、穏やかに告げた。「捕まえるさ。時間の問題だ。

実は、ロペスの経理を担当してた男を突き止めた。この男を連行する予定で——覚えてるだろ、俺たちがラッツォっていう男の話をしていたこと。こつは、ロペスのみかじめ料、売春での稼ぎ、ドラッグでの稼ぎ、全部を預かり、マネーロンダリングしてたんだ。こいつを必ず——」アレックスの全身が強ばり、唐突に言葉を切った。

「どうしたの？」アレックスが車を荒っぽく路肩に寄せ、急ブレーキをかけたので、ケイトリンはシートベルトの肩の部分につかまった。「アレックス、何があったの？」

アレックスは車がまだ完全に停止する前に、シートベルトを外し、コンソールに手を伸ばした。そこから銃を取り出す様子を、ケイトリンは目を丸くして見つめた。グロック19、通常の官給銃とは異なる、コンパクト・モデルなので、彼が個人的に所有しているものだろう。アレックスは慣れた手つきで銃を手にすると、安全装置を解除した。かちっと音がする。「俺が出たらすぐ、ドアをしっかりロックしろ。ここから動くな」そう言い残して、彼は車外へ出た。

ケイトリンには、何を言う暇もなかった。アレックスは力まかせにドアを閉め、通りの向こうへと駆け出した。

いたぞ！

間違いない。ひょろっとした体、長細い顔、大きな鼻、むさくるしい口ひげ、あんな醜いやつは、他にはいない。ちょうどラッツォのことを考えているところだった。検事から文句が出ない程度に、やんわり脅しをかけ、ラッツォが口を割るところを。そこからロペスを捕まえられる――そう思った瞬間、ラッツォが目の前に現われた。ロペスを逮捕したいというアレックスの強い思いが、天に通じたかのように。

車の急ブレーキの音に、ラッツォはあたりを見渡した。そして車からアレックスが出て来たのを見て、慌てて走り出した。

今のアレックスは勤務時間外で、民間人の連れがいる。彼女が個人所有の彼の車で待っている。ここでラッツォを追いかけるのは、まずい。すごく、まずい。

それでも……ああ、くそ！　ラッツォの証言が今にも手に入りそうなのに。ロペスをすぐにでも逮捕できるのに。

ラッツォは百メートルほど先を走っているが、普段から体を鍛えているアレックスに対し、ラッツォはひ弱だ。ラッツォは振り返ってアレックスが迫って来るのを見ると、裏小路に飛び込む。

それを見てアレックスは、ほくそえんだ。どれだけ多くの警察官がいても、入り組んだリバーヘッドの裏通りでラッツォを捕まえられるのは、自分しかいない。暗い裏道のすべてに、子どもの頃から精通しているのだ。ここに逃げ込んで追跡をまこうとするなど、ラッツォもばかなやつだ。

犯人追跡の際にいつも感じるアドレナリンが、アレックスの全身を駆けめぐる。そうだ、こうでなくては。自分はこのために生まれた——狩りの始まりだ。路地に近づいた彼は、裏通りの迷路に飛び込もうとさっとあたりを見回した。そしてぴたりと動きを止めた。

まだ昼にもなっていないのに、空はすっかり暗くなり、雷をともなう豪雨が、見捨てられてうらぶれた建物を激しく打つ。車の窓越しに、ケイトリンの白い肌と金色の髪が輝く。あたりの暗さに、そのまばゆさが目印のように浮き出る。トランクに積みきれなかった食料品が、後部座席に置いてある。それを目当てに、ウィンドウを壊すやつが出てきてもおかしくない。さらにケイトリンそのものが狙われる。こんなきれいな女性をリバーヘッドの男たちは何年も見ていないはずだ。リバーヘッドの捕食動物たちにとって、彼女は串刺《くしざ》しにして出されたラムのような存在、ぜひとも手に入れたい獲物だ。

離れたところからでも、彼女の不安そうな様子が見える。ここに彼女をひとりにするのは、絶対にあり得ない。何千もの目が、こちらを見ているはずだ。アレックスの姿が路地に消えると同時に、獣たちがうごめき出てくる。

それ以上何の迷いもなく、アレックスはグロックを上着のポケットに収め、車へと戻った。

ケイトリンのほうへ歩きながら、アレックスはふと気がついた。警察の任務を最優先にしなかったのは、おとなになってから初めてだった。

自分が本当に任務をあと回しにしたことが信じられないが、現実にそうしたのだ。瞬間的に、迷いもせず決めた。何のためらいもなかった。頭にあったのは、ケイトリンの安全を確保せずに、彼女のそばを離れることはできない、それだけだった。

アレックスが戻ってくるのを見て、ケイトリンが弱々しい笑みを浮かべた。すると、また胸が苦しくなった。朝、キッチンで感じたのと同じ、締めつけられる感覚。アレックスはぼんやりと胸を押さえた。

心臓の医者に診察してもらったほうがいいのだろうか。

8

月曜の朝八時に、ケイトリンはアレックスに連れられて、警察本部のある建物の石造りの玄関段を上がり、高い天井の玄関ロビーに入った。連れられてというのは文字どおりの表現で、アレックスは強い意志をどこまでも貫き通すぞ——たとえば目的地を目指す兵士——みたいな勢いで、彼女を引っ立てるようにして玄関段を進んだのだ。

出勤をどうするかについて、二人の意見は食い違った。当然のことながら、アレックスの意見が通った。ケイトリンは、バスを使う、アレックスと違う時間に行きたい、と言ったのだが、アレックスにすげなく拒否された。そのときの彼の顔を見ていると、まだレンガの壁のほうが話が通じる、という気になった。しばらくしてまたこの話を持ち出すと、彼はただひと言、「ノー」と告げ、それで話は終わった。なだめても、すかしても、さらにはケイトリンが怒ってみせても、アレックスは自分の意見を絶対に変えようとはしなかった。

月曜の朝、男女が一緒に出勤するというのは、『皆さーん、私たち、セックスしましたよー！』と大声で宣伝するようなものだ。恥ずかしいのは言うまでもないが、研究対象者と関係を持つというのは、職業倫理の上でも大きな問題があり、ましてや関係を持ったと公表するなど、とんでもない。ケイトリンには自分なりの決めごとというのがあったが、この週末、その多くを破ってしまった。ただ、その事実を誰にも知られずに済めば、と願っていた。二人のあいだのことなのだ、誰に知られるはずもない。だから公の場でのアレックスは先週と同様ぶっきらぼう、場合によっては無礼とも受け取れるような態度で、自分に接するのだろうと思っていた。それなら、誰も二人の関係に気づきはしない。

この警察本部にいるのはあと一週間だ。論文が完成したあとは、アレックス・クルーズとどのような関係になっても、倫理的な問題はない。関係……というか、交際ということになるのか、とにかく来週以降も二人のあいだが終わらないことを、ケイトリンは強く願っていた。ただ、今週かぎりで終わったとしても、それはそれ。ケイトリンは自由な暮らしを送れるはずだった。

ただ、その前提条件として、二人のあいだには何ごともなかったふりをしておかねばならなかった。

二人が体の関係を持ったと市警察全体に知られる、と考えると身の置きどころがない気分になる。しかし、それよりさらに問題なのは、アレックスの態度だ。昨日は一日のほとんどを、さまざまなバリエーションでセックスをして楽しんだ。めくるめく体験だった。向こう三年分ぐらいのセックスをした気分だった。ところがアレックスから、今後についての言葉はいっさいなかった。つまり二人の関係はセックスだけだったということになり、そうなれば、恥ずかしいだけの問題では終わらない。

確かに、彼の愛撫《あいぶ》がやさしくて、何らかの情がこめられていると感じるときもあった。しかし、それもただ、ホルモンの過剰分泌だけのことだったのかもしれない。アレックスは、欲望以上の気持ちがあるとはひと言も口にしないのだ。直接たずねてみればいいのかもしれないが、答を知るのが怖かった。アレックスはどんなことでも、たとえ残酷であっても真実しか言わない人のように思えたからだ。私たち付き合ってるの、とたずねたときに、違う、と答えられたら、その場にへなへなと崩れ落ちて、死んでしまうような気がした。

二人が今後も恋人同士として付き合いを続ける場合、その恋が職場で――ケイトリンの場合は論文の調査をしていて、始まったのだという事実など、周囲はすぐに忘れてくれる。本来、調査対象と恋愛関係になるのはご法度だが、恋人同士になれば、まあ、そういうこともあるさ、と大目に見てもらえる。

二人が体の関係を持ち、その関係が調査終了とともに終わったと知れ渡った場合、ケイトリンは警察本部の高位にいる人物と寝た、という事実が今後もついて回る。フレデリクソン財団の特別研究員になる以上、警察機構の内側にいる人たちとは良好な関係を築いていかなければならない。ところがこのアレックスとの……ことがすぐに終わったり、きれいな別れ方ができなかったりした場合は、ケイトリンは今後いばらの道を歩んでいくことになる。やっとつかんだ特別研究員の職だが、要注意人物の烙《らく》印《いん》を押されてスタートしなければならないのだ。

警察本部のある建物に、二人が同時に入って行くのは控えるべきだという理由は、こういった具体的根拠に基づいていた。だからただ、建物に入る時間を十五分ほどずらし、勤務時間中は、親しげな態度を取らなければいい。それで、誰とでも寝る女という評判を立てられずに済む。

目立つことはしないようにしましょう、という意味のことを、ありとあらゆる方法で訴えた。「バスを使えばいい」とか「タクシーを呼ぶ」とかの言葉を何度繰り返したかわからない。あまりに同じことを言いすぎて、吐きそうになるぐらいだった。ところがアレックスはいっさい聞く耳をもたない。独立宣言を暗唱しているぐらいの関心しか示さなかった。

また、二人そろっての出勤にケイトリンとしては気が進まない、という感情論も、言い方を変えていろいろ試してみた。結局、無駄だった。

朝が来て、ケイトリンはできるだけぐずぐずして準備に時間をかけた。アレックスがあきらめて先に行ってくれないかと思ったのだ。彼が出たあと、タクシーを呼ぶつもりだった。これも徒労に終わった。アレックスは辛抱強く、玄関でケイトリンを待っていた。警察本部の駐車場に着くと、ケイトリンは、絶対に、どうしてもコーヒーが飲みたいと言い張った。だから、先に行ってくれと。しかしアレックスは、通りの向かいにあるコーヒーショップにほとんど無理やりケイトリンを引っ張って行き、彼女が飲みたくもないやけどしそうに熱いエスプレッソを飲み干すまで、横で待っていた。

何をしても、アレックスのそばから離れられない。彼は、ケイトリンを逃すまいと、がっしりと肘《ひじ》をつかんでいる。ケイトリンは絶望的な気分で、七時五十九分にアレックスと並んで玄関ホールから大理石の階段を上がった。

「ボス、おはようございます」若くて砂色の金髪の警察官が、アレックスに声をかけ、二人と並んで階段を歩き始めた。

「ああ、ボイド」アレックスはほとんどその警察官のほうも見もせず、軽く会釈した。

「週末は何か面白いことでもありましたか？」青年がたずねる。「自分は非番だったもんで」

警察官同士の用語を、ケイトリンも理解していた。〝何か面白いこと〟とは惨殺死体が見つかるとか、少なくとも武装強盗事件が起きた、という意味だ。警察官は刺激を求めて生きている。

「知らない」アレックスは無表情な顔で、短く告げた。「昨日は、来なかったから」

「まさかあ」ボイド巡査が笑う。「この世の終わりですか？　日曜日はいつも出勤するじゃないですか。恐竜が生きてる頃からそうしてるんだって、俺は聞いてますけど」

アレックスが少しだけボイドのほうを向いた。アレックスの表情に若い警察官はぽかんとしている。そして突然、ボイドは横にケイトリンがいることに気がついた。アレックスの手が彼女の腕に置かれ、彼女が真っ赤になっている様子を見て取る。若い警察官が、自分とアレックスに視線を行ったり来たりさせ、やがて、事情を理解するところを、ケイトリンは恥ずかしさに耐えながら見ていた。

「おおっ」ボイドは首を横に振りながら、眉《まゆ》を上げた。「失礼しました。口を慎めってやつですね。悪い癖なんですよ」笑い出しそうになるのをこらえ、咳《せ》き込んでこぶしで口を覆う。「ええっと……あ、その……報告書を忘れてました。すぐに取りかかります。では」ボイドは階段を駆け上がった。踊り場で足を止め、笑顔で二人を見下ろす。そしてポケットに手を突っ込んで、口笛を吹きながら歩き去った。

職場で噂《うわさ》の広がるスピードなら、ケイトリンもよく知っている。三十分以内に、調査研究にやってきた女性が〝代行〟と関係を持った話が全署員に伝わるはずだ。おそらく、関係がどれぐらい続くか、賭《か》けの対象にもなっているだろう。

アレックスはいっこうに気にするふうでもない。ケイトリンはもう一度、そっとアレックスにつかまれた腕を振りほどこうとしてみたのだが、つかまれたままだ。今度は、もっと力を入れて引っ張ってみた。

「引っ張るのはやめろ」アレックスの声に苛立《いらだ》ちがにじむ。「あざができるぞ」

「じゃあ、その手を放して」ケイトリンは、顔に笑みを貼《は》りつけて、小声で威嚇的に言ってみた。そばを通る署員たちに、好奇の目を向けられているからだ。もう一度引っ張る。

アレックスがさらに力をこめて、肘をつかむ。「だめだ」

彼の行動の意味が、ケイトリンには理解できる。先週彼は、彼女の面談に協力するようにと、口では言いながらも、本心では彼自身さほど協力的でもなかった。その埋め合わせとして、この女性は彼の庇護《ひご》下にある、すなわち全員が彼女への協力を惜しんではならない、という意思を明確にしようとしているのだ。

その意思はありがたい。ただ、こんなにあからさまなやり方をしなくても……。

階段を上がりきって、廊下を進む。噂は予想以上のスピードで広がったらしく、あちこちの仕切りパネルから、ひょいっと頭が出て、二人の姿を確認する。口笛の合図で顔を出す、プレーリードッグみたいだった。それでもアレックスは意に介する様子もない。

「午前中は、何をする予定だ？」刑事たちがいる捜査課の大部屋の横に差しかかったところで、アレックスがたずねた。

「あの……」全員から好奇の目を向けられていては、頭がうまく回転しない。誰かなじみのある顔を見たい、親しく話しかけられる人。

茶色のカーリー・ヘア、しわのある丸顔……「キャシー！」ケイトリンはうれしくなって、大きな声を上げた。「少し時間をもらえない？」

「もちろん」キャシー・マーテロが笑顔で手招きしてくれた。「こっちのデスクに来て」

がっしりとつかんでいたアレックスの手がやっと離れ、ケイトリンはキャシーのデスクへと急いだ。キャシーはパソコンに何かを打ち込んでいる最中だった。モニターの横にはドーナツの箱が広げてあり、砂糖とドーナツのかけらがキーボードにこぼれている。

ケイトリンは、キャシーのデスクにどさっと重いかばんを置いて質問票を取り出そうとした。アレックスはその様子を見守っていたが、やがて背を向けてその場をあとにしかけた。

「あの……ボス」キャシーがおずおずと彼の後ろ姿に声をかける。

アレックスが振り向いた。「何だ？」

キャシーは落ち着かないそぶりで椅子《いす》の上で座り直し、肩をぐるっと回した。レスラーが試合に備える姿だった。「あのですね、週末すごく忙しくて、例のバートンの発砲事件についての報告書を作成する時間がなかったんです。必ず午後いちには仕上げますから、絶対に」キャシーが叱責《しっせき》に身構えるのが、はた目にもわかる。アレックスは眉を上げ、口の片方を少し持ち上げた。「わかった、三時までには必ず仕上げとけよ」

キャシーはぽかんと口を開け、また閉じるときには、かちっと音がした。「はい」麻痺《まひ》したように、うまくしゃべれないらしい。「必ず……そうします」

アレックスの去って行く姿を、ケイトリンはキャシーと一緒に見ていた。キャシーは、ほうっと息を吐き、驚いた顔でケイトリンを見た。

「今の、何？　こっぴどく叱責されると思ってたのに。小言のひとつもなしだなんて。普段なら、『巡査長、君の報告書はまだか』って、怒鳴られたあと、報告書以外のことまで怒られるのよ。え、ちょっと待って――」キャシーが何かを考え込み、額にしわをよせる。「今の、本当に代行なの？　偽者とかじゃないわよね？　だって、普段とはあまりに違うんだもの。報告書を出せ、って言われるときは、昨日出してても遅かったけどな、って意味なの。期限どおりに出せなかったのに、では三時までにな、なんて、あり得ないわ。それに……」キャシーが当惑した顔でケイトリンを見た。「あの口元、どうかしちゃったの？」

　やれやれ。「行動心理学を十年研究した人間として言わせていただくわ。キャシー、あれは、ほほえみ、と呼んで差し支えないと思うわよ」

「ほほえみ？」キャシーはケイトリンを見たあと、アレックスの後ろ姿に視線を移した。彼は警部補室に入って行くところだった。やがてキャシーは背もたれにどっかりと体を預け、またケイトリンを見た。完全に途方に暮れている。「代行が？」

「専門家としての私の意見を信じてくれるのなら」

　キャシーはしばらく考えていた。そしてケイトリンの腕に手を置くと、体を近づけた。まずいコーヒーとドーナツの臭《にお》いまで、嗅《か》ぎ取れるぐらい近くに。「ね、あなたが代行に何をしたのかは知らないけど――それをやめないで」

＊＊＊

　アレックスは十時頃まで、事務仕事を片づけるためにパソコンに向かっていた。するとベン・ケイドが戸口から顔をのぞかせた。肩をドアのフレームに預けて立っている。

「すごいことがあった」

アレックスはマウスに置いていた手を止め、腕を伸ばして頭の後ろで手を組んだ。評価報告書は大の苦手なのだが、書いても書いても、次の報告書を書かねばならない。ウサギなみの繁殖力だ。ケイトリンに頼んで、こういうくだらない書類仕事のために、どれほどの時間が無駄に費やされているかを調べてもらおうか。数字が出れば、それをもとに役所のお偉方のところに行き、貴重な人材の有効利用のため、こういう書類を減らしてくれと訴えられる。

「何だ？　とにかく、さっさと言え」

ベンはもったいぶった歩き方で部屋に入ると、くつろいだ様子でアレックスの机の前にある椅子に腰を下ろした。「ああ、言うとも。きっと気に入るぞ、この話は。今週末、誰の姿が目撃されたと思う？」

こういうくだらない話か。しかし、それでもまだ今月どれだけ弾薬を使用したかの報告書よりは、ましだ。次の報告書はそれだった。「プレスリー。墓からよみがえった」

「はずれー」ベンは首を振りながら、悲しそうな顔をした。「だがまあ、そうだったらいいのにな。さて、もっかいだ。誰だ？」

「もう、しょうがないなあ」アレックスは一方に首をかしげ、その失踪《しっそう》が謎《なぞ》として、いまだに憶測を呼ぶ人々の名を次々に挙げていった。「クレーター判事」贈賄《ぞうわい》の噂のあと、こつ然と姿を消した一九三〇年代の最高裁判事だ。

「ブ、ブー」ベンはこの謎あてゲームを楽しんでいる。「他には?」

「ジミー・ホッファ」ケネディ暗殺との関連も取りざたされた、マフィアとのつながりの深い労働組合のリーダー。

ベンはにやっと笑って、首を振った。「違うね。ホッファは川底でお魚とお寝んねさ。ほら、もっと大事なやつがいるだろ?」

「降参」アレックスは肩をすくめた。「誰だ?」

「ラッツォ・コルビー」してやったり、という顔で、ベンは背もたれにふんぞり返る。

「あいつ結局、高飛びしなかったんだ。あいつの目撃情報が、どこで出たと思う?」

「リバーヘッド」

「ちくしょう!」ベンの組んでいた脚が、どさっと音を立てて床に落ちた。「ボスには超能力があるんだ、そうだろ? それならそうと言ってくれたらいいのに。俺たちも恥をかかなくて済む」憤懣《ふんまん》やるかたない、といった様子だ。「何でわかったんだ? リバーヘッドだぞ、ラッツォがあんなとこにいるなんて、いったい誰が考える? あいつが逃げられたのは、まったくの幸運だ。それも、あのひょろっとした体でなきゃ、無理だった。そしたら、さっさと高飛びするはずだって、誰だって思うじゃないか。

あいつがまだ町をうろついてるって、どうやって知った?」

「自分の目で見た」アレックスは言いながらも、言ってしまったことを後悔していた。

「昨日の昼前」

「何と」ベンの顔つきが変わる。「直接、見たわけか?」

「ああ」アレックスは無表情をよそおった。

「実は昨日、俺もここに立ち寄ったんだ。ボスがいなかったんで、いったいどうしたんだと思ってた。日曜日はいつでも仕事してるだろ? どこで何してるのか不思議だったんだが、そうか、それで納得した。署に来る代わりに、あいつを捜しに行ってたわけか。さすがだね!」ベンが笑顔になる。「それで、取り調べはいつするんだ?

ああ、もう取調室にあいつを待たしてるのか?」

アレックスは一瞬ためらった。説明するのは気が重い。こんな話はしたくない。ふっと短く息を吐いてから、口を開いた。「やつは……ラッツォの身柄は、まだ確保できていない」

「できてるって」ベンが当惑した表情を見せる。「今、ボスが自分でそう言ったんだから。ラッツォのやつを見た、昨日のことだった、たった今そう言ったんだぞ」

「やつの姿は見かけた。捕まえたとは、言っていない」

「いや、だから」ベンはますますわけがわからないようだ。「あいつを見たわけだろ？　なら何で捕まえない？　あいつがボスより速く走れるはずはない」

アレックスはもごもごとつぶやきながら、立ち上がった。ベンは狩猟犬みたいな男だ。一度くわえたら放さない。警察官としてはすばらしい資質だが、今は勘弁してもらいたい。「ベン、新入りの面倒をみてやらなくていいのか？」

「いい」ベンが即答する。「新入りの配属は明日だし、そのことはボスだって知ってるはずだ。まあ、座れよ。ボスがラッツォ・コルビーに逃げられた理由を、教えてもらいたい。あいつの取り調べなんて一時間で終わる。それでロペスの逮捕状が請求できるんだ。ボスは、もう丸二年もロペスを追っている。それなのに、何でだ？　コルビーに逃げられるなんて、どんなヘマをした？」

アレックスはまた椅子に腰かけた。苛々して、奥歯を嚙《か》む。「日曜日……俺はひとりじゃなかった」

「パトカーに同乗したのか？」ベンの顔に、また当惑の色が広がる。「何で？」

「パトカーに同乗してたわけじゃないんだ。俺には……連れがいて」できるだけ怖い顔をしてみせたのだが、ベンはそれぐらいで話を終わらせてくれる男ではない。彼の体には、狩猟犬以外にも闘犬のＤＮＡが混じっているらしい。ベンと知り合って十五年、この間ベンが何かをあきらめたことなどない。

「それじゃ、説明になってない」白髪が混じってきた赤い眉をぎゅっとひそめて、べンが反論する。「俺たちは、それこそずっとラッツォを追いかけてきたわけじゃないか。このあいだ、俺があいつを逃がしたって、えらく怒ってたのは誰だよ。昨日あいつを見かけたのに、あとを追いかけなかったってのか？　理由はただ、連れが……」

ベンの声が、途中で消えていった。彼の頭が回転している様子が手に取るようにわかる。空っぽのスペースで、パチンコ玉が転がり、正しい場所に落ちていくように。ベンの瞳《ひとみ》が、みるみる大きく見開かれ、顔全体に笑みが広がった。「ちょっと待ってくれ、その連れってのは、もしかして、これぐらいの背丈で」そこで、手のひらを上げて自分の肩のあたりの高さを示す。「おっきなブルーの瞳をして、ブロンドで、すっごくかわいかったりするのか？」

「おまえにそこまで説明する義理はない」アレックスは強ばった顔で伝えた。「日曜日で、勤務時間外だったんだ。俺が何しようと、おまえの知ったことか」

「もちろんだ。要《い》らぬお節介だった」ベンの碧《あお》い瞳でいたずらっぽい光が躍る。「ただ、それでも興味深い話であることに変わりはない」うれしそうに、ぴしゃりと膝《ひざ》を打つ。「やったな、やっとそういうときが来たわけだ。ボスをノックアウトする女性は、いつ現われるんだろうと思ってたんだ。いつかは来るのはわかってたけど。偉大なアレックス・クルーズ様だって、逃れようがないんだ。な、結婚式には呼んでくれよ。いや、待て、俺が介添え人《ベストマン》をする。そうだ、この何年か、ボスの不機嫌に付き合ってきてやったのは俺だからな。それを考えれば、介添え役をさせてもらったっていいはずだ。それから、月に一度は新居に招いてもらうからな。女房が出て行って以来、ジャンク・フードばっかり食ってるんだ、まともな家庭料理にありつきたい」

　アレックスの胸にパニックが広がった。「おいおい、早まるなよ。おまえに話す義理なんてないけどな、これだけは言っとく。そういうんじゃないから。これはただ……俺たちはその……付き合ってるだけだ。おまえには関係ないことだけどな」最後に同じ言葉を繰り返す。意味のない言葉。

「ああ、そうだな」ベンはアレックスの言葉には取り合わず、立ち上がった。「ま、話は聞いた。そろそろ行くよ。タキシードを誂《あつら》えないといかんからな」

＊＊＊

　その頃ケイトリンは、本当にまずい警察のコーヒーを飲みながら、キャシーとの絆《きずな》を深めていた。

「ううっ、これ最悪ね」身震いするぐらいまずい。ゴムを燃やして抽出物を液体にし、ジョギングしたあとのソックスを混ぜたみたいな味がする。「わざとこういう味にしてるの？」

「うむ、そういう説もあるわ」キャシーは熱いコーヒーに息を吹きかけてから、ケイトリンを見た。この話題を楽しんでいるようだ。「女性警察官は昔、これこそが男の陰謀だって考えたものよ。こんなにまずいコーヒーに耐えるだけの根性があるか、試されてるんだって。だから女性は採用されるとすぐ、何杯もコーヒーを飲んで、胸のむかつきにも平気でいられる、男と同じだって証明しようとするわけ。その結果胃潰《いかい》瘍《よう》に悩まされるんだけど。ま、実際のとこ、男らしさのテストでも何でもなくて、ただポットを洗わないまま使うだけの話なのよ」キャシーが肩をすくめる。「だって、私たちはメイドじゃないんだから。それでポットは長年のカフェインがこびりつき、ひどい味がするわけ」

　女性がお茶くみ的なことを押しつけられていない、拒否もできると聞いて、ケイトリンは安心した。「警察官になってから、性差別みたいなことは経験した？」ふと興味を持ち、たずねた。「女性だからという理由で、困ったことはあった？」

　キャシーは考えてから答えた。「ないわね、全然。困ったことはあるけど、仕事の性格上当然のことばかりよ。警察官って、きつい仕事だから。男性でも女性でも。警察学校をきちんと卒業するのだって、大変なのよ。身体的にすごくタフであることが要求されるし。それでも、教官は、男性と女性を同じように扱ったわ——全員を痛めつけるの」

ケイトリンは、改めてキャシーの姿を見た。これまでに出会った善良で優秀な警察官は、みんなこんな感じだった。頭の回転が速く、タフで、仕事をてきぱきと片づける。何ごとにも動じず、何があっても平気な顔をして、自分を見失うことがない。うらやましい。こんなふうに、その場を抑制できる雰囲気を自分も持ちたい。ケイトリンは自分の髪すら抑制できないのだ。

夕方には、ケイトリンは目も当てられない状態になっている。髪はカールしてあちこちに跳ね、新しく買った服もしわだらけ。十歳の子どもと同じだ。新品の靴もつま先に引っかいたような痕《あと》がつき、朝、申し訳程度にしてみた化粧は、すっかり落ちている。いつもこうなのだ。運が良ければ手にインクじみがついており、幸運に恵まれない日なら、新品のシャツがインクだらけになっている。

一日の終わりになっても、キャシーなら、きりっとこぎれいなまま、革の銃ベルトはぴかぴかで、胸を張り、髪の乱れもないのだろう。

〝指揮官としての威厳〟――警察学校では、そう教えられる。警察官になる人間が、最初に学ぶことだ。警察官はその姿を見せるだけで、現場に落ち着きをもたらさねばならない。警察官の行動を見た人々が、おのずと従ってくれるようにすべきで、力ずくで従わせてはならない。

攻撃を受けたときのヒトの反応というのは、パターン化できるものではない。たとえば野生のゴリラなら、歯をむき出して、大きなうなり声を発し、地面を叩《たた》けば、ルール違反するものを従わせることができるのだが、人間の犯罪者にはたいした効果はない。ところが、警察官が穏やかな声できっぱりと命令すると、一触即発といった状況でさえ、殺気立った気配がすうっと消えることが多い。

〝指揮官としての威厳〟は、心理学的テクニックとして教えられるものではあるが、ほとんどの警察官は、生まれつきそういう能力を持ち合わせているのだと、ケイトリンは考えていた。その能力をトレーニングや現場での経験を積むことによって、磨き上げていくだけだ。アレックスには生まれつきその能力が備わっていたはず。断言できる。彼が犯罪者になっていれば、かなりの大物になっていたに違いない。

「あなたは子どもの頃から、警察官になりたかったの？」ケイトリンは質問した。これまでにも多くの警察官に同じことをたずね、たいていは、そうだ、という答が返ってきた。

「それが、全然」キャシーはコーヒーを飲み干し、カップを置いた。「うへえ、これを飲み干すには、相当の根性が要るわね。男らしさの象徴、胸毛でも生えてきそう。いいえ、私は看護師になりたかったの。実際に看護学校に通ってたのよ。ところが高校の同級生だった女の子が警察官になってて、私のパトカーへの同乗許可を取ってくれたの。私が見学することになったその夜、事件が立て続けに起きた。刺傷事件が二件、宝石店への強盗、殺人が一件よ」キャシーは当時を懐かしむように、首を振った。「すごいでしょ? もう私、すっかり興奮しちゃって。あんな感覚は初めてだった。その翌日、私は警察学校に願書を提出してた。ね、ちょっと!」キャシーは首を伸ばして、ケイトリンのノートをのぞき込む。「これって、クイズにでもなるの?」

ケイトリンは笑いながら、首を振って否定した。「いいえ。でもこれがクイズだったとしても、あなたが最高得点よ」

ほとんどの警察官同様、キャシーには威圧感がある。見るからに強そうで自信にあふれ、常に挑戦と高揚感を求めている。

そう考えると、世の中というのは、うまくできているものだ、と思う。ケイトリン自身は、図書館で昔の人のことを調べているときに、いちばん幸せだと感じる。挑戦し甲斐《がい》がある、と思えるのは、たくさん集めた資料をどうやってまとめようか、と悩むときだ。ケイトリンが警察官だったら、ひどいものだっただろう。

ケイトリンは、新たに考えた心理テストをキャシーにしてもらい、その後キャシーは通常の任務に戻って行った。

ケイトリンは誰もいない部屋に入り、資料などを広げた。調べたことを研究としてまとめ上げるのが、楽しみで仕方ない。さらに、フレデリクソン財団の特別研究員になれば、財団の援助で国じゅうの警察に同じ質問票を送付できる。そうなれば、論文としてもかなりの大作に仕上がるだろうし、ひょっとしたら、実際に書籍として出版される可能性だってある。そんなことを思うとうれしくて、彼女は時間の経つのも忘れていた。

「ペンからインクが漏れてるぞ」聞き慣れた太い声がして、ケイトリンはびくっと飛び上がった。

手元を見ると、確かに質問票には青いインクのしみが点々とついている。右手の中指はインクまみれで、大枚をはたいて買った真新しいブラウスの前も、うっすら汚れている。あーあ。

「でしょ?」振り返りながら、非難めいた口調で応じる。「まさにそういうことなのよ」

「そういうこと?」アレックスが穏やかに言った。「どういうことだ?」

「全身にインクしみをつけた経験なんて、あなたにはないでしょ?」

「うむ……ないな」

「警察学校じゃきっと、意思を持たない物体を自分の思いどおりに動かす方法を教えるのね」ケイトリンは愚痴っぽくつぶやいた。

アレックスの口元が緩む。「そういう授業はなかったが、整理整頓《せいとん》は叩き込まれたな。君の受けてきた立派な教育は、そういうのを無視してきたらしい。さ、来いよ、ケイトリン、少しここを片づけたら、昼でも食べに行こう」

「もうお昼の時間なの？」時計を見ると、十二時三十八分だった。突然、すごくお腹《なか》が空《す》いていることにケイトリンは気づいた。

参考資料となる書籍がいくつか、危なっかしくテーブルの縁に乗っかり、書類がテーブルじゅうに散乱している。この状態のまま、ここを出るわけにはいかない。彼女は笑顔でアレックスを見上げ、本を片づけようとテーブルの端に手を伸ばした。「わかったわ、どこに行くの？」

「角を曲がったところに、おいしいデリカテッセンがある。買ったものをそこでも食べられるんだ。この本は――」アレックスはすばやく移動し、どさどさっと崩れ落ちる本を避けた。「――危ないからな」

「あっ」ケイトリンは慌てて本を拾おうとかがんだ。「私ったら――」

「うっかりしてた」アレックスが言葉を引き継いだ。「ああ、わかってるさ。ごめんなさい、だろ。いいんだ、君のそばにいるときは、足元にじゅうぶん気をつけろ、と俺のほうで学んだから。君は危険な女性だ」

ケイトリンは憤慨してみせた。ここには銃を持った支配的な男女がうようよいる。全員が荒っぽいことのできる人たちだ。それなのにケイトリンが危険だなんて。「私は危険な女性じゃないわ。今の言葉、取り消してちょうだい！」

アレックスは笑いながら、ケイトリンのパンチをかわし、彼女の肘をつかんだ。アレックスならではの特別なつかみ方で、どこにも行かせないぞ、自分のそばにじっとしていろ、というメッセージを伝えてくる。

署内にいるときは、こういうつかみ方をしないでいてくれるとありがたいが、文句を言っても始まらない。アレックスは、自分のしたいことを、したいときに、したい方法で実際に行なうのだから。

9

デリカテッセンに向かいながら、ケイトリンが新しい質問票の内容を語った。アレックスとしては、内容の詳細まで頭に入ったわけではないが、彼女の考え方を知るのがうれしかったし、何より彼女の声を聞けるのが楽しかった。ただ、質問構成はうまくできていると思った。ケイトリンの頭のよさがわかる。そのことはもう、はっきり認識できていた。警察官に対するアンケートとしては、カリフォルニア州でいちばんよくできたもの、いや国内一、世界の歴史始まって以来、最高の質問票であるのに決まっている。

ただ、ダブル・ブラインド・テストだの精神疾患診断テストだのという話をされても、一生懸命集中しないと理解できないし、こういう日には集中するのは難しい。大気は暖かく、黄金色の陽光がまぶしい。自分が窓のない部屋に午前中ずっとこもりきりだったのだ、という事実を思い知らされる。

嘘《うそ》だろ、オフィスに閉じこもりきりでも、気にならなかったはずなのに。アレックスは驚いた。いつも昼も外に出ず、出前を頼んで自分の机の上で食べていた。気候の移り変わりなど、気にも留めていなかった。

サムのデリカテッセンに行く途中、ひとりでに笑みがこぼれる。サムのとこの食べものはすごくうまい。だったらもっと、あの店に行って食事を楽しめばよかったはずだ。コンビニで買った何の味もしないサンドイッチを、机で頰張《ほおば》ることなどやめればよかった。

違う、サムの店にも欠点はあるからだ。この界隈《かいわい》には銀行が三つ、保険会社が二つ、インターネットのプロバイダーが四社あり、つまりそういったところで働くうざったい連中が、サムの店にやって来るのだ。連中は常に、景気がどうだとかいう話をして、店の雰囲気を台無しにする。アレックスはビジネスマンというものが大嫌いだった。いや、社会に必要な存在ではあるのだろう。何かの役には立っているはず。でなきゃ、あんなにうじゃうじゃと大勢いるはずがない。

店のテーブル席に座るための列の最後尾へとケイトリンを案内する。彼女の肘《ひじ》をつかむのが大好きだ。この部分の肌はとてもやわらかい。ケイトリンは細身の体にきちんと筋肉がついてはいるが、二の腕はほっそりしている。一般的な痩《や》せた女性みたいな筋張った感触がなく、またごつごつとした筋肉も感じない。一度触れると、手を放すのが難しくなる。

「頼みたいことがあるんだけど、アレックス」ケイトリンが言った。

「ああ、何なりと」目の前の保険会社の二人は、金融市場の話をしている。デリバティブだの、プライム・レートだの。そして株取引、ナスダックは今どうなっているか。景気の後退と回復、個人年金市場、サブプライム・ローンに債務担保証券、政府の債務棚上げの決定と、連邦預金保険公社。

ううう、ぞっとする。警察官でよかったとつくづく思う。自分の抱える問題は、悪いやつらを逮捕できるかどうかだけだ。市場が上向いたの下向いたの、不景気だのバブルだの、そんなことは自分とはいっさい関係ない。給料は毎月決まった日に、きちんと銀行口座に振り込まれ、お金のことを考えるのはそのときだけだ。自分の家はあるし、必要なものが買えるだけの給料をもらっている。いずれ定年を迎えればちゃんと年金をもらえる。それ以上、何が必要だ？

お金というのはつまらない。あくびが出るほど。お金ほど退屈な話題はない。それに比べて、悪者を捕まえるのは――達成感がある。追跡するときのスリル、事件解決のために知力をふりしぼり、法廷に立つ。警察では毎日何かが起こり、部下に怒鳴りつけたくなるようなときでさえ、わくわくする。それこそが、アレックスの求めるものだ。

さらには今、理想の女性と定期的にセックスまでできる。人生はすばらしい。これ以上望むものなどない。

アレックスが壁の黒板に書かれた本日のお勧めを見ているとき、テーブルの男女が二組立ち上がった。茶そばのサラダか、おいしそうだな――サラダとセックスのことを考えながら、彼は笑顔でケイトリンを見た。「それで、何なんだ、頼みって？」

「パトカーに同乗したいの。研究におおいに役立つと思って。ロン・トーランス刑事が、乗っけてってやるよ、と言ってくれたんだけど、あなたの許可を取っておこうと思って」

「絶対にだめだ」おいしい食事とセックスが、アレックスの頭から完全に吹っ飛んだ。「問題外だ。同乗は認められない」

その激しい口調に、ケイトリンは不意打ちを受けた様子だった。そして傷ついた表情を浮かべる。アレックスは視線をそらした。彼女がこんな顔をするところを見たくなかった。ただ、いくら彼女に傷ついた眼差しを向けられたって、これについての意見を変える気はない。ケイトリンがパトカーに同乗する、あり得ない。話はこれで終わりだ。

「ねえ、アレックス……ロンが言うには――」

「残念だが」アレックスは彼女の言葉をさえぎった。謝罪の言葉を告げながら、謝っている口調ではない。「警察本部の規定に反する。あ、やっと俺たちの番だぞ。さあ、おいしいものを食べよう」テーブル席がきれいに片づけられた。よかった、前に並んでいた保険会社の男たちとは離れた席になった。スーツ姿の男たちの隣で、不景気でどれだけの金を失ったかという話をくだくだと聞かされるのだけは勘弁してもらいたい。

アレックスはケイトリンの背中のくぼみに手を置いた。すると、その手を拒否するように、彼女がさっと体の向きを変えた。怒っているのだ。まあいい、どうしようもないのだから。彼女はパトカーに同乗しない。何ごともないはずの日常的なパトロールだったはずが、あっという間に暴力的な事件の中心にいた、という事態に陥ることもめずらしくない。他でもないアレックスがそれをよく知っている。

さっさとひとりで席に向かうケイトリンの背中が強ばっている。アレックスに対する怒りが表われているが、その怒りをなだめる方法はない。彼女の希望を受け入れないかぎり怒りはおさまらないだろうし、その希望を受け入れるのは問題外だ。この件については、迷うことさえない。苛立《いらだ》つケイトリンを見ているほうが、銃撃戦に巻き込まれるケイトリンを見るよりいい。

彼女はひとりで自分の椅子《いす》を引き、席に着いた。アレックスが向かい側に座る様子をじっと見ている。

「ベイローヴィル警察には、民間人のパトカー同乗を禁じる規定なんてないわ」ケイトリンが身を乗り出した。真剣な面持ちで、赤の他人を見る目。客観的に話し合おうと努力しているんだな、とアレックスは思った。二人の個人的な関係とは切り離したところで、結論をつけたいのだ。「ピーター・キャネルは、何度もベイローヴィル警察のパトカーに同乗したでしょ。警察の仕事を紹介する記事を新聞に連載したんだもの。はっきり覚えているわ。警察官に交じってパトカーに乗り、そのときの体験を書いてた。だからこそ、あんなにいい記事になったのよ」

事実だった。ちくしょう。ピーター・キャネルは元々、事件記者として捜査課でもおなじみの顔だった。この連載記事でピーターは警察の仕事について特集し、内容は警察に好意的でもあり、それほど大きくはないもののいくつか賞も獲得した。今でもピーターはちょくちょく捜査課に顔を出し、旧交を温め合う。アレックスも彼がやって来ると歓迎し、仕事終わりにビールをごちそうして、互いの近況を話すのが常だった。

しかし、ピーター・キャネルは、アイルランド系の抜け目のない男で、暴力的な場面や風紀の乱れた現場にいても、まったく動じずに、捜査の成り行きを観察していた。つまり、彼はケイトリンではないのだ。

「規定が変わった」アレックスは硬い口調で言った。「パトカーに同乗して怪我をした民間人が、警察を訴えたからだ」

ケイトリンがすうっと、ゆっくり息を吸った。「アレックス、あなたが私を守ろうとしてくれているのはわかる」穏やかな口調で話し出す。「でも、私をばか扱いしなくてもいいんじゃないの？　同乗する前に、免責事項の書面にサインしなきゃならないことぐらい、ちゃんとわかってるわ。みんな求められるんだもの。だから、警察を訴える人なんていない。それにもちろん私が、あなたを訴えることなんてない。万一のことがあったとしてもね」

万一のことがある。言葉にしてそう聞くと、アレックスはぎくっとした。ケイトリンが怪我をする。重傷で、ひょっとしたら死ぬかもしれない――ああ、だめだ！

「確かに」アレックスの声に怒りがにじむ。「訴えられたという話は、嘘だ。しかし、二ヶ月ばかり前、実際に負傷者が出たんだ。キャシー・マーテロの友人だ。疑うんなら、キャシーに聞いてみろ。友人がパトカーに同乗したいと言ったので、キャシーが自分で運転し、友人を案内した。その途中で、強盗事件が発生し、パトカーが現場に急行した。銃撃戦になって、キャシーの友人に流れ弾が当たった」

実際には直接銃弾で撃たれたのではなく、跳弾だった。当たる際には、銃弾はほとんど勢いを失っており、腕の表面をかすっただけで、ほんの数針縫って終わりだったが、そこまでケイトリンに話す気はない。同乗するには、リスクがともなうことを彼女に理解してもらいたいだけだし、何よりアレックス自身が、彼女を危険なことが起こる可能性のある場所に近づけたくなかった。

今目の前にあるのは、異なる種類の危険だ。ケイトリンの顔にあるもの。すねてふくれっ面をしているわけではない。彼女はすねるタイプの女性ではないのだ。彼女がふくれっ面をしないことは、何となくわかっていた。外見的には幼いが、中身は成熟したおとなの女性だ。職業倫理をきちんと身につけ、プロとしての意識の高い人物。だから、これはふくれているのではなく、何かもっと真剣な感情。この表情は……失望しているのだ。

アレックスに対して。

「アレックス」彼女は冷静に切り出した。「私はレイ・エイヴァリーに連絡して、あなたの決定を覆させることもできるのよ。ただ、そんな脅しのような手を使うのは、あなたに対して失礼だとも思う。ただね、こういうのは差別だということも、理解してもらいたいの。警察本部がパトカーへの同乗を規定で認めているのか、いないのか、論点はそこだけのはずよ。私の知るかぎり、一般人のパトカーへの同乗は認められている。すべての人に同乗する権利があるのに、私だけが許されない。そんなのは公平ではないし、女性差別だわ」

「注文をおうかがいします。僕は、このテーブルを担当するセルジオです」背が高くて、黒い髪を長く伸ばし、ポニーテールにしたウエイターが、メニューを二人の前に置いた。「本日のお勧めは、黒板に書いてあります」

ケイトリンとの緊張したやりとりが中断したことを、アレックスはありがたく思った。幸せな気分で、ものすごく魅力を感じる女性とランチに出たはずだったのに、いったい何でこんなことになった？　残念無念。仕事でじゅうぶん辛い思いをしてきたはずなのに。事態は悪化の一途をたどっている。

ケイトリンは試験勉強のときに参考書を見るみたいな目つきで、メニューを精査している。ちらりとも顔を上げず、こちらを見るそぶりもない。アレックスはメニューを見もせず、ウエイターに返した。「彼女と同じものを」

「ばかね、アレックスったら」ケイトリンが冷たく言った。「自分の好きなものを頼みなさいよ」

「いや、いいんだ。君が選ぶものなら、何だっていい」ケイトリンの意図はわかっている。こちらを男性上位主義者になった気分にさせる作戦だ。何でもコントロールしたがる暴君だと。実際は違うのに。彼女が望むのであれば、日常のあらゆる局面で彼女のしたいとおりにさせる。アレックスが何を食べ、何を着て、どんな家具を買うか、彼女が決めればいい。二人でどの映画を観るかを、一生彼女が決めてもいい。だから、そういう問題ではないのだ。彼女が怪我をするようなことは、させられない。怪我をする可能性がある場所に彼女を近づけたくないし、彼女を傷つけようと考える可能性のあるやつがいる場所に近寄らせることも嫌だ。

「この店にもブリトーがあるわよ。あなたの好物じゃない」彼女はまだ、アレックスと目を合わせようとしない。ちくしょう！ 澄ました人形みたいに、無表情だ。

「いや、君のと同じのを頼む」アレックスは頑固に言い張った。

「じゃ」落ち着いた顔で、慌てる様子もなく、ケイトリンはウエイターに顔を向けた。

「ブロッコリーのポタージュを二つ、茹《ゆ》でたブロッコリーのブルーチーズ・ドレッシングを二つ」かすかな笑みを浮かべる。

アレックスはブロッコリーが大嫌いで、ケイトリンもそれを知っている。

「何かお飲みものは？」ウエイターが、伝票に忙しくペンを走らせる。

「セロリのジュースを二杯」ケイトリンはいかにもうれしそうだ。アレックスへの復《ふく》讐《しゅう》を楽しんでいる。アレックスは身震いしそうになるのをかろうじてこらえた。セロリのジュース？ いったいどこのどいつが、セロリをジュースにして飲むことを考えついた？

ケイトリンは注文が来るまで、何も言わなかった。アレックスも口を開かなかった。これ以上失言して、墓穴を広げることはない。

ケイトリンを見るたびに、笑顔が返ってくるものだとばかり思っていた。自分がそれを当然のように考えていたことにも、初めて気づいた。自分が口にするひと言ひと言に彼女がきちんと反応してくれるのが、すごくうれしかったのだということにも。彼女が自分を見る眼差しのやさしさが、どれほど大切だったのかにも。

今はほほえみも、やさしさもない。ケイトリンの心は閉ざされている。彼女の顔が冷たく、何の表情もないところを、初めて見た。二人のあいだに大きな溝ができたような感じ。

食べものが運ばれると、自分がブロッコリーを嫌いだったことを改めて思い知らされた。何とも言えない苦味があって……緑色だ。スープはどうにか半分だけ飲み、あとは残して、茹でブロッコリーのサラダに取りかかった。添えてあるレタスだけをこっそり口に入れて、ブロッコリーそのものには手を付けない。

ケイトリンは黙々と食べていた。アレックスは口に苦味を感じたが、ブロッコリーのせいだけではない。仕方なくジュースを口に含んだ。セロリのジュース。ごくんと飲んで、むせ返りそうになった。だいたい、緑の飲みものなんて、あり得ない。セント・パトリック・デイに、アイルランド系のやつらがビールを緑に色づけするぐらいのものだ。

「どうかした?」ケイトリンがわざとらしくたずねる。

アレックスは口をつぐんだ。しかしそのとき——たぶんこのいまいましい飲みものに入っていた大量のビタミンが脳に利いたのだろう——名案が浮かんだ。

負けを認める、という感じで、ふうっと大きくため息を漏らす。「わかったよ、君の勝ちだ」

「勝つとか負けるとかの話じゃないのよ、アレックス」ケイトリンは低い声で言うと、ナプキンで口元を押さえた。「私をパトカーに同乗させたくない理由は、私にもわかる。納得はしてないけど、理解はできるの。当然のことながら、あなたは何をどうすべきか、自分の判断でものごとを決めればいいわけだし、同じように当然、私も自分の研究を完成させるために、必要なことをしようとする」

「言っただろ、君の勝ちだって」アレックスは降参のしるしに両手を挙げた。「ああ、もうわかったよ。勝ち負けじゃないんだろ? どっちが強情か、根競べしてるわけじゃない」くそ、根競べそのものじゃないか。「だから、考えた。ペダーソンとマルティネスが、特別任務で午後外に出る。この二人と一緒に出かけたらどうだ?」

努力の甲斐《かい》があった。ケイトリンの顔からよそよそしかった表情が消え、ぱっと明るくなった。「まあ、アレックス、最高だわ!」

ケイトリンは喜びのあまり立ち上がり、アレックスに抱きついた。グラスがひっくり返り、半分残っていた緑色の液体が、アレックスのズボンを直撃した。まあいい。これが食道を通過するより、ズボンにこぼされたことをよしとするべきだな。達観していたアレックスは、そう考えた。

「アレックス、ごめんなさい」ケイトリンは反射的に、テーブルに置かれていた紙ナプキンを取って、こぼれた液体を拭《ぬぐ》い取ろうとした。彼女の笑顔が、店全体を照らしたように思えた。「さ、行きましょ。特別任務に同行できるなんて――ああ、楽しみ。みんなが言うほど、あなたがわからず屋じゃないって、私にはわかってたの。何となく」ケイトリンは小躍りでもしているかのようだ。

「よく言うよ」アレックスは皮肉っぽく応じて、彼女の手からナプキンを奪い取った。紙でなぞられたために緑色の部分がさらに広がっている。「ま、褒めてもらって礼を言っとくべきだろうな。ただ、そういう話を他のやつにするなよ。融通の利かない上司って評判は、使いようによっては役に立つんだ。そのイメージは壊したくないからな」アレックスは彼女の肘をつかんだ。「だが、これは貸しだからな、ケイトリン。こんな最低のものを食べさせられたからには、特別のディナーにありつかないと」

＊＊＊

その夜、二人はチキンの胸肉のグリル、茹でたいんげんの胡麻和《ごまあ》え、ガーリック・ブレッド、デザートにはレモンのムースを食べた。おいしくて、アレックスは何もかもきれいに平らげた。

「あなた、私を出し抜いたつもりでいたんでしょ」アレックスが皿を食洗機に入れるのを見ながら、ケイトリンが言った。声を太くして、アレックスの言葉を真似《まね》る。「『ペダーソンとマルティネスが、特別任務で午後外に出る。この二人と一緒に出かけたらどうだ?』確かに特別任務だったわよ。中学校での講習会だなんて。ペダーソンとマルティネスから行き先を聞かされたときには、あなたをこの手で絞め殺そうかと思ったもの。でもね、二人が子どもたちに話し始めると、私の気持ちが変わったの。本当に興味深い内容だったわ。そのあと、質問の時間があって、それも面白かった。子どもたちの言ったことって、ハンティントン理論そのものだったのよ」

「そうなのか?」アレックスは、そのハンティントンというやつが、どこの誰かもさっぱり知らなかったが、ケイトリンを幸せにしてくれるのであれば、これからしばらくはそいつの大ファンになってもいい。

満ち足りた気分で、アレックスはカウンターをきれいに拭《ふ》いた。庭の向こうで空がフラミンゴみたいなピンク色に輝いている。食洗機のスイッチを入れてから振り向き、ケイトリンがキッチン・テーブルの前に座っているのが見え、うれしくなった。

夕焼けにキッチン全体が輝いていた。ケイトリン自身が光の中で輝きを放っているように見える。朝は彼女も、どうにか髪をまとめるというか、ばらばらにはならない状態にしていたが、夕方にはそれもあきらめ、髪は顔の周りでふわふわとカールしている。太陽が光線を放つように。Tシャツと短パンに着替えた裸足《はだし》の彼女は、少女にしか見えないのだが、地域政策論についての自分の意見を述べている。いつもながら、彼女の言い分はもっともだ。ただ、欲望に曇るアレックスの頭に、彼女の言葉が届いたときしか、何を言っているのかはわからないが。

まいった。下半身ばかりでなく、頭もきちんと働かせて彼女の話をしっかり聞いておけば、修士の学位をもうひとつ取れるかもしれない。

ただ、下半身以外の部位を働かせるのは、なかなか難しい。この二日間、じゅうぶんすぎるぐらいにセックスした。だから性欲も少しは落ち着くはずだった。ところがアレックスは、常時、半勃起《はんぼっき》状態のままだ。彼女のそばにいるといつもそうだ。彼女が何らかの化学物質を放出し、彼の皮膚がそれに反応しているかのように、彼女の存在を意識してしまう。

アレックスとケイトリンは、自然な流れで、日常的な家事分担をするようになった。ケイトリンが食事の支度をして、料理し、彼はあと片づけをしてテーブルをきれいにし、汚れた食器を食洗機に入れる。

キッチンを整頓《せいとん》しておきたいのなら、アレックスが責任を持つしかない。炊事の際ケイトリンは、あたりをひどく散らかし、そしてすばらしい料理を作る。彼女の散らかしたあとを片づけるのは、たった今食べたようなすばらしい料理の代価としては、安いものだ。

ケイトリンの話が熱を帯びてきた。ホラス・ウェスティンによって認識された地域社会における人間関係についての話だとか何とか。ウェスティンというやつは、地域に根差した警察組織というものの重要性を主張し、それは、英国の——こないだ聞いた何とかいうやつが言っていたこととは異なる。アレックスはぼんやりと、ケイトリンの意見を聞いていた。自分の意見に夢中になっている彼女の姿を見るのがうれしすぎて、内容まではしっかり頭に入ってこなかったのだ。

もう、彼女にめろめろだ。日中はロペスを追い詰める作戦の詳細を考えることで、どうにか下半身の要求から気をそらしていられる。ケイトリンのほうも、仕事の邪魔をしないようにと、気を遣ってくれている。それが彼にはありがたかった。彼女が自分を避けるのは職業倫理からのものだろうが、アレックスの場合は、彼女が息をするのを見るだけで勃起するからだった。そういうのは、まずい。ただでさえ、今は手いっぱいで大変な時期だから。しかし、家に帰れば……

ちょうど、今みたいなとき。彼女はブラを身に着けていない。着ている赤のTシャツは、いつ買ったのだろうと思うぐらい古くて、ほとんど色も褪《あ》せ、だらんと伸びきっている。何度も洗濯されたせいで、薄くてこしのない生地越しに、彼女の見事な乳房の輪郭がはっきりとわかる。ぺらぺらになっているので、右の乳房にある小さなほくろもわかるぐらいだ。彼女の乳房は完璧《かんぺき》だった。アレックスは純粋にこの乳房が好きだ。手に触れる感じが好き、ここに顔を埋めるのが好き。やわらかいが、しっかりしていて、華奢《きやしや》で細い体のわりには、大きめだ。

絶対に、何があっても、シリコンの袋を入れた胸の女とベッドをともにしないと、彼は固く決めていた。ああいうのは、こりごりだ。

実のところ、ケイトリンほどの快感を与えてくれる女性が他にいるとは思えず、彼女以外の女性とベッドをともにするということ自体、考えれば考えるほど不可能だと思えてくる。まあいい。考えなきゃいいんだ。彼女は今ここにいる。アレックスに触れられることを歓んでくれる。

「そう思わない？」主張が一段落したらしく、ケイトリンが質問を投げかけてきた。論点が何だったかわからないが、彼女は大きな空色の瞳《ひとみ》を見開いて、不安そうな顔でこちらの様子をうかがっている。

「絶対、そう思う」アレックスはきっぱりと言った。「全面的に同意する」

「ああ、よかった。あなたも賛成してくれるのね」ほっとした表情が彼女の顔に戻る。「賛成してくれない人も多いのよ、わかるでしょ？　だって、ウィラード・ベイツだって反対してるんだもの――あなた、何してるの？」

アレックスは彼女の肘をつかんで、立ち上がらせた。「夕陽がすごくきれいなんだ。

見に行こう」飲みかけの白ワインのボトルと、食器棚からきれいなグラスを二個を手にすると、アレックスは庭に通じるドアを開いた。深呼吸すると、夜露と近所の家の松の木の匂《にお》いが胸を満たす。

「おいで」段のいちばん上に腰かけ、隣を叩《たた》く。

「すてき」ケイトリンが優雅な動きで、彼と並んで座った。

「ああ、すごく」アレックスはグラスにワインを満たし、空《から》になったボトルを横に置いた。庭は西側に面していて、空は息をのむほど美しかった。筋状の雲がうっすらと隣の家の木の向こうに見える。その家の屋根の下が鮮やかなピンク色に染まっている。やがてその色がゆっくりと紫色に変わる。穏やかで落ち着いた空気。アレックスの心の奥に、しみじみと穏やかさがしみわたっていく。

自分の家の庭から夕陽を眺めるのは、いつ以来だろう？　この家を買ったのも、そもそも庭があったからなのに、この庭を使ったことなど一度もなかった。ぼろぼろで不潔な賃貸アパート暮らしで少年期を送ったアレックスにとっては、いつかまともな家を買うことが夢だった。ちゃんと庭があって、犬も飼えるようなところ。そして夢が叶《かな》い、我が家を手に入れ、ローンも払い終えた。確かに犬の世話をする暇はないとしても、最後にこの庭を使ったのがいつかさえ思い出せないのだ。

勤務シフトは昼夜交替制なのに、長年、交替もせずにずっと勤務を続けた。これを警察用語ではダブル・シフト、または八‐八シフト、つまり八時間働いても、まだ八時間勤務時間が残っているシフト、と呼ぶ。思い返してみれば、平均して一日十二時間から十四時間は働いてきた。警察学校でも、働き過ぎはいけないと注意を受けていたのに。レイにも何度も叱《しか》られた。

「おまえ、今に燃えつきちまうぞ」レイにそう怒鳴られた。白髪交じりのもじゃもじゃ眉《まゆ》をぎゅっとひそめ、厳しい顔でにらみつけてくるのだ。「体もぼろぼろになり、燃えつきて、いったい何になる？　悪いやつらってのは、いつでも存在する。消えてなくなることは永遠にない。おまえが身を粉にして働いたところで、その事実は変わらないんだ」

レイの言うとおりだ。突然アレックスは悟った。帰宅時間がどんどん遅くなっていったが、それはただ、家に帰っても自分を待つものが何もないからだ。そして自分の人生が空っぽである事実に直面するより、仕事をしているほうが気が楽だったから。一方、最近の自分の仕事ぶりは、生産性を欠いていた。家に帰ると、疲れ果てていた。今日は効率よく仕事をし、五時で切り上げ、気分も最高だった。

そしてここにこうしている。息をのむほど美しい夕陽を、息をのむほど美しい女性と眺めている。アレックスはワインを飲んだ。いろんなことが、いい方向に動き出している。

「ねえ」ケイトリンが言った。

アレックスは返事の代わりにただ、うーむ、というような音を喉《のど》の奥で鳴らしただけだった。ゆったりとした感じが幸福で、言葉を出すのも億劫《おっくう》だった。これぞ、完璧な瞬間だ。一日の最後の陽光が、ケイトリンの肌を輝かせる。真珠貝の内側のように、うっすら紅《べに》をさしたようなきらめき。彼女のほうに顔を向け、深く息を吸うと、彼女が使った石鹸《せっけん》とシャンプーの匂いがする。白ワインと松の香がそこに混じる。もし、夕陽に匂いがあるとしたら、きっとケイトリンとワインと近所の松の匂いなのだろう。でも、ケイトリンの匂いがいちばん強いはず。

何もかもが完璧だ。空はいっきに暗くなり、あたりは劇的に夜の闇《やみ》に包まれる。夕闇の静かな音。どこか遠くで犬の鳴き声。セミが大合唱の準備をしている。夕暮れのコンサートが始まるのだ。夜が近づく、ひめやかで異国的な匂い。あたりは魔法に包まれている。

アレックスは現実的な男で、ロマンティックなセリフを吐くようなやつがいれば、すぐにあざわらった。けれど今、確かに魔法の存在を感じる。世界が大きく深呼吸しているような、何か新しいものが始まる息吹を感じる。畏怖《いふ》を感じるぐらい勢いの強い何かが、大気に満ちている。

ばかな、くだらないたわ言を——そう言い聞かせても、自分が違う人間になった気がする。その夜が与えてくれるものが、あまりにも魅力的で、あらがうことなどできない。アレックスは心を開き、差し出されたものを受け取った。

ケイトリンが手で庭を示した。「この庭にハーブを植えたらどうかしら？　見た目にもかわいいし、料理にも使えるわ」彼女が横目でアレックスの顔色をうかがう。「ま、あなたはろくに料理なんてしないんでしょうけど」

そうだ、君が料理してくれるんだから。アレックスはそう思って、満足した。彼女がハーブを植えたいのなら、ああ、もちろん、植えたらいい。ハーブの世話も彼女がしてくれるのなら、何の問題もない。それに植物の世話をするとき、かわいいヒップがのぞく様子を見るのは楽しいだろうな。「そうだな。どんなハーブを植える？」

「そうねえ、まずは、ローズマリー。バジル、パセリ、セージぐらいかな」

「パーセリー、セージ、ローズマーリー、アンド、ターイム……」調子はずれの『スカボロー・フェア』を口ずさむ。「だから、タイムを忘れるな」

「それに、コリアンダー、チャービル、ディルとミントも」

「了解！」チャービルってのは、いったい何だ？　まあ、いいか。アレックスはついに誘惑に負け、ケイトリンの首にキスした。彼女に触れるたび、アレックスはその肌のやわらかさに驚く。初めて触れたときと同じように。唇に触れる彼女の肌はシルクみたいだ。首の周囲を順にキスしていくと、唇あとでネックレスができそうだった。

鎖骨の上に唇を這《は》わせると、彼女が少し顔を上げた。それをもっとキスしてくれという合図だと受け取り、アレックスは喉から顎《あご》へと口を滑らせた。彼女の脈が速くなるのが、唇に伝わってくる。自分のグラスを後ろに置き、さらに彼女の手からもグラスを取ると、自由になった手を彼女のTシャツの下に入れて、乳房を探った。

思った通りだ。ブラはない。ああ、最高だ。やわらかくて丸い乳房。彼女のブラは、どこかに隠しておこう。家ではブラなしで過ごしてもらいたい。

ゆっくりそっと、乳首の周囲で円を描き、同じように舌の先で耳をくすぐる。ケイトリンの呼吸が荒くなってきた。

手にも鼓動の速さが伝わる。あえぎ始めた彼女の胸が大きく上下する。

だめだ、もうすっかり硬くなってしまった。

「ここから先は家の中じゃないと」耳元にささやく。「人に見られる場所で、俺のやりたいことをやってしまうと、俺たち二人とも逮捕しなきゃならない」

「わかった」ケイトリンはそうつぶやくと、体の向きを変え、腕を彼の首に巻きつけた。

「一緒においで」アレックスの声がくぐもって響く。口が彼女の唇を覆ったままなのだ。キスは濃密さと激しさを増す。彼女の肘に手を添えて一緒に立ち上がり、段を二つだけ上がり、キッチン側の裏口ドアに体重を預けた。ケイトリンの手が彼のTシャツの中に入り、背中をつかむ。彼女の指が皮膚に食い込む。

二人はもつれるようにして家の中に入った。アレックスはドアを蹴《け》って閉め、彼女も中へと促す。ずっと唇を重ねたまま、二人は居間へと移動した。アレックスは大急ぎで自分のTシャツをはぎ取り、床に投げ捨てたあと、彼女のTシャツも引っ張り上げる。

手が乳房を覆う。手にしっかりとした重みと、滑らかな肌を感じる。「二度とブラをつけるな」彼女の口の中に、そうつぶやいた。

「二度とつけない」ケイトリンがささやく。「絶対に。約束する」

「あんなものは、燃やせ。慈善団体に寄付しろ」唇を軽く噛《か》みながらつぶやき続ける。

「わかった」

ケイトリンの短パン、自分のズボン……二人の肌を隔てていたものを、唇を重ねたままどうにか取り去ることができた。唇を離すのは不可能だった。こんなにやわらかくて、これほど自分を歓迎してくれているのだから。

しかし、口を離さなければならない。なぜなら、他の場所にもキスしたいから。

これまで二人がほとんど前戯というものをしていない事実は、アレックスにとっても驚きだった。アレックスはいつも何かに追われているような、とにかく一秒でも早く彼女の中に自分を埋めて、動き出さなければ――常にそんな気分だった。ただ、それではいけないことぐらい、彼にもわかっている。初体験は中学生のとき、マディー・ハリソンという女の子だった。彼女の家の裏口のドアに彼女の背を押しつけ、立ったままの行為だったが、二十代の前半からは、テクニックを磨いてきた。女性がどういうことを好むのかは、ちゃんとわかっている。相手の反応を見ていれば、はっきりわかるのだ。ときには相手の女性から、実際にああしてくれ、こうしてくれと要求されることもある。助手席から道案内されるようなものだ。そこを左に、今度は右、いえ、もう少し先へ、そう、そこ……。

アレックスは警察官という職業柄、人の話を聞くのが得意だし、観察眼もすぐれている。まあ、自慢じゃないが、女性が何を求めていて、どこをどうしてくれと望んでいるのか、正確に把握できるのだ。

なのになぜ、ケイトリンが相手だと、獰猛《どうもう》なイタチみたいになってしまうのだろう。ましてや彼女は、いつまでも純真な雰囲気の残る、特別に華奢な女性なのに。彼女の近くにいると、自分を抑えておこうとする力が完全に欠落してしまう。彼女との場合の基本的なテクニックと言えば、ただ乱暴に彼女に覆いかぶさり、できるだけいつまでも彼女の中に自分のものを埋めておく、というだけで、これではセックスのことしか頭にない、十八歳の少年と同じだ。ああ。

ケイトリンも自分を求めてくれることだけが、救いだった。運に恵まれていたとしか言いようがない。ほとんどいきなりであっても、彼女はいつも熱くアレックスを歓迎してくれ、あのよく締まる部分がきゅっと彼のものを包み込んでくれるのだ。

最高だ。

いや、いかん。アレックスはまたどんどんとふくらみそうな妄想を頭から無理に消し去った。このままだと、どんどんふくらんでいく彼自身のものも、爆発してしまう。今度こそ、たっぷり時間をかけたい。そして自分をコントロールできるところを見せたい。自分でもそう信じたい。

ケイトリンは裸でソファに座っている。笑みを浮かべたやさしい表情でアレックスを見上げる。視線が下がっていき、大きく突き出した彼のものをとらえた瞬間、彼女はまばたきした。ああ、そうだ。これだよ。彼女の目に映るものが何かは、わかっている。自分で確かめるまでもない。見なくても棍棒《こんぼう》みたいになっているのは知っている。

アレックスを見ているうちにケイトリンの呼吸が速くなり、彼女に見られているせいて、ああ、くそ、また大きくなってきた。

だめだ、どうしよう――背筋にぴりぴり電気が走る感覚があり、睾丸《こうがん》が上がってくる。これはまずい。彼女の中に入ったその瞬間に、ぶっ放してしまう。これまで何度もそういう事態になっていた。

アレックスは、道路交通法を何条か暗唱してみた。そして硬くなったものを隠すように膝《ひざ》をついた。

「あら」ケイトリンはびっくりした顔を向けてきた。すぐに押し倒されるものだとばかり思っていたのだ。これはまずい。勃起したらすぐに挿入する男だと思われているのだ。確かに、これまでの彼のやり方はそうだった。

そういうのはもうやめないと。

アレックスは彼女の両膝に手を置き、ゆっくりと脚を広げさせた。よし。彼女は小さな花が開くときみたいに、ピンク色の乙女らしい部分を見せてくれる。まだ触れてもいないのに、すっかりぬめりを帯びて、きらきらと輝いている。

その花びらの色が、よだれが出そうなほどきれいだった。乳首や唇と同じ、深みのあるバラ色。それ以外の部分が月明かりに青白い光を帯びているのと対照的だ。そう、このバラ色こそが、彼女の情熱を表わしている。

アレックスはもう我慢できなくなり、体を倒してその花びらに口をつけた。驚いた彼女が、びくっと反応する。彼は深く息を吸い、めまいがしそうなほどうれしくなった。ケイトリンはいつもいい匂いがする。全身が上品に匂い立つのだ。ところがこの部分だけは、彼女本来の匂いが凝縮されたように野性的な匂いがする。セックスをすると、甘い香りがあたりに漂うのだが、あれはすべて彼女の匂いだったのだ。

そっと舌を出して、その味を確かめる。ケイトリンがソファで大きくのけぞったので、脚を押さえておくのも楽だ。ああ、彼女のこういう敏感なところも大好きだ。澄ました顔をして気品にあふれ、学者然としているのに、ベッドでは、いや今回は居間でも、奔放に反応してくれる。太陽とはちみつのような味。女性にこういうことをするのは、本来好きではなかった――何となくきまりが悪くて、どうしていいかわからなくなるのだが、今は彼女と同じぐらい興奮している。

彼女の口にキスしたのと同じように、舌を深く差し入れ、中を舐《な》めまわす。世界一おいしいロリポップ・キャンデーだ。その行為があまりに楽しくて、アレックスは警戒を怠り、自分の分身がどれほど硬くなっているかを忘れてしまった。そして舌を強く入れたとき、彼女のあえぎ声が聞こえ、太腿《ふともも》が小刻みに震えるのを感じた。

アレックスは舌を出し入れした。どれだけ舐めても足りない気がする。ときどきちらちらと彼女の顔を見ると、頰がピンク色に輝き、その色が胸まで広がっていた。花の中心部の突起を吸い上げると、ケイトリンは痙攣《けいれん》したような反応をして、突然彼の髪を引っ張り始めた。頭を自分のほうに引き寄せ、激しくあえぐ。もう一度今度は少し強く吸うと、彼女は叫び声を上げ、花びらが収縮し始めた。もうすぐ絶頂を迎えるのだ。

アレックスは大急ぎで彼女をソファに押し倒し、指で花びらを開くと、自分のものを突き立てた。その瞬間、彼女は高みに昇りつめた。耳元に彼女のあえぐ声が聞こえる。

計画としては、そのままじっとして彼女のクライマックスが終わるのを待ち、そのあと動き始める予定だった。しかし、彼女の体が微妙な動きで彼のものをしごき始めると、そんな計画はすっかり吹っ飛んでいた。彼女は頭をのけぞらせてアレックスの体を強く抱きしめる。

自分の筋肉はいっさい使うことなく、ただケイトリンの中にいるだけで、彼はロケットのように勢いよく欲望を放っていた。少しでも奥へ入ろうと、ソファの肘掛けに足先をかけて踏ん張る。彼女のクライマックスをものすごく敏感になった自分のものでたっぷりと感じ取りたい。彼自身の絶頂はあまりに強烈で、全身の液体を彼女の体に注ぎ込んだ気がした。そのため、放ち終わったときには、体からすべての力が抜け、どさっと彼女の上に崩れ落ちた。

そのまま二人はじっとしていた。やがて空からは光が消え、部屋は街灯の明かりに弱く照らされるだけになった。ケイトリンがもぞもぞと動き、ほとんど意識を失っていたアレックスにも現実が戻ってきた。

「アレックス」かろうじて声を出していると言う感じのケイトリンが、彼の肩を押した。「起きて」

起きる？　何でだ？　このままで完璧に気持ちがいいぞ。彼女の華奢でやわらかな体を自分の下に感じるのが大好きだ。自分の口を彼女の首筋に預けて。この姿勢が、何よりもうれしい。

「うーん」寝ているふりをしたが、本当に起きたくなかったのだ。彼女が体を揺すり、その動きでまだ彼女の中にあったものが、また大きくなり始める。うん？　もう一回してほしいのか？　もちろん、いいぞ、ただちょっとだけ待ってくれれば……

「アレックス」今度は鋭い口調だ。「お願い、起きて。シャワーを浴びなきゃ。それに……お手洗いにも行きたいの」

ああ、残念。

彼はソファに両手を広げて置き、体を持ち上げた。ケイトリンがするっと体を滑らせ、その瞬間に下半身をひんやりした大気が包むのが悲しかった。彼女の中でほっこり収まっているのは、本当に気持ちよかったのに。

彼女が一階のバスルームへと姿を消したあとも、しばらくアレックスはぴくりとも体を動かさなかった。何も考えず、ただ感じるだけ。

二人の衣服が山になっているのが見える。彼女の服の上に、自分の服が載っている。つまり、シャワーから彼女は裸で出てくるわけだ。そう思うと、下半身がうれしそうに硬くなる。

ケイトリンを待つあいだ、アレックスは自分の家の居間を眺めていた。ケイトリンの存在が、いたるところに感じられ、まるで別の家になった気がする。

彼女は裏庭の生け垣から、何本か枝を切って花瓶に挿していた。奇妙な感じだが、雰囲気が劇的に変わっている。彼女のラップトップ・パソコンが、机の上にでん、と置かれ、彼女の本がコーヒー・テーブルの上に散乱している。書きかけの論文は、あらゆる表面――椅子の座席部分、オーディオ機器の棚、電話の下、すべての場所を覆っている。

昨日彼女が着ていたコットンのセーターは、まだダイニングの椅子に掛けたまま、サンダルの片方がソファの下からのぞいている。もう片方はいったいどこにあるのやら。ケイトリンのことだから、バスルームか、寝室か、あるいはキッチンの隅にあるのかもしれない。

ここが自分の家だということが、信じられない。アレックスの家は通常、そこに住んでいる人がいないかのように、きれいに片づけられている。今の家は雑然としていて――けれど、ちゃんと人の息づかいが聞こえる場所だ。ただの建物が我が家になった感じ。

ケイトリンほど手のかからない女性はいない。こんな女性は初めてだ。普通の女性は、絶えずこちらの気を引こうとするし、お世辞も言わなければならない。彼女にそういう気の使い方をする必要はまったくない。「私、きれい?」という質問を女性はさまざまなバリエーションでしてくる。どう答えるかは、地雷の中を歩くようなものだが、彼女からそれに類する質問を受けたことはない。

かつてアレックスも、ずるずると半同棲《はんどうせい》状態になったことがある。思い出すだけで身震いしたくなる体験だった。自分の家なのに常に追い詰められた気がして、女性のご機嫌をうかがいながら行動し、気まぐれに付き合わねばならなかった。絶え間ない努力を求められ、何をしても努力が足りないと言われた。

ケイトリンは正反対だ。テーブルと椅子とパソコンと本さえあればいい。すぐに研究に没頭する。そして他のことを完全に忘れる。実のところ、アレックスのほうがときどき、えへん、と咳払《せきばら》いでもして彼女の気を引こうとしていることがあった。美人の転校生の前でかっこつけようとしている高校生にでもなった気分だった。

ケイトリンがシャワーから出て来た。石鹸とケイトリンの匂いがする。

「明日の夜」アレックスは彼女のTシャツを拾って、両腕を上げる彼女に着せてやりながら、言った。「ベッドまでたどり着けるか、頑張ってみよう」

「どきどきするわね」ケイトリンは豊かな髪をうなじで持ち上げて、Tシャツの外に出した。「でも明日は、私、忙しいの。昼間からなんだけど、どれぐらい長引くかわからないわ。だから、夕食の予定は決めておかないほうがいいと思うの」

アレックスはぴたりと手を止めたが、平静を装った口調でたずねた。「忙しい?」

「ええ」短パンとサンダルを拾おうとかがんだケイトリンの声がくぐもって聞こえる。「不動産屋さんと、三時に約束があるの。明日から住まい探しをするのよ。来週には財団での仕事が始まるから、急いで住むところを見つけないと。落ち着く場所を確保し、新しい職場にはそこから通いたいもの」ケイトリンはコーヒー・テーブルにあった紙をがさごそと捜し、苦笑いを浮かべた。「私が早く出て行けば、あなたもきれいに片づいた家を取り戻せるわけでしょ? 私、整理整頓が本当に苦手だから」

「俺も一緒に行く」アレックスは立ち上がって、ジーンズをはいた。

「あなたが、何するって?」驚いた彼女は、また紙を落とした。

アレックスは忍耐強く、その紙を拾う。「俺も君と一緒に不動産屋に会う。この町のことなら、隅から隅まで知ってるからな。俺ならいい場所を見つけるのを手伝える」

「ありがとう、アレックス」ケイトリンは不安な顔で彼を見上げた。「そう言ってくれるのは本当にありがたいのよ、でもあなたまで来てくれる必要はないわ。あなただって忙しいんだし。お仕事っていう、厄介なものがあるはずだわ」

「有給を取る。それでオーケーだ。新しい住みかだろ? 手伝うよ」

新しい住みか? 死んでも見つけさせるもんか。

10

「ねえ、あなた、本気で手伝う気はあるの？」三日後、一緒にアレックスの家に入って行きながら、ケイトリンは愚痴をこぼした。

フレデリクソン財団から正式な採用通知を受け、次の月曜日からは、特別研究員としての仕事を始めることになっている。ありがたいことに、通知には給与とは別に住宅手当として年間一万ドルが支払われると書かれていた。残念なのは、その手当を使うべき住居がまだないことだ。三日間、ぐったりするまであちこちのアパートメントを見て回ったが、状況には何の進展もない。

もう八時過ぎ、彼女は疲れきって、意気消沈していた。ショルダーバッグと食料品の入った袋を、どさっとキッチンカウンターに置く。

「その言い方は、ないだろ？」アレックスが穏やかに応じる。買った食料品の残りを車から運び、それぞれをあるべき場所に収納し始めている。「俺がいなきゃ、とんでもない失敗をするところだったんだぞ。あの二階建ての家、覚えてるか？　あそこは僻地《へきち》だぞ、あんなとこには、コヨーテがうじゃうじゃいるはずだ。きっと遠吠《とおぼ》えに悩まされる。それに、サウスサイドのアパートメント。あんなとこにたどり着くには、パスポートでも用意しなきゃならない」

「まあ、確かに」ケイトリンは彼の意見の妥当性を認めた。「見た場所のいくつかは、街からちょっと離れたところにあった、それは事実よ。でもね、アレックス、ベイローヴィル市はロサンジェルスじゃないんだから、市内でどこに行くにもたいした距離じゃないわ。それに、見たところは全部、バス停から近かったし、いずれは私も車を買うつもりなの。そうそう、最後に見たとこはよかったじゃない。あそこは街のど真ん中よ」

「最後のとこは、シロアリでぼろぼろだった。間違いない。シロアリが家を食い荒らしてる音が聞こえたんだ、カリカリって。食う話が出たところで、夕食は何にする?」アレックスの問いかけに、ケイトリンはただにらみ返すだけだった。彼は肩をすくめ、テーブルに食器を並べ始めた。

ケイトリンは両腰に手を置き、臨戦態勢を取った。「アレックス、あの建物は鉄骨でレンガ造りよ。シロアリがレンガを食い荒らすわけ?」

「実に油断のならないやつらだな、シロアリってのは」アレックスは軽く受け流して、ナプキンをたたみ、手をこすり合わせた。「ひょっとしたら、突然変異の異種なのかもな。あれ？　ここらにビールが置いてなかったか？」

「六個パックのやつなら、冷蔵庫の中よ。レタスの後ろ。アレックス、話をそらさないでちょうだい。この三日で、違う不動産屋さん三軒をあたったのよ、わかってる？フレデリクソン財団での仕事は次の月曜日に始まるのに、この調子じゃ住むところなんて見つかりっこないわ」

「いいとこが見つかるさ、心配するなって」アレックスはなだめるように言って、ケイトリンの頬《ほお》に軽く口づけし、それからずり落ちていた彼女の眼鏡を元の位置に戻した。

もう、いい加減にして、とケイトリンは天を仰いだ。「こんなことを続けてたんじゃ、無理よ。あなたが些細《ささい》なことにケチをつけるんだもの。紹介された物件には、必ず何か問題を見つけるでしょ。ここは暑すぎる、寒すぎる、家賃が高すぎる、広すぎる、狭すぎる」

アレックスは舌打ちをして、首を振った。冷蔵庫の中へ手を入れ、ビールの六缶パックを見つけ、満足の声を上げる。ぷしゅっと音を立ててプルトップを開け、ぐぐっとビールをあおった。「仕方ないだろ。今賃貸に出てるのが、みんなひどい場所なんだから」

「アレックス、まじめに聞いて。私はただ、こぢんまりした住まいを求めているだけなの。タージマハールに住みたいって言ってるわけじゃない。グリーンウッドのアパートメントのどこがいけなかったって言うの？　こぎれいでいいとこだったわ」

「北向きだった」アレックスはもうひと口ビールを飲み、肩をすくめた。「北向きはだめだ」

「アレックス」ケイトリンは落ち着こうと呼吸を整えた。「私は木じゃないの。北側に向いてるほうに、苔《こけ》が生えてきたりしない。あそこは感じのいいところだったし、便利で、しかも値段も手ごろだった」

「冬になれば、暖房費がものすごく高くつくぞ」

ケイトリンは息を吸って、三つ数えてからふうっと吐き出した。「ここをどこだと思ってるの？　南カリフォルニアよ。どれだけ暖房費がかかるのよ」

「エル・ニーニョのときはどうする？」そう言ってから、アレックスは考え込んだ。「いや、ラ・ニーニャだったか、エル・ニニトか？　ま、何でもいいけど。あ、ピーナツ切らしてたんだっけ？」アレックスは二缶目のビールをパックから外すと、最初の缶も一緒に持って、居間へと向かった。

「ここにあるわ」ケイトリンは流し台の横の引き出しからピーナツの袋を取り出すと、居間のドアからアレックスに向けてほうり投げた。彼は片手で袋をキャッチし、歯で封を切ってコーヒー・テーブルに置かれていたボウルにピーナツを入れた。「ご参考までに」ケイトリンが声をかける。「エル・ニーニョよ」

しかし、アレックスの姿はもう居間にはなかった。いつものことなのだが、彼は帰宅するとすぐに二階に駆け上がり、スエットの上下に着替える。しばらくしてから、ぱたぱたと裸足《はだし》で階段を下りる音が聞こえた。アレックスがソファに散乱するケイトリンの論文を何枚か脇《わき》によけ、空いた場所に座る。ケイトリンはソファの前へと歩き、正面から彼と向き合った。

「それから」さっきの話を続ける。「エル・ニーニョ現象は何年も前のことで、ラ・ニーニャもう終わった。エル・ニニトなるものは存在しませんから、念のため。ねえ、カーソン地区の外れにあったアパートメントの、どこがいけなかったの？」

アレックスはリモコンを操作している。「ええっと……あ、壁の色、見ただろ、ひどい茶色？　ありゃ、ゲロ色って言うんだ。ケイトリン、あんな色に囲まれてちゃ、毎晩悪夢にうなされるぞ」

「壁？」ケイトリンは考えた。そのアパートの壁は、きわめて一般的な淡いベージュだった。「色には何の問題もなかったわ。あれは――」しかし、アレックスはもう聞いていなかった。どっかりとソファにもたれかかり、テレビを見ている。野球解説者の声が低く部屋に響いている。

「夕食は何だ？」アナウンサーに負けまいと、アレックスが声を張り上げた。

アレックスが野球の試合に夢中になっている様子を見て、ケイトリンはやれやれ、とあきらめた。「今日、お肉を買ったから、ステーキにしようと思うの。サラダと。それでいい？」

「うまそうだ」アレックスが二缶目のビールを開ける。「よく焼いてくれよな。俺、血を見るのが大っ嫌いなんだ」

ケイトリンはキッチンのラジオを入れ、夕食の準備を始めた。肉に味つけをし、サラダ用の野菜を洗い、ヴィネグレット・ドレッシングを作りながら、心が沈んでいくのを感じていた。

本当にここを出て行くのか、と一度もたずねてくれない。ここにいてほしいとは言われていないのだ。いてほしいと思っているのなら、もうとっくにそう言ってくれているはず。単純な事実だ。

だからこそ、新しい住みかを見つけることが、急務となる。特別研究員として月曜日から初めて働き始めるのだから。

豪華アパートメントに住もうなどという期待はなかった。グラント・フォールズにいた頃の住まいは、コンドミニアム風ワンルーム——と言うと聞こえはいいが、実際は一部屋しかない賃貸アパートだった。これまでに不動産屋に紹介されたどの場所も、これまで住んでいたところよりはきれいだ。

自分の住所がどこになるかわからない感覚が嫌だった。新しい職場での生活をスタートさせること自体、ストレスが多い。財団で新しく同僚になる人たちと出会うのだ。新人として、きちんとした第一印象を与えたい。波風を立てる人物ではなく、財団に貢献できる人間として認められたい。順風満帆の船出にしたいのだ。そのためには自分の本拠地となる家が必要だ。まず、生活の基盤を整え、それから新しい職に就きたい。新生活はそうやってスタートさせたい。

このあと自分はどうなるのかがわからず、ケイトリンは不安で仕方なかった。

アパートを見つけようとする自分の努力をアレックスが邪魔するのが問題なのだ。これが、〝行かないでくれ、俺のところにいてくれ〟という意思表示なのだとすれば、滑稽《こっけい》でさえある。しかしそうではない。将来ケイトリンとどうするつもりなのか、彼はいっさい、手がかりのようなものさえくれない。

ここにいてくれ、とアレックスが言い出す機会ならたくさんあった。彼がその機会をやり過ごすたびに、ケイトリンの心に少しずつひびが入っていった。ケイトリンは五歳のときから、成績表はオールAだった。今では博士号まで得て、学業においてはすばらしく優秀だ。しかし、自分のプライベートな生活をどうするか何もわからないのでは、成績優秀であったところで、何の意味があるのだろう。いずれアレックスにふられることはわかっていた。ただ互いに、当面の性的欲求を満足させる相手として割り切らなければ、と自分に言い聞かせてきた。セクシー度満点、いや満点以上の男性と体の関係を持ち、いい体験だったと考えるつもりだった。その関係に感情を交えてはいけないと、何千回自分を叱《しか》りつけただろう。しかし、やはり心を奪われてしまった。

笑い話にもならない。

理性と感情の永遠の綱引き。ケイトリンも典型的な学者タイプだったというわけだ。勉強はよくできるが、実生活の知恵がない。

アレックスとの生活は、楽しくて仕方なかった。セックスだけのことでなく、いやまあ、それも……確かに。ひゅー。

認めるのは悔しいが、これまでの自分の暮らしがどれほどさびしいものだったかを認識せざるを得なかった。自分をごまかすことはできない。アレックスと一緒にいるのは夢のような、人生最高の経験だった。これまでは色のない世界に住んでいたのに、突然世界が華やかに彩られた感じ。

私のばか。何を血迷ったか、ふと楽観的な気分にとらわれて、ケイトリンはハーブの種を買ってしまった。危ういところだった。はっと正気に返り、買った種子をそっとトイレに流した。アレックスには気づかれずに済んだ。彼も、ハーブを買ってもいい、みたいなことは口にしていたが、はっきりハーブを植えると言ったわけではなく、もしケイトリンがこの家の庭にハーブ園を作れば、当分ここに居すわる気だ、という明確な宣言になる。ハーブを植える穴ではなく、墓穴を掘るところだった。

あらゆることが、こういった調子だった。慎重に、細心の注意を払って、明確な意思表示をしないように心がけ、彼の家には自分がいた痕跡《こんせき》を残さないようにしてきた。クロゼットも自分の服で占領しないようにし、元々多くは持たない化粧道具も小さなバッグに入れてバスルームの隅に置いた。また、これ以上新しい本を買わないようにした。手持ちの本だけでも、彼の書棚の場所をずいぶん取っていたからだ。

しかし、影のような生活を続けるのには限界がある。もう疲れた。アレックスの意図を問いただすようなことはするまいと気を遣い、彼は自分をどう思っているのだろうと顔色をうかがい、態度から伝わってくる気持ちを読み取ろうとする生活。もちろん、セックスに関する彼の意図は明確だ。何の問題もなく、彼の態度を読み取れる。彼は自分の体を求めている。それははっきりとわかる。しかし、セックスだけでは足りない。

冷静な対応を続けるのが、難しくなってきていた。彼との将来を語り合いたかった。フレデリクソン財団での仕事について相談したかった。ベイローヴィル市の権力構造についてアレックスから知識を得ておけば、仕事に就いたばかりで興奮している新人がよくやる失敗をしなくて済むと思った。だが、アドバイスをもらうには、彼が自分の将来について心配してくれるという前提が必要となり、当然、今のところ、そんな前提は成り立たない。

さらに大きな問題があった。数日前、彼の額に落ちる髪をかき上げようと、手を伸ばしかけたことがあった。しかし、ふと思い留まってこぶしを握りしめた。手のひらに爪《つめ》が食い込むぐらい強く。セックスは最高だし、ベッドにいるあいだは、彼の体のどこにでも触れることができた。どこにでもたくさん触れるほうが、彼も喜んだ。ところがベッドを出ると、親しみをこめたジェスチャーを素直に示せない気がした。大問題だ。こんなことをしていれば、間違いなく不幸せになる。もっと幸せな生活をしたい。

アレックスが何を求めているのか、まったく理解できなかった。

どうも、彼には求めるものなど何もないらしい。何が欲しい、などという言葉を聞いたこともない。彼の話はどんなときも、現在を基本にしている。現在ケイトリンが自分の家に滞在していることには、何の不満も表わさない。しかし、これからどうするつもりなのかをいっさい語らないのだ。彼の語彙《ごい》には、未来形というものがないのかとすら思ってしまう。

もちろん出て行けと言われたことはない。しかし、一方で、このままここにいてくれとも言われない。

ケイトリンはキッチンナイフを手にした。アレックスのキッチンナイフはカミソリみたいに研《と》いである。これでレタスを切るのはもったいない気もするが、他にないから仕方ない。アレックスの家には普通のサラダ用のナイフはなく——ここにあるのはすべて、大きくて立派な刃のあるサムライの刀みたいな高価なナイフだけだ。

ふとグラント・フォールズのアパートにある自分のナイフを思い出した。雑貨店で買った安っぽいナイフで、切れ味は鈍く、プラスチックの持ち手の色はもう褪《あ》せている。切れ味の悪いナイフなど、アレックスは我慢できないだろう。アレックス本人と同様、彼の持ちものはすべて完璧《かんぺき》な状態にしてある。

早くこの家を出て行かなければ。そのうちこの高価なナイフを床に落としてしまう。あるいは輸入ものの陶器の鉢を割ってしまうか、ブランドものの床のランプのガラス部分にひびを入れてしまうか。アレックスが大切にしているものを壊さないうちに、ここを出て行こう。

留まるべきか、去るべきか？　八〇年代のパンク・バンドが歌っている。ステイ・オア・ゴー。まさに。

このままい続けたいという誘惑はあまりに強い。アレックスもノーとは言わないはず。しかし、きちんと腰を落ち着ける場所が必要なのだ。初めての職場で念願の仕事を始めるのだから、自分の持ちものに囲まれて暮らしたい。アレックスからここにいてくれと言われないままこの家で暮らせば、いつ追い出されるかわからなくてびくびくすることになる。

それでも、彼と一緒に暮らすのは本当にすばらしい。

これほどすんなりと彼との暮らしになじめるとは思っていなかった。ケイトリンは同じ大学院の生徒と二度付き合ったことはあるのだが、男性と一緒に住むのはこれが初めてだった。だから、どうなるか予想もつかなかった。

一週間前なら、アレックス・クルーズと一緒に住むと考えるだけで、恐怖を覚えただろう。彼には圧倒的な存在感があり、彼の目の前に出るとまごついていた。彼が何を考えているのか、何を感じているのか、まったくわからない。彼は大きくて、どうしようもなく魅力的で、謎《なぞ》を秘めていて、その謎を解くことなど、自分にはきっとできないのだろうと思ってしまう。

驚いたのは、彼がケイトリンに対してその圧倒的な力を使わないことだった。嘘《うそ》みたいな話だが、彼は〝お山の大将〟的な外での気配を家に帰れば消し去るのだ。ままごと的な家庭めいた雰囲気の中に独裁者は存在せず、民主的な役割分担ができた。

アレックスはケイトリンに対して、何を無理強いするでもなく、あらゆることに関して彼女の意見をたずねてくる。中でも驚きは――奇跡とさえ言えるのだが、彼は自分のことは何でも自分でできる人で、何をしてもきちんとあと片づけをするし、ケイトリンよりもずっと整理整頓《せいとん》ができる。ところが、整理整頓に厳しい人のわりには、整理能力に欠けるケイトリンが散らかしほうだいにしていても、特に文句を言うわけでもない。

二人のあいだにほとばしる情熱の火花の激しさには、いまだに驚いてしまう。ケイトリンは自分が情熱的な女性だとは思っていなかったのだが、アレックスに触れられると、キスされると、あるいはただ独特の眼差しで見つめられるだけで、体がとろけてしまうのを感じる。アレックスに対する自分の想いの強さが、怖くなる。アレックスは永遠を誓う、というタイプの男性ではないから。それを忘れてはならない。言うことを聞かない頑固で愚かな頭に、きちんとその事実を刻んでおかなければ。

彼が求めているのは、一生をともにする女性ではなく、短期間だけ付き合う相手だ。そう言われたわけではないが、言われなくても、彼の生活ぶりを見ればわかる。何でも自分でできて、その暮らしに満足している人。アレックス・クルーズほど自分の生活に他人を必要としない人など、これまで会ったこともない。

ベン・ケイドから聞いたところでは、昔は彼とアレックスは一緒によく飲み歩いたようだ。しかし、アレックスが飲みに行かなくなってずいぶん時間が経つらしい。夜にアレックスを誘う者は誰もいない。アレックスが自分でこんな生活を送るようになったのなら、悲しい話だ。アレックスが望めば、どんな相手とでもいつでも出かけられるのに。

アレックスはプレイボーイではないらしい。それがわかって、ケイトリンは胸を撫《な》で下ろしたが、署内の噂《うわさ》では、彼にはずいぶん長いあいだ、特定の女性が存在しないそうだ。そう聞いたときは、こんなに魅力のある男性なのに、と不思議に思った。ただ、つまりは、長期間の安定した関係を女性と持つことを彼が拒否しているだけのこと。

彼の気持ちが、ケイトリンにもわからないではない。将来のことをほとんど話さないのと同様、彼は過去についてもめったに語らない。ただ、署員との面談から、彼は親に育児放棄され、ひょっとしたら虐待さえ受けてきたことがわかった。だからタフにならねばならず、彼は硬い殻を自分の周囲に築き上げたのだ。その殻を打ち壊すのは不可能だろう。その殻を壊そうと思えば、ケイトリンのほうも自分の心を粉々に砕いてしまうことになる。

二人の関係についてアレックスがどう思っているか、見当もつかない。何も感じていないのかもしれないし、何も考えてさえいないのかもしれない。いずれケイトリンが家を出て行くのだという前提で、今二人でいることを楽しんでいるのだろう。自分はずっとここにいられると考えるほうが間違っていたのだ。そう、別のホテルを見つけるべきかもしれない。どうせ、彼からここにいてくれと言われることはないのだし、そんな期待をするよりは……。

背後の物音に、ケイトリンはくるっと振り向いた。

「うわっ」ちょうどアレックスの下半身のあたりにあったケイトリンの手を、彼が慌てて横に向けた。「大丈夫か？　そのナイフをどっか他のほうに向けてくれよ。ここには大事なものがついてるんだから、失いたくない」

もの思いにふけっているところを突然現実に戻されると、ケイトリンはいつもぎくっとする。そもそも、アレックスのそばにいるだけで、常に平静を失っているのだ。彼の体がすぐ近くにあり、何も考えられなくなった。「アレックス？」

「ああ、何だ？」

アレックスは手を伸ばして、ラジオのスイッチを切った。キッチンを突然の静寂が包み、彼が居間のテレビも消していたことにケイトリンは気づいた。

今になって気づいた。アレックスはいつもいい匂《にお》いがする。こんなに近くにいると、それを実感する。普通の人は一日が終わると、その日の心の揺れが匂いとして残る。彼は一日の終わりでさえ、いい匂いだ。心の揺れなど体験せず、匂いまでコントロールできるのかもしれない。

男性は闘いに臨むとき、その相手の恐怖を嗅《か》ぎ取るのだと、どこかの本で読んだことがあった。アレックスから恐怖の匂いを嗅ぎ取ることなど、きっとないだろう。彼は彼自身の匂いがするだけ。そして勝利の匂いと。

アレックスがケイトリンの体を両腕で包み込み、瞳《ひとみ》をのぞき込んだ。心の奥を見透かすような、強い眼差し。なのに、彼のほうは何を考えているのか、ケイトリンにはまるでわからない。ただ、何か強い思いがあるのだということを感じ取れるだけ。少しだけ眉《まゆ》をひそめ、口元をきつく結んでいる。

「アレックス？」ケイトリンはまたたずねた。「どうかしたの？」

「いや」アレックスはそう言うと、唇を重ねてきた。

ケイトリンは震える息をして、彼の頬に鼻先をこすりつけた。アレックスのキスは、ときには情熱のかぎりをこめたキスで、ケイトリンは骨の髄までとろけそうになる。毎回異なる。キスされるたびに、驚きがある。

今回のキスは、やさしく、濃密だった。そのやさしさにおぼれてしまいそうになり、濃密さが彼女に火をつけ、深くおぼれたところから浮き上がってこられない気がした。

アレックスの口が、ケイトリンの口で動く。ケイトリンの全身で欲望が波のように渦巻く。

キスがさらに濃密になると、ビールの味がした。彼の両手がケイトリンの頭を支え、指が彼女の髪の中をまさぐる。キスしているだけ、彼とつながっているのは重ねた唇と、髪に入れられた指だけ。彼女はもっと彼の近くにいたかった。背を弓なりに反らして体を預け、もっと近くへ、体から力が抜けて……。

とん、という音が響いた。

二人は体を離して足元を見た。重量感があり、鋭く先の尖《とが》ったアレックスのナイフが、キッチンの床材に刺さって、軽く揺れていた。アレックスの足の真横で。あともう少し右だったら、彼の足を串刺《くしざ》しにしていたところだ。

アレックスは顔を上げ、ほほえみながらケイトリンの目を見た。こんなセクシーな秘密めいた笑みを見せてくれるのは、自分にだけなのだと彼女は思った。彼はゆっくり頭を振りながら言った。「ケイトリン・サマーズ、君は危険な女性だな」

11

アレックスは汗びっしょりだった。危機がそこに迫っている。

落ち着いた様子を見せておきたいのだが、それも困難になってきた。今日は土曜日、ケイトリンと一緒に彼女の住まい探しをして、紹介された物件はこれで五件目だ。これまでの四件も、そこそこ魅力的なアパートメントだった。維持管理がしっかりしていて、値段も手ごろだった。

四件目は特に、文句のつけようがないほどだった。周辺の住環境は申し分なく、低層の集合住宅が何棟かあり、プールとスパとジム付きで、それらを低料金で利用できる。そして最大の難点は、アレックスの家から町の正反対にあること。ここまで来るのに、車で最低一時間はかかる。

ケイトリンを説得するのに三十分以上かかり、どうにかそのアパートメントもあきらめさせた。ここではだめだと言うのに、あれこれと口実を見つけ出すのがだんだんと大変になってきており、不動産屋が自分に対して苛立《いらだ》ちを感じているのが伝わってくる。

担当する不動産屋は、背が高くて、いかにもビジネスウーマンという感じの女性で、想像を絶するような赤に髪を染め、その髪を高く結い上げていた。カレン・ロウデンという名前のその女性とケイトリンは、会った瞬間に意気投合し、二つ目の物件を見る頃には、互いにファーストネームで呼び合っていた。五件目の今では、生まれながらの親友みたいに見える。

最初のうちはカレンも、ケイトリンとアレックス両方に向けて話しかけていた。二人がひとつのアパートで同棲《どうせい》するつもりなのだと考えていたのだ。ケイトリンがきっぱりと、私がひとりで住む場所を捜している、と宣言したときには、アレックスの胸がちくりと痛んだ。そして見た場所すべてに、彼は次々と難癖をつけた。やがてカレンは、アレックスを完全に無視し、ケイトリンにだけ話しかけるようになった。

どうしてケイトリンは、こうも必死にひとりで住むところを見つけようとする？　今のまま二人で暮らすことのどこに問題がある？　うまくいってるじゃないか？　いってないのか？　アレックスのほうには何の不満もなく、ケイトリンが不満を漏らすのを聞いた覚えもない。

どうしてケイトリンは、俺の家を出て行きたいんだ？　俺が何か言うのを、待っているのか？　何か言ったほうがいいのかな、とはアレックスも思った。実際、いろいろ考えたのだ。このまま家にいてくれ、と頼めば、彼女は出て行かないだろうとは感じていた。

いや、そうなのか？　確証はない。こういうことに関しては、アレックスはからきし弱い。何もわからないのだ。

答を知りたくないという気持ちもある。そもそも、ここにいてくれ、と頼めば、二人の関係を正式なものにしてしまうことになり、自分が本当にそれを望んでいるのか、自信が持てなかった。今のままでずっといたい。できるだけ長く。なぜなら、自分がそれでいいと思っているから。

正式な関係といっても、いつでも別れられることはわかっている。ただ、今彼女が自分の家から出て行くのを黙って見るのと、歯医者に行って歯の神経をひとつ残らず抜くのを比べれば、迷わず歯医者に行くほうを選ぶ、という気分だ。彼女のほうも、今のままで幸せそうだし。これでうまくいっている。別れる気配もないのだから、正式な関係になる必要もない。

アレックスもばかではない。いつまでもケイトリンと一緒にいられるわけがないことぐらい、わかっている。分類上、彼女は〝まっとうなお嬢さん〟であり、その分類に属する女性は、男性と一定期間付き合うと、そのうち結婚を考え始める。考えて当然だ。

彼女が人に与えられるものは多い。寛大な心を持ち、人には親切で、息をのむほど美人なのに、その美しさを鼻にかけない。まったく。非常に頭がよく――おそらくアレックスよりずっと――彼はその魅力に首ったけだった。少々風変わりなユーモアがあり、そこが大きな魅力だ。夢のような料理を作ってくれる。ものごとをさまざまな角度から見ることができ、彼女の意見を聞くのが楽しい。あと片づけができないところさえ、かわいいと思える。

最近の自分は一緒に仕事をしやすい人間になったと思う。署員に何千回とそう言われる。みんなが、これはケイトリンのおかげだと言う。そのとおりだった。これほどリラックスした気分でいられるのは、久しぶりだった。

ケイトリン・サマーズは、いつか誰かのすばらしい妻になるだろう。

しかし、アレックスの妻ではない。

彼はこれまで、結婚というものを深く考えたことがなかった。何度か結婚の文字が頭にちらついたことはあったが、そのたびに、ないな、絶対ない、と拒否反応が起きた。自分が誰かの夫になることなど、想像もできない。めでたし、めでたし、のあとにはどうすればいいのか、さっぱりわからないからだ。どうやったら結婚生活を続けていけるのか、まるで見当もつかない。

自分の過去を話したくないので、アレックスは人にも家族や両親のことは絶対に聞かないようにしていた。ただ、ケイトリンは自分から両親のことを話してくれた。父親を幼い頃に亡くしたが、彼女の両親は幸せな結婚生活を送ったようだ。幸せな結婚生活、というのがどういうものかさえ、アレックスには理解できない。そういう概念になじみがないのだ。

一生、誰かひとりと幸せに暮らす。それはいったい、どういうことなんだ？　ケイトリンと丸一週間楽しく過ごせただけでも、アレックスにとってはちょっとした奇跡だった。一生、なんて、どうやって過ごす？

彼の両親の結婚は地獄のようだった。幼少期から青年になるまで、人間がどれほど相手の心を傷つけられるのかを見せつけられてきた。周囲の人々も同じだった。リバーヘッドには幸せな家族など存在しない。

これまで女性と付き合っても、だいたいが一ヶ月、長くて二ヶ月もつかどうか、というところだった。アレックスのほうから、すっぱりと別れたのだ。女性のほうが、「私、指輪が欲しいんだけど、式は盛大にしたいわ」というような物欲しげな顔をした瞬間、アレックスは別れを切り出した。

まあ、そういうのがしょっちゅうあったわけではないのは、せめてもの救いだ。相手の女性をじょうずに選んできたのだから。アレックスが付き合う女性は短期間でもいい思いをしたい、と望み、その望みはきちんと叶《かな》えてやった。それ以上も以下もない。

しかし、ケイトリンには不意打ちをくらった感じだ。気づかぬうちに、そっと彼の心に忍び入り、今となっては手遅れだ。アレックスは彼女のことばかり考え、彼女を失うと思うと、みぞおちに冷たいものを感じる。

失敗だ。なぜなら今、彼女はまさに自分のもとを去ろうとしているのだから。

不動産屋の説明に、ケイトリンはいちいち、まあ、だの、へえ、だのと感嘆している。『廻《まわ》り縁《ぶち》』だとかいう壁の塗り方らしいが、壁の天井近くをしっくいで塗っただけの話だ。そのどこに感動する必要がある？

淡いバラ色のバスルームに備えつけられたジャクジーを見て、ケイトリンの顔が喜びに輝いた。

不動産屋は有頂天で話し続けている。背筋を冷たい汗が流れ落ち、胸がぎゅっと絞めつけられるのをアレックスは感じた。

アパートは街の中心部にあり、この価格帯の集合住宅にしては、住居数も多い。すぐ目の前にはバス停がある。建物としては新しく、ほとんど新品の台所用電化製品と、豊かに茂る観葉植物はこのまま置いていく、と前の居住者は言っているらしい。

完璧だ。

絶対に嫌だ、とアレックスは思った。

「なあ」普通の会話の口調で彼は口をはさんだ。「一年ほど前、ここで殺人事件があったんじゃなかったか？　確か、この建物だった。報告書で住所を見た覚えがある。いや、この部屋だった、間違いない」大げさに身震いしてみせる。「ぞっとするな」

「ちょっと、アレックス……」ケイトリンが小声で彼を制止した。

「違いますよ、おまわりさん」カレン・ロウデンが頰《ほお》の筋肉をぴくぴくさせながら、話し始めた。

アレックスは赤毛の女性のほうを向いて、歯をむき出した。まあ、ほほえみと受け取ってもらえればいいのだが。

「おまわりさん、じゃなくて、警部補だ」そう言って、険しい表情を作る。

「警部補さん」カレンは息を整え、低い声で話し始めた。「言っときますけど、絶対に、絶対に」ここでまた、声が高くなる。「ここで殺人はありませんでした。私が保証します！」

カレンはケイトリンのほうを向いた。こっちの人なら話が通じる、と考えたのだ。無理もない。

「安心してくださって、だいじょうぶよ、ケイトリン。この建物ができて、まだ二年ほどにしかならないんだけど、ここに住んでたのはヘレン・モンゴメリーさんていう高校の先生なの。彼女以外は、誰もここに住んでいない。モンゴメリーさんは定年退職し、モンタナ州ビリングズのお嬢さんのところに行ったの。母娘で一緒に住むんですって」この部屋に以前住んでいた人物についての、文句のつけようのない経歴と引っ越した理由について、カレンがさらに言い添えた。

「モンタナ州ビリングズねえ。いいところだ」アレックスはぶらぶらと寝室に向かいながらそう言った。どうせならケイトリンがこれから寝る場所を見ておき、本来いるべき自分の寝室にはいなくなるという苦しみを今から体験しておこう。「犯罪率も低いんだろう。このあたりとは違って」

カレンが、ちょっとこの男何とかしてくれない？　という目つきでケイトリンを見てから、もたらされた被害を最小限にすべく、アレックスのあとを追って寝室に入って来た。彼が口を開くたびに、契約が成立した場合に手にする仲介手数料が消えていく気分になるのだろう。はん、そのとおり、手数料なんか手に入らないぞ。

カレンはアレックスを肩で押すようにして、寝室の奥へ来るとウォークインクロゼットの前に立った。

「ほら、これを見て、ケイトリン」よろい戸のついたクロゼットをさっと開ける。「収納スペースとしては、じゅうぶんでしょ。リビングを常に整理して、すっきりした生活をするには、こういうのはとても大事なの」

アレックスが大きく、ふん、と鼻を鳴らしたが、カレンはそれを完全に無視した。

「このクロゼット、すごく広々としてるでしょ？　今どきのアパートメントは、収納スペースをたっぷり取ったところが少ないから、これは大きなプラスよ」

アレックスも中をのぞきこんだ。「侵入者がいたら、隠れるのにちょうどいい場所だな」嬉々《きき》としてコメントする。「無駄に天井が高いから」

「警部補、いいかげんにしてくださらない？」カレン・ロウデンの声は絶対零度に近い冷たさだった。「さて、ケイトリン。私が説明してたのは――」

「ここにするわ」ケイトリンが突然口を開いた。

「まあ、よかった！」カレンがケイトリンの言葉に応じる。

「ケイトリン、何にするって？」アレックスも、カレンと同時に言った。

「いつから住めるのかしら？」ケイトリンが不動産屋にたずねる。

「おい、ケイトリン、もっとじっくり考えたほうが――」

カレンは、アレックスの言葉など聞こえなかったふりをしている。「今すぐにでも。引っ越しはいつにするつもり？」

「ちょ、ちょっと待って――」彼はできるだけ平静をよそおった。

「明日」ケイトリンがカレンに答える。「日曜日でも構わなければ。私は月曜から新しい職場に行かなきゃならないので、それまでに落ち着きたいの」

「じゃあ、明日にしましょ」カレンはその部屋がすっぽり収まりそうな大きなバッグから書類とモンブランのペンを取り出した。「こちらが契約書よ。サインしてくれるだけでいいわ。もうあなたがここの住人よ！」

アレックスは体でケイトリンの動きを封じようとしたが、彼女のほうが素早かった。

一分後、書類へのサインが終わった。

アレックスに残された手はもうない。あるとすれば、ケイトリンを抱え上げ、肩に担いでここから出て行くことぐらいだ。

チェックメイト。

降参だ。「引っ越しを手伝うよ」ため息とともに、アレックスはそう言った。

12

「本当にいいのか？　しばらく考えてからのほうがいいと思うんだが」ケイトリンの新しいアパートメントからすぐのところにある、感じのいい軽食堂でランチを取りながら、アレックスはそうたずねた。同じ質問を、もう十度以上もしている。「そう急ぐこともないだろ？」

ここは私が払うから、とケイトリンは譲らなかったので、初めて彼女が食事の支払いをすることになった。引っ越しを祝って、との理由をつけたのでアレックスも断れなかったのだが、ケイトリンは何かを祝う、というよりお通夜のような気分だった。

「何ごとも性急に決めちゃいけない。あの不動産屋の女、鮫《さめ》みたいだったじゃないか」

「アレックス」ケイトリンはうなだれて、ため息を吐《つ》いた。もう一度顔を上げたとき、彼女はアレックスの瞳《ひとみ》を探った。何を捜していたのか……何にせよ、そこにはなかった。彼の瞳に浮かぶのは、苛立《いらだ》ちだけだ。自分の思いどおりにならないから、苛々しているだけ。「あそこに決めたのは正しい判断だし、カレンは鮫みたいな女性じゃない。本当に親切な人だと思えたわ。アパートメントはきれいで、目の前には財団に乗り換えなしで行けるバスの停留所がある。管理も行き届いていて、広さもあって、私の払える範囲の家賃よ。こんな場所が見つかって、幸運だった」

ああ、契約書にサインするのは、本当に辛かった。震える手を隠そうと、全身の筋肉に力が入った。涙がこぼれるのをかろうじて止めたのは、純粋に意志の力だ。

ただ、こうするしかなかった。拠点となる自分の家が必要だった。本やその他の持ちものを置いておく場所が要《い》る。彼はあの家に留まってくれ、と言ってくれない……ゆえに、アパートメントを見つけなければならない。他にどうしようもなかった。二十三年にも及んだ学生生活でケイトリンが学んだのは、結論は演繹《えんえき》的に導かれねばならない、ということだった。

ただ、論理的な判断だったからといって、それが感情に則しているわけではない。自分の導き出した結論は正しい――これが唯一の論理的帰結だった、という認識は、傷の痛みを麻痺《まひ》させるぐらいの効果しかない。

アレックスはいったいどう思っているのだろう?　彼は今、ラザニアをむしゃむしゃと食べている。よそよそしい表情で、他の人をよせつけないオーラを出し、何もしゃべらない。

仕方ない。今日一日、主役は彼だったのだ。ケイトリンに自分の家から出て行ってほしくないのなら、そうはっきり言いさえすればよかった。

ケイトリンは泣きたい気分だったが、ある意味、彼の気持ちも理解できた。アレックスは一匹狼《おおかみ》なのだ。そう思うとケイトリンは心が引きちぎられるような気分になるが、彼のそういう心の内も尊重しなければならない。彼は、ケイトリンには出て行ってもらいたくないらしい。それははっきりわかる。ただ、この家にいてくれ、と自分から言う気にはなれないのだ。

つまりは、ケイトリンが最初から恐れていたとおりの結末がやって来たわけだ。

どこにも行き場のない状況。

彼女は穏やかな表情を浮かべながら、皿の食べものをフォークで突き回していた。永遠にも思える沈黙のあと、アレックスが咳払《せきばら》いしたので、彼女は顔を上げた。

最後に残ったラザニアをフォークに取ってから、皿を押しやる。「うまかった」了解、食べものの話ね。それなら話題として大丈夫。食べもののことなら、話ができる。「そうね、私のもおいしいわ」温野菜のバーニャ・カウダ・ソースだった。本当にすばらしい料理だったが、ケイトリンの喉《のど》をすんなり通ってくれなかった。

「なるほど」アレックスの口元が、少しほころぶ。「ヤギだったら、そういうのをうまいって言うのもわかるけどな。ウサギとか」彼はいつも、ケイトリンの小食ぶりをからかう。悪気はなく、サラダや全粒粉のパンしか食べないことを冗談にするのだ。

「このレストラン、どうやって見つけた？　俺はずっとこの町に住んでるのに、こんないい店知らなかったぞ」

「カレンが教えてくれたの」

彼の顔から、すっと表情が消えた。〝カレン〟という言葉は、二人の会話を遮断する。ケイトリンは〝カレン爆弾〟を落としてしまったのだ。原爆級の破壊力。

静寂が訪れた。完璧《かんぺき》に、まったくひと言も発せられない時間。

こういうのに慣れなきゃ、とケイトリンは思った。自分のアパートメントに移ったあとも、何度かは彼と会うこともあるかもしれない。ランチを一緒にとるとか、ひょっとしたらディナーも。もしかしたら、その後ベッドをともにするかもしれない。そしてひとりで服を着て、自分のアパートメントに帰る。次にいつ彼と会えるかもわからず。それが彼女の『失恋劇場』第百四十六幕だ。

だめ、すっぱりと別れよう。それがいちばん、そうするのが賢明だ。それしかない。だったらなぜ、もう会えないと思うとこんなに心が痛むのだろう？

ケイトリンは食べ終えると、体を起こした。手を膝《ひざ》に載せて彼の次の一手を待つ――彼に次の手があるのかは不明だが。ひょっとして、これが最後になるのだろうか。最後に一緒に食事をして、彼の家にある荷物をまとめ、もう二度と会うことはないのかも。

そう考えると胸が苦しくて、ケイトリンは意識して息を吸って、吐いた。

アレックスがまた咳払いをする。「ケイトリン、あ、あの――俺は……頼みたいことが……君さえよければ……」そこで言葉が途切れる。

ケイトリンはぽかんとアレックスを見た。こんなに口ごもる彼を見るのは初めてだ。いつも彼は、的確に言葉を選んで、きっぱりと話す。回りくどい言い方などしない。言葉に詰まるところなど、これまでたった一度もなかった。

ケイトリンはどきどきしながら、身を乗り出した。「何なの、アレックス？」

彼はパンを手に取り、こねまわし始めた。手のひらでパンがボール状になっていく。

「その……思ったんだが、たとえば……」

「何？」心臓が三倍の速さで脈を打つのをケイトリンは感じた。「たとえば……どういうこと？」

ああ、ひょっとしたら、彼も自分と同じように悩んでいたのかも！ ケイトリンが賃貸契約にサインするところを見て、もうぐずぐずしていられないと気づいたのだ。ケイトリンが去って行くと思うと、長期間一緒に誰かと暮らす重荷を背負うよりも辛くなったのかもしれない。

ひょっとしたら。

しっかりして。ケイトリンは自分を叱《しか》りつけた。まず、彼が何を言いたいのか、ちゃんと聞かないと。

アレックスは真正面からケイトリンの顔を見た。彼が何かに悩んでいるのがケイトリンにも伝わる。彼がごくんと唾《つば》を飲んだ。「言いにくいんだが」

やった、ついに言ってくれるんだわ！　きっと。おそらく、これまで女性に一緒に住んでくれ、などと彼のほうから言い出したことがなくて、だから、言い出しにくいのだ。それなら、できるだけ言い出しやすいようにしてあげなければ。

「ただ、言ってくれればいいだけなのよ、アレックス」期待が大きくふくらみ、ケイトリンはやさしく言葉をかけた。

「わかった、わかったよ」アレックスは、ふうっと息を吐き、また、鋭く吸い込んだ。

「俺は……あの……君が……」

アレックスの頬《ほお》が何度も大きく波打つ。ごくんと唾を飲み、一瞬顔をそむけたあと、首を振ってから、またケイトリンのほうを向いた。「君が……俺と一緒に買い物に行ってくれないかな、と思って。前にも言っただろ、俺、買い物が大嫌いだって。君が一緒だと、何か買うのも気が楽かなと思ったんだ。服を買わなきゃならんし、君がアドバイスしてくれるとありがたい」彼はそこで眉《まゆ》をひそめて、ケイトリンを見つめた。まるで、彼女が自分の向かい側に座っていることに初めて気づいたかのように。「時間はあるかな？　何か予定があるんだったら、邪魔をしたくはない」

ケイトリンは喉が詰まった感じを咳払いして取り除いた。「いえ、時間ならあるわ。荷づくりするのに、時間はかからないから」

服の買い物。ケイトリンの心は大きく沈んだ。足元に落ちたのかと思うぐらい。彼は買い物に付き合ってほしいらしい。実のところ、一緒に買い物に行く相手としては、ケイトリンは最悪だ。この町にどんな店があるかも知らないし、行ったことがあるのは、あの悩殺シューズとドレスを買った女性用のブティックだけ。ラメ入りのレギンスや、体にぴったりしたチューブトップが彼に似合うとは思えない。

ケイトリンには服装のセンスがないことぐらい、アレックスも知っている。ただ、もうしばらくのあいだ一緒にいたいだけなのだ。もちろん、一緒にいたい、という言葉を告げずに、一緒にいられる口実を捜したわけだ。弱虫。

「いいわよ、アレックス」歯を食いしばり、口を尖《とが》らせ、ケイトリンはどうにか笑顔をつくろった。「どうせなら、散財しましょ。派手に色のあるものを買うの。黒ばかりじゃなくて――」涙をこらえながら言った。「紺色ぐらいは」

＊＊＊

あと三十分もすれば、夜明けが来る。ケイトリンは目を大きく開け、横向けに寝ながら窓の外が白んでいくのを見ていた。一日が始まる。青い光が空を明るくし、庭のポプラの木の後ろの暗い闇《やみ》と、夜を区別していく。

ひと晩じゅうずっと、彼女はほとんどまばたきもせず、真っ暗な闇を見ていた。呼吸をするのも辛かった。一睡もしていない。目を閉じることさえできなかったのだ。体がどうやって眠るのかを忘れてしまったようだ。目を覚ましたまま横たわって、暗い窓を見つめ、アレックスの寝息を聞いていた。彼はまったく身動きもせず、息が聞こえなければ、死んだと思っていただろう。

一睡もしていない、というのはまずい。今日はしなければならないことがいっぱいある。そして今日の終わりには、アレックスの家を出て行くのだ。今日一日をどうにか乗り切ろう。そのためにはできるかぎり自分の感情を抑えておかねばならない。睡眠不足から気力を失い、彼に泣きつくようなまねだけはしたくない。

これが自分のアパートメントなら、起きてミルクを一杯飲むか、ハーブティーをいれて何とか眠りにつこうとしていた。しかしアレックスを起こしたくはなかったので、横向けに寝たまま、ただじっと涙も浮かべず窓の外を眺めていた。

この家に来てから初めて、彼女はアレックスと愛を交わさずにベッドに入った。いや、違う、セックスをせずに、だ。〝愛を交わす〟という言葉は用法を間違っている。言語学者が、正確な用語を見つけ出すべきだろう。

家に帰ったあと、ケイトリンは自分の荷物をまとめ、質問票とにらめっこして時間を潰《つぶ》した。質問票の内容については一語も頭には入らなかったが、自分がぼんやりしていることをアレックスに知られるぐらいなら死んだほうがましだ。その後二人は、早くにベッドに入った。アレックスは静かに、おやすみ、と言い、間もなく深い寝息を立て始めた。夢の国へ彼を追っていければと願ったケイトリンだったが、結局、空が暗くなり、完全な闇に包まれていくのを見ているだけだった。そして永遠とも思える時間が暗闇のまま過ぎ、空がまた明るくなってきたのだ。

夜のうちのどこかの時点で、アレックスが寝返りを打った。横に寝そべって、正面がケイトリンのほうを向いた。ケイトリンは背中に、そしてつま先から頭のてっぺんまで、彼の熱を感じた。これまでなら、彼女は彼のほうに向き直って本能的に手を伸ばし、その体に触れていた。しかし、今夜はだめ。二人の距離はほんの数インチだが、その距離がひどく遠く思える。橋を架けることなどできない海が二人を隔てている気がする。

いつでも好きなときに彼に触れる権利は、もうケイトリンにはないのだ。はっきりそう言われたわけではないが、こういうのは口に出して禁止するような性格のものでもない。二人は体の関係を持ち、その関係が終わった。誰かに触れる権利を失うのがいつか、ケイトリンにはちゃんとわかっている。

もう権利はない、と思うと、改めて心が痛む。けれど、これが現実だ。アレックスはもう、彼女のものではない。あらゆる意味で。二人のあいだに存在した、親密感、楽しさ、官能的な雰囲気、そんなすべてがなくなった。以前にそんなものがあったことなど、嘘《うそ》のように。

本当に辛い夜だった。いろいろなことを考え、悩んだ。誰かと別れることが、こんなに辛かったとは。初めて知った。マービンと別れるときなど、実はほっとした。やれやれ、と思った。今回は違う。今の彼女は、心が胸から引きちぎられ、そこに暗い穴ができた気分だ。

幼い頃、ケイトリンは歯医者に行くのが大嫌いだった。早送りボタンを押して、歯科医の予約のあとからスタートできないものかといつも思った。おとなになっても同じことを考えてしまう。早送りしたい。すごく。ここにいて、アレックスの寝息を聞き、ほんのすぐそばなのに、大陸を隔てたように思える距離に彼の体を感じるのは、本当に辛い。人生にも早送りボタンがあればいいのに。今日の午前中を飛ばしてしまいたい。今日を体験することなく、人生の新しいページに立ちたい。

これから、起きて、黙ったまま朝食をとり、黙ったまま車に乗り、作り笑顔でさよならを言うのだ。

どうにか、何とか、威厳を失わずにそういったことを済ませられますように。

空が銀色に輝き始め、木々の葉っぱの形もわかるようになった。鳥が近くでさえずっている。雲ひとつない空。見事な晴天、残りの人生を始める日としては、すばらしい。たいていは、いい天気だと思うだけで、気分も晴れやかになるケイトリンだが、今日はそうはいかなかった。残りの人生の長さを考えると、目の前が真っ暗になる。うらさびしく、空っぽの、何もない暗闇だけが待っているのだ。

ケイトリンは窓の外を眺めた。もう起きてもいい時間だろうか？　家の中を幽霊みたいにさまよいたくはない。朝の支度に時間のかかるタイプではないから、さっさと出る準備をしておけるかもしれない。顔を洗って服を着て、階下で何時間かアレックスが起きてくるのを待てばいいのだ。ソファに座って彼を待つだけ。その間の気持ちを考えると、まったく楽しくはないが。

あるいは――

そのとき、大きな手がちょうど腰骨のあたりにかぶさるのを感じて、ケイトリンの思考回路はショートした。温かくてどっしりした手。

彼女は息をひそめた。

手はそろそろと腰骨を撫《な》で下ろす。長い指がお腹《なか》に触れる。胃の上の筋肉にきゅっと力が入った。自分ではどうすることもできない、反射的な動きだった。恥ずかしい。じっとそっと触れられるだけで、頭がどう命じようが、体は即座に反応してしまう。じっとして、動いちゃだめ、このままの姿勢でいるのよ、と自分に言い聞かせたのだが、彼女の体の中では暴動が起きたような騒ぎが始まっていた。

大きな手が、ケイトリンの腹部を撫でる。ゆっくりと円を描き、何度も。彼女は息を止め、じっとしていた。その手が森の妖精《ようせい》で、動いたら妖精が怖がって消えてしまうかのように。

暖かな夜で、彼女を覆っているのはシーツ一枚、それも体のほとんどの部分はむき出しになっている。視線を下げると、彼の手が自分のお腹の上を動くのが見える。美しい金色の彼の肌が、真っ白な自分の肌と対照的で、思わず息をのむ。

ケイトリンの全神経が腹部に集中した。彼の手に触れられているところ。彼の手が動くにつれ、その部分が丸く温かくなっていく。もう息を止めていられないが、きちんと呼吸するのが難しい。彼の手が下のほうに向かう。やさしい愛撫《あいぶ》に、あえぎ声が漏れそうになり、彼女は唇を嚙《か》んだ。

部屋には完全な静けさが満ちていた。ひと晩じゅうこうだった。ケイトリンはその静寂を意識してきた。車が通る音も、風の音もなく、犬さえも鳴かない。朝が始まろうとする今でも、しじまが繭《まゆ》のように二人を包む。

ケイトリンの息が浅く、速くなる。あえぎたくなくて、けれど酸素が足りなくて、はあ、はあと呼吸する。アレックスの手が、彼女の中心部を覆い、指が腿《もも》を開かせる。

硬い筋肉の毛の生えた脚が彼女の膝を割って入り、脚をさらに大きく広げさせられた。長い指が中心部に届くと、彼女は短くあえぎ声を漏らした。その部分がもうすっかり濡《ぬ》れている。体は完全に興奮しているのだ。彼にもそれがわかるはず。けれど、こんなに軽く触れられるだけで、あえぎ声を漏らすことを知られたくはない。

どうすればケイトリンを興奮させられるのか、アレックスにはわかっているのだ。ただ、その興奮がどれほど強いものかは、自分だけの秘密として彼に知られないでおきたい。特に、もうこの関係が終わる今となっては。この数日、ケイトリンの体はセックスマシーンと化していた。アレックスに触れられるだけで、スイッチが入ったように反応するのだ。

彼の指が、蕾《つぼみ》の部分をいたぶりながら愛撫を続けると、ケイトリンは目を開けてもつむってもいられなくなった。アレックスは筋肉質で力の強い男性なのに、愛撫するときは、ごくやさしく触れてくる。完璧だ。いちばん感じやすいところを、どれぐらいの強さでそっと撫でればいいか、ちゃんとわかっているのだ。力まかせに、ごしごしこすれば、女性が興奮すると思っている男性とは大違いだ。

そういう男性は何もわかっていない。

ケイトリンは、このやさしさに興奮する。背中を反らさないようにするだけでも精一杯。つい彼の指の動きに合わせて、ヒップを揺すってしまいたくなる。指が円を描くようにゆっくり動くと、あまりの気持ちよさに、全身に電気が走る。ケイトリンは叫び声を上げそうになって、下唇を強く嚙んだ。

やがて、彼の指が奥へと入っていくと、ケイトリンの胸から、ふうっと長い息が漏れた。彼のものは、いつもこういう動きをする。愛を交わすときの最初の段階で。そのときのことを思い出すだけで、体の奥にぎゅっと力が入る感じがして、さらにその部分が濡れてくる。

彼もそれを感じている。一瞬指の動きが止まり、すぐにもう一本別の指が加わり、二本の指が深いところへと分け入ってきた。そして、指の間隔を広げ、彼女の体の入口を広げる。

そのあと、彼のものがその場所に当たるのをケイトリンは感じた。大きくて硬くて熱いものが、入口の周辺を上下に撫でる。その先端部が彼女の蕾の部分に強くこすりつけられたときには、心臓麻痺を起こしそうになった。稲妻に打ち貫かれたような感覚だった。

ケイトリンは動きたくなるのを懸命にこらえていた。あたりはどんどん明るくなっていくのに、二人はまるで暗闇で愛を交わす他人同士のようだ。アレックスがケイトリンに触れている場所は二箇所だけ——またヒップに戻った大きな手、それに彼の分身が彼女の中へ入るか入らないかの位置にある。

彼も突き上げたりはせず、じっとしていた。ケイトリンはじりじりしながら、両手でシーツを握った。目にしているのは壁と窓だけだが、彼女の頭には二人の姿がありありと浮かんだ。どんな格好をしているかが、正確にわかる。天上にあるカメラが二人をとらえ、その姿を映し出しているかのように。

アレックスは枕《まくら》に頭を預け、そのすぐ下に彼女の頭がある。彼の筋肉質の長い脚が彼女の脚に沿って伸びている。長くて太い彼のもので二人はつながれ、大きな体と華《きゃ》奢《しゃ》な体、浅黒い肌と青白い肌、さらには身長差まで、すべてが対照的だ。

そのときヒップに置かれた彼の手に力が入り、ケイトリンの頭から思考が飛んだ。彼女の体をしっかり固定して、彼がゆっくりと中へ入って来たのだ。これ以上奥には進めないところまで来ると、彼は動きを止めた。彼の下半身の硬い毛がヒップに触れてくすぐったかった。

彼女は息を殺し、全神経を脚のあいだに集中させた。じわじわと入ってくる彼の熱く硬いものの感触を余すところなく確認したい。彼は苦もなくするりと滑り込んできた。二人がどれだけ頻繁に愛を交わし、さらに彼がどれだけ彼女を興奮させられるかの証明だ。

もっと小さなもちものの男性でも、最初のところでは痛いと感じることがあった。しかしアレックスとでは、何の痛みもない。彼のものは巨大なのに、ケイトリンは常に彼を迎え入れる準備ができていた。自分の体は彼のために創られたように思えた。彼にただ触れられる、それだけで彼女は彼のために体を開いてしまう。完全に、奔放に。ちょうど今もそうだった。

頭ではわかっていた。二人はもう……別れたのだ。よりよき人生を求めて、異なる道を歩き始めた。今日この家を去ることも、わかっている。おそらく二度と会うこともないと。しかし頭が発するこのメッセージが、なぜか体に伝わらない。ケイトリンの体が、そのことを理解しようとしないのだ。体はただ、彼を迎えて歓んでいる。いつもどおり――そしておそらく、これからもずっと、彼を迎え入れようとする。

そう考えて目を閉じたとき、アレックスが動き始めた。力強く深く突き立てられると、これまで触れられたことのなかったような体の奥の部分に彼のものが当たる。その部分に触れることができるのは、彼だけのような気がする。

その衝撃とも言える感触が、ケイトリンの快感を痛いほどにあおり立てていく。ヒップを支えていたアレックスの手が前へと移動し、彼女の腿を引き寄せた。腿は後方に高く上げられ、もうこれ以上は無理だと思っていたのに、彼のものがさらに奥へと押し入る。

部屋の静寂は吹き飛んでいた。ベッドがぎしぎしと音を立て、頭板が壁にぶつかる音がリズミカルに響く。アレックスの呼吸が荒くなり、激しく突き上げるたびにうなり声のような音を喉の奥から漏らす。あたりにはさまざまな音が満ちていた。

あっという間に、ケイトリンは熱くぬめった坂道を転がり始めるのを感じた。こんなに早く、彼はオーガズムを導き出してくれる。大きな波は止めようもなく、今にも彼女をのみ込もうとしている。彼女は震えながら、まだ、だめ、と踏みとどまっていた。

アレックスの腰の動きにさらに力が入る。一定のリズムだったのが、不規則に突き上げ、彼女の体の中のものがさらに大きくふくれ上がる。彼ももうすぐ絶頂を迎えるのだ。

下半身が小刻みに震え、ちりちりとした熱を血管に感じながら、ケイトリンはこらえていた。彼の動きはさらに速く、激しくなり……

そこでやっと、彼女は目を開け、彼の顔を見ようと首を伸ばして振り向いた。絶頂を迎えるときの彼の顔が好きだった。金色に輝くオリーブ色の肌が紅潮し、彼そのものが光を放っているように見える。額に汗がにじみ、まぎれもない興奮が浮かぶ。血液の流れがよくなるせいか、唇も真っ赤になり、どうしようもなく官能的に見える。細めた目から真っ黒な瞳がのぞき、じっとこちらを見つめる眼差しにうっとりしてしまう。ケイトリンが絶頂を迎えているあいだ、魔法をかけられたかのような。

本当に魔法をかけられているのかも。

アレックスはあらゆる意味合いにおいても、精力のみなぎる男性だ。愛を交わす最後の瞬間は、特にそう感じる。ケイトリンは、自分に男性としてのパワーがすべて注がれているのを意識する。セクシーでパワーのあるレーザー光線を当てられた感じだ。自分たち以外の世界など存在せず、二人の距離はあまりにも接近して、互いの鼓動を感じ取れる。

アレックスと愛を交わす最大の歓びが、その瞬間にあった。うれしさに高鳴る心でケイトリンは後ろを見て――凍りついた。

いつもの彼なら、ケイトリンのことだけを見つめていた。二人が愛を交わすときは必ず。絶対に目をそらしたりはしなかった。彼が自分のことだけを考えているのがわかり、疑問を持つことなど一度もなかった。

ところが今の彼は、目を閉じ、頭と上半身をのけぞらせている。できるだけケイトリンから離れていたい、けれども性器だけはつながっていたい、とでも言うように。

実際、二人が触れ合っているのは、ケイトリンの体を固定する彼の手と、互いの性器だけだ。彼の頬も紅潮しておらず、青白い顔で口を固く結び、険しい表情をしている。口の両脇《わき》にほうれい線がくっきりと刻まれている。快感に圧倒されている普段の顔ではなく、冷淡でよそよそしい。ケイトリンとは、はっきり距離を置いて、ただ、愛を交わしているだけ。

違う。愛を交わしているのではない。セックスしているのだ。正しい言葉を遣いなさい、高校で国語を習ったロビンソン先生がいつも言っていた。正しい言葉。

性交している。

アレックスは女性と性交している。目が覚めて通常の朝の勃起《ぼっき》を感じ、手近にあった温かい女性の体を、その処理に使っただけだ。その女性は誰でもよかったのだ。ケイトリン・サマーズと性交しているのではなく、誰でもいい、ただどこかの女性と。だから、必要最低限の場所しか触れようとしない。性交の際には、できるだけその女性と距離を置きたいからだ。

それを知って、ケイトリンの心は重く沈んだ。ところが体のほうは正反対に――どんどん高く舞い上がっていく。そしてアレックスがさらに激しく腰を突き上げた瞬間、強い熱にあおられた彼女の体は粉々に弾け飛んだ。彼はなおも重い音を立てながら突き立ててくる。彼のものを包む部分が強烈に収縮し、叫び声を上げそうになって、彼女は口を手で押さえた。誰が相手でも構わない男性とのセックスに、自分がこんなに反応してしまうことが、急に恥ずかしくなった。ただ、体のほうは感電したみたいだ。アレックスとのセックスでは、常にこうなる。

突き上げる彼の動きが、短い間隔で繰り返されるようになり、さらに勢いよく激しくなる。ベッドは、どすん、どすん、と壁にぶつかり、その音がケイトリンの鼓動と同じリズムを刻む。彼女の腿を持ち上げる手が汗で滑り、彼の指に力が入る。こんなに強くつかまれては、あとで青あざになるだろうが、そんなことはどうでもいい。ケイトリンはあまりに強烈なオーガズムの中で、気を失いかけていた。

全身が震え、アレックスのものを包む部分がぎゅっとその全体をつかんでいる。あまりに強く彼のものを締め上げているせいか、腰を突き出しては引く動きを続けながら、彼が湿ったうめき声を上げる。脚のあいだが熱い。目のくらむような、しびれるような鋭い快感が彼女を圧倒する。

その感覚が、彼女の心を砕いた。

全身が震え、汗が噴き出て、体じゅうが濡れている。内側にあったものが、すべて外に出された感じがする。そして涙があふれた。頬が涙に濡れる。

アレックスもすぐに絶頂を迎えた。激しいひと突きで、ケイトリンはベッドから押し出されそうになった。彼女の体の奥深くにあったものがさらに大きくなり、そこに欲望を吐き出していく。ううっという低い声が聞こえたが、彼もすぐに口を覆ったのだろう、何も聞こえなくなった。これはただのセックス、それ以上のものではないことを彼ははっきりさせておきたいのだ。手近にあった女性器に、自分の男性器を埋めて、欲望を放つ、それだけのこと。

それ以外に意味があると勘違いしてはならない。なのに、ケイトリンの体は理性を裏切る。感情などは、無関係に絶頂を味わい、まばゆいばかりの歓びにむせぶ。

その絶頂感がまだ続いている最中、アレックスが体を離した。彼のものがするっと抜けていく感覚に、ケイトリンはショックを受けた。プラグがコンセントから抜かれたような。まぶしいぐらいに燃え上がっていた熱が、一瞬にして消え、絶頂感はぷつりと消えた。あまりの唐突さに、彼女は冷水を浴びせられたような気がした。これまでなら、アレックスとの交わりは巨大な高みに昇って、ゆっくりと徐々に下りていく感じだった。絶頂を迎えたあと三十分後でも、まだ彼にしがみついたまま、笑みを浮かべ、体がそっと地上に下り立つのを楽しんだ。

今回は、じゅっと無理やり熱を冷ました感じ。

アレックスが彼女の脚から手を放し、背を向けた。その動きにベッドがたわむ。

二人が愛を交わして――違う、性交しているあいだに、太陽はすっかり顔を出し、部屋は金色に輝いていたが、陽光も彼女の体を温めてはくれなかった。体の内側から凍りついた気がする。濡れた全身が朝の大気に冷たく感じられた。

部屋はまた静寂に包まれた。空っぽの世界だ。たった今、男女が体を重ねたとは、とても思えない。

あたりには、セックスの匂《にお》いがいつになく強く漂っていた。ケイトリンはこの匂いが好きだったが、今は吐き気をもよおす。胃がきゅっと痛み、苦いものが食道を上がってくる。唾液《だえき》が口いっぱいになり、彼女はごくんと飲みこんだ。胃は空っぽだが、バスルームに駆け込まないとまずい。急いで。胃から何かがせり上がってきている。ケイトリンはベッドから下りたが、膝に力が入らない。また、胃から何かがせり上がってくる。今すぐバスルームに飛び込まなければ、アレックスの前で惨《みじ》めな姿をさらしてしまう。

ふらつく足でよろよろと部屋を横ぎり、タンスにヒップをぶつけながらバスルームの前にたどり着いた。ところがドアを押してもびくとも動かない。必死の思いで押しているうちに、やっとこのドアは引いて開けるものだったことに気づいた。

ようやくドアが開き、バスルームに入ろうとする瞬間、体の向きが変わってベッドにいるアレックスの姿が見えた。仰向けに寝転がり、腕で目のあたりを覆っている。ケイトリンの姿を見たくないのだ。体の中心部で、まだ半分勃起したままのものが、ケイトリンの体液と、彼自身の精液で銀色に光っていた。身動きひとつせず、死んだように横たわったまま。分厚い胸がかすかに上下するので、呼吸しているのだとわかるぐらいだ。これまでの彼なら、セックスのあともケイトリンを抱きしめ、息も絶え絶えのまま首や胸にキスするので、いつまでも呼吸が荒かった。

彼の体が、ケイトリンを拒絶している。この姿を見るかぎり、さっきのセックスは彼にとって、どこかのホテルの部屋に売春婦を呼んだのと変わらなかったのだ。

ケイトリンは、またさらに大きくえずいた。かろうじて中に入ってドアを閉め、音が聞こえないように水道の栓をひねり、便器にもたれるようにして上体を倒す。そして緑色の液体を白い陶器に勢いよく吐き出した。さらにもう一度。

膝ががくがくして、しっかりつかんでいないと、便器の中に顔から突っ込んでしまいそうだった。その後、何度も吐き気に襲われたが、吐くものがもう残っていなかった。

しばらくしてから、ようやく体も落ち着き、ケイトリンは壁に手を置いて体を支えながら立ち上がった。

流し台の上にある鏡に自分の姿が映り、彼女はぞっとした。顔面は蒼白《そうはく》、雪にでももう少し色というものがあるだろう。一睡もできなかったので目の下には紫色のくまができている。何かよほどひどい事故の犠牲者、かろうじて生き残った人、という感じだった。

まあ、仕方ない。かろうじて生き残ったには違いないのだから。

ケイトリンは、シャワーブースに入って熱いお湯を出し、最新式の複雑なシャワーヘッドの下に立つと、湯気の上がるお湯に顔を向け、お湯と一緒に涙を洗い流した。

13

「ありゃ、いったい何だ?」ベンがぽかんとした顔で驚きを口にする。「おい、見ろよ」

日曜の午後、アレックスが捜査課の大部屋を横ぎろうとしたときだった。女性署員が、ひゅっと口笛を鳴らす。ああ、くそっ。こんなくだらないことに付き合っている暇なんかない。女性署員のほうを、ぎろりとにらみつけたが、彼女は満面の笑みを返してくるだけだ。近頃、自分がすっかりやわになっていたことを、改めて思い知らされる。別の署員が引き継ぐように口笛を吹き、署員が次々に立ち上がる。結局、その場にいた全員に手を叩《たた》いてはやし立てられた。

自分の机に向かっていたベンがにやにやと笑いながらあとをついて、警部補室に入って来ようとした。アレックスは戸口で振り返ると〝死の眼差し〟と恐れられている視線による威嚇を全開にして、大部屋をにらみ渡した。やがて騒動は治まった。「静かにしろ。命令だ。今すぐ仕事に戻らないやつがいたら、遺失物課に異動させるからな。本気だぞ」

署員から、やわになったと思われている。その理由は、この数日、非常に機嫌がよかったからだ。うむ、まあ確かにそれは認める。このところ、笑顔というものが多かったように、自分でも思う。しかし、いつまでもそんな天国が続くと思っている署員全員を、ひどい目に遭わせてやる。なぜなら、厳しくて怖い本部長代行が戻って来たのだから。恐ろしさが何倍にもなって。

部下たちはみんな、他にどんな取り柄がなかったとしても、頭の回転だけは抜群だ。次々と頭を垂れ、書類やキーボードに視線を戻している。アレックスはさらに一分ばかり様子を見てから、重々しく、よし、とうなずいた。代行がやわになった、すっかりやさしくなったといういまいましい噂《うわさ》なら、この数日彼の耳にも入っていた。そんなお子さま向きの男はもういない。過去の話だ。今、この瞬間から。

アレックスは部屋に入ると、机に向かって座った。ベンはまだだらしなくにやにやしながら、目の前に立っている。アレックスは険しい表情で、ベンをにらんだ。「おまえもだぞ、ベン。何か仕事があるだろ？　遺失物の管理に、そんなに興味があるのか？」

「ねえ、何があったの？」キャシーが部屋のドアから顔をのぞかせ、その瞬間、大きく目を見張った。「うわお」

書類を手にしたまま中に入って来たキャシーは、机の向こうからしばらくアレックスを見つめ、そのあとすぐ近くまで来て、全身、頭のてっぺんからつま先までじろじろと眺めた。そして首を振りながら、彼をからかった。「アルマーニと相談でもしたんですか？」

「おまえもだ、巡査長」アレックスは威嚇をこめた視線をキャシーのほうに向け、これ以上は許さんぞ、と伝える。キャシーは警察官として優秀だし、気に入りの部下だ。しかし、今この瞬間、アレックスは彼女に消えてもらいたいと願った。

キャシーは無表情のまま、眉《まゆ》だけを上げる。「信じられないわ。紺の上着、グレーのズボン、グレーの靴。代行が黒以外の色を身に着けている。いったい、何があったんです？」そして、ベンのほうを向いた。「生きているあいだに、代行が白か黒以外の服を着ているのを目撃する日が来るとは、思っていなかったわ。みんな、そう思ってたわよね？　代行にとっては、白と黒は宗教みたいなものだって」そこで、ふと何かを考えたように、眉をひそめた。「これって、本ものなの？　アレックス・クルーズのそっくりさんがいて、代行のふりをしてるとか？」

ベンは自分の蛍光色の混じったタイをいじりながら、鮮やかなグリーンの上着のしわをわざとらしく伸ばすふりをした。「違うね。ボスはついにファッション・センスってものに目覚めたんだ。おそらく、俺との付き合いが長かったおかげだろう」

「俺には、俺なりのこだわりがあるんだ。おまえなんかに影響されずにいられるぐらいにはな」アレックスは不快そうに言った。「おまえのセンスは何だ？　その派手な色は、バッテリーの点火用か？」

「おやおや、嫉妬《しっと》してるんだな」ベンは憐《あわ》れむように、首を振った。「自分も俺みたいなタイが欲しくて仕方ないんだろ」

「何のために？」アレックスも皮肉を返す。「着火用か？」

「ああ、だめ、だめ」ベンはまだ満面に笑みを浮かべたまま、指を突き立てて、アレックスの前で振ってみせる。「お世辞を言ったって、このタイはやらないぞ」

「もう、やめなさいよ」キャシーはそう言うと、アレックスの肩に手を置いた。「あの」まじめな口調で、まっすぐにアレックスの目を見る。「私は、すごくいいことだと思ってます。それだけは、わかってもらいたいんです。ほんとに。人生最高のことが、あなたにも起きたんですもの。心からおめでとうと言わせてもらいます。本当によかった」

キャシーはまるで意味不明なことを言っているが、それがどういう意味にせよ、もう終わったのだ。そう思うと、アレックスはパニックに襲われそうになり、必死で無表情をつくろった。

彼女が自分のもとを去ってしまった。ケイトリンは、二人にとって完璧《かんぺき》に居心地のいい状況をあとにした。彼女自身がそう決めたのだ。お互いに付き合いを楽しんできた、そして突然、その生活に終わりが来た。もう済んだこと。彼女はアパートメントの賃貸契約にサインした。アレックスには何の相談もなく。

いや、まあ、彼女もおとななのだし、出て行きたいと思えば、出て行けばいい。とやかく文句を言う筋合いもないし、気にすることでもない。確かに、今夜、がらんとした家にひとりで帰るのだと思うと、じりじりとパニックがこみ上げてくるが、だから何だ？　いずれ慣れる。彼女と結婚していたわけでもないんだから。

「喜んでくれて、うれしいよ、キャシー」アレックスはうなるようにつぶやいた。「さあ、もう行け」キャシーは最後にぎゅっと肩に置いた手に力を入れると、意味ありげにアレックスのほうを見てから、背を向けて部屋を去った。

その様子を見ていたベンの顔から、笑みが消えた。横目でベンを見ながら、アレックスはベンに声をかけた。「何だ？」

「別れたんだな」ベンが静かに言った。ベンが真剣な口調になることはほとんどないのだが、真剣な話をするときの彼は、顔つきそのものが変わる。「あんたのせいで。人生最良のものを手にしながら、あんたは自分でそれを手放しちまったんだ！」

アレックスは、ぐっと奥歯を嚙《か》みしめた。「何の話か、さっぱりわからんな。ま、何にせよ、俺から別れたわけじゃない。彼女が出て行ったんだ」その言葉が子どもの言い訳みたいに聞こえて、アレックス自身情けないと思った。

ベンは動こうともせず、暗く厳しい顔でアレックスを見ている。「この間抜けが」やがてそう言うと、ベンは首を振った。「自分で自分の頭をぶち抜いたのも同じだよ。いいか――」

鋭くノックする音が聞こえ、新人のロスコーがドアから顔を突き入れた。すぐに興奮しがちな新人の相手は、普段なら遠慮したいところだが、今回は話に邪魔が入ったことを歓迎した。ベンとは長年の友人で、これからベンが自分を責め立てようとしているのは、わかっていた。「何だ?」

ロスコーは興奮で顔を紅潮させている。「代行、あ、ケイド刑事、立った今知らせが入りました。すごいんですよ! ソーレンセンとドウィットがラッツォ・コルビーの身柄を拘束したんです! 今こっちに向かっているそうです。もうすぐ着くはずです!」

＊＊＊

牡牛《おうし》みたいに大きな警察官の背中を見ながら、ラッツォ・コルビーはパトカーに座っていた。汗びっしょりだった。パトカーが急に曲がる。へたくそめ! だからサッのやつらは嫌いなんだ。昔、刑務所に入れられたのもこういうやつらのせいだ。刑務所ではひどい目に遭った。殺されるところだった。あのときの傷がまだ体に残っている。だから二度と刑務所には行かない。絶対に。州刑務所に入るのだけは、何があってもご免だ。あそこに行かなくて済むのなら、どんなことでもする。

ただし、刑務所に行かなくて済むためには、何をしなければならないかもわかっている。ロペスについて知っていることをすべて話し、証人保護プログラムに入らなければならない。ロペスは恐ろしいやつだ。どこに隠れようとも、ロペスならどうにかして自分の居場所を探り出すだろう。それぐらいはわかっている。自分がこの世にいるかぎり、ロペスは安心していられないのだから。巷《ちまた》の噂では、ロペスは裏切り者を見つけると、自分が所有する使われていない倉庫に連れて行き、なぶり殺しにするらしい。裏切り者が死んでいくところを自分の目で確認し、実際に息の根を止めるまで二日以上かけるそうだ。自分がそんな目に遭うのかと思うと、穏やかではいられない。この前ロペスを裏切ったやつは、まだ死体のすべてが見つかっていないという話だ。

だが、ロペスのことを話さなければ、刑務所送りになる。そこには白人至上主義の大男たちがたくさんいて……その先を考えると、またどっと汗が噴き出す。警察官のひとりが、何か臭《にお》いを嗅《か》ぎ取ったのか、後ろをちらっと見て、あざけり笑いを浮かべた。

こんなやつらに見つかってしまうとは。失敗だった。最近、判断を誤ってばかりいる気がする。最初の失敗は、ロペスの仕事を引き受けたことだった。断ればよかったのだ。だが、ロペスの提示した報酬は大きかった。気前よく金を出すと言われ、誰にも言わなければ大丈夫だと考えた。そしてロペスの部下のひとりが、ラッツォのことをサツにちくりやがった。ラッツォは警察に追われる身となり、逃げ出すはめになった。

逃げると決めたときすぐに、メキシコ行きのバスに乗ればよかった。国境を越えたら、リオに高飛びできた。刑務所でできた知り合いが、偽のパスポートを作ってくれるはずだった。メキシコに行くにはあれでじゅうぶんだったし、そのあと他の国に向かう飛行機に乗れた。まず、西インド諸島のアルバに飛ぶ。何年ものあいだ、アルバの銀行に金をため込んでおいたのだ。そこからリオに行けばいいと思った。ブラジルからは、強制送還されることがない。しかし一生を見知らぬ国で過ごそうと思えば、もっと金が要《い》る。そこで、人に貸してあった二十万ドルを取り立て、株も現金化しようと思った。証券市場は弱含みが続いていたが、それでもラッツオは利益を上げ続けていた。

サツに見つかったのは、株式ブローカーと会いに出かける途中だった。

二週間前に、ここを去るべきだったのだ。

もう、どうしようもない。絶体絶命だ。ラッツォはまともな教育を受けたわけではなかったが、小さい頃から数字に強く、賭《か》けでもほとんど負けなかった。今、自分の状況を考えると、これを打破できる確率はほとんどない。自分なら、負けだと判断する。

ちくしょう、どうすりゃいい？　本来なら、捕まることなく家に帰っていたはずなのに。新しいパスポートと新しい身分を手に入れ、コパカバーナの海岸でカイピリーニャをすすっていただろう。

汚れ仕事はもうしない。誰かの血にまみれた、アンジェロ・ロペスの金を集めるのなんか、もうやめだ。どこかの店を脅すロペスのこわもての部下たちに同行するのも嫌だ。そして搾取したみかじめ料をパソコンを使ってスイスにあるロペスの銀行口座に入れるのも、終わりだ。

本来なら――あと一日だけあれば。今となっては、自分が口を割らなかったとロペスに信じてもらうのは無理だ。いずれロペスに見つけられる。それは間違いない。しかし、ロペスのことを話さなければ、刑務所にほうり込まれる。

どちらにしても、もう運は尽き果てたのだ。

パトカーが警察本部の建物に近づいていくあいだ、ラッツォの頭脳は猛然と回転していた。逃げなければ。何としても。

捕まったままだと、刑務所に入るか、ロペスの倉庫に行くかしかなく、どちらにしても、彼の命はない。

＊＊＊

「もう会えなくなるなんて、残念だわ」キャシーが言った。「あなたがいなくなると、ここもさびしくなるわね」

自分の論文を片づけながら、ケイトリンはうなずいた。捜査課の大部屋を見渡す。充実した時間を過ごした場所だった。

しっかりしなければ。きちんと挨拶《あいさつ》しよう。しかし喉《のど》が焼けて詰まったような感覚で、声を出すことができない。懸命に、閉ざされたままの警部補室のドアを見ないでおこうとするのだが、どこかを見るたびについ視線がそちらに向かう。必死だった。あのドアの向こうに、彼がいる。ひょっとしたら、二人のあいだには感情が入り込んだ可能性もあったのでは、とかすかな望みを持っていたケイトリンだったが、今朝のセックスでその期待もついえた。ああいう形で、宣言されるとは。

完全に終わったのだ。終わったのが何だったにせよ、ケイトリンが出て行くまで、アレックスは知らん顔をするつもりらしい。しかし、ここには研究のために来たわけだし、ケイトリンにもプライドがある。自分がひどく落ち込んでいることを、キャシーには悟られたくない。ケイトリンは大きな笑顔を作って、キャシーのほうを向いた。「私も、あなたたちに会えなくなるのはさびしいわ」

「仕事に慣れたら、電話してね」ぱらぱらと落ちていく論文用紙を拾い上げて、ケイトリンに渡しながらキャシーが言った。「どこかでコーヒーでも飲みながら。毒薬としては使えない、まともなコーヒーを一緒に飲みに行きたいわ」

ありがたい誘いだった。人生はこうやって続いていくのだ。理屈としては、それもわかっていた。フレデリクソン財団での仕事を始め、うまく行けば著書を出版し、アパートメントを住み心地のいい場所にする。ときにはキャシーと夕食をともにする。彼女なら、アレックスがどうしているかを、逐一教えてくれるはず。

待って。頭に浮かんだ考えを、ケイトリンはすぐに消し去った。何と情けない。二人は、きれいに、さっぱりと別れたのだ。いつまでも彼のことを思い焦がれても仕方ない。「ええ、ぜひ」

「私も入れてよ」サリー・デヴォーという女性刑事が話に入ってきた。面談するのが、とても楽しかった人物だ。野性の世界では、ライオンは狩りのすべてをメスが行ない、メスはオスに、つけ入る隙《すき》も与えないのだとケイトリンから聞いて、大喜びした。それ以来、男性の同僚刑事たちの横を通るたびに、がおーっと吠《ほ》えてみせる。

サリーとの面談は、かなり何度も行ない、その中でサリーが頭の回転の速い、一緒にいて楽しい人物だとわかった。キャシーと同じだ。この二人となら、これからも友だち付き合いをしていけるだろう。

「俺も」警察学校を出たての新人、トム・ロスコーが本を差し出しながら、声をかけてきた。本を椅子《いす》に置き忘れていたのだ。「女子会なんて、ずるいですよ」にこにこ顔で本を手渡す。「それって、性差別じゃないですか」

「じゃ」キャシーは飲料の自動販売機へ歩くと、コインを入れた。何も出てこないので、彼女は機械の横を強く蹴《け》った。ダイエット・コークの缶が二つ出てきた。笑顔でみんなのところへ戻ったキャシーは缶をひとつケイトリンの手に握らせる。「はい、どうぞ。あの機械、ときどきショックを与えて励ましてやらないといけないのよね。では、ケイトリン、最後に乾杯と行きましょ」

キャシーは自分の缶を高く掲げ、乾杯の音頭を取るための厳粛な口調になった。

「ケイトリン・サマーズの前途を祝して。不可能を可能にした女性、あっという間にアレックス・クルーズ警部補を人間に変えた、離れ業に」大げさに缶のプルトップを開ける。

「同感」サリーも小銭を自販機に入れ、親の仇《かたき》みたいに激しく蹴った。缶がひとつ出てきた。「こないだなんか、代行がほほえんだのよ。ここに来て十年になるけど、代行の笑顔を見たのなんて、初めて。しかも、二度もよ、代行が笑ったの。見間違いでなければ」サリーが眉をひそめる。「ちょっと変な感じ」

「俺なんか、二、三日前、代行が鼻歌口ずさんでるのを聞きました」トムも証言する。

「何と、曲は『メモリー』」トムがかぶりを振る。「嘘《うそ》みたいでしょ？　警察学校じゃ、先輩からよく聞かされてたんですよ。クルーズ警部補は人間じゃないって。あの人を殺すには、木の杭《くい》で心臓を貫かなきゃならない、なんて教えられましたよ」

「みんな、あなたのおかげよ」キャシーがケイトリンの背中を叩き、その力の強さにケイトリンはよろめき、咳《せき》まで出た。署員たちがどこからともなく集まってくる。仲間のことを悪く言って盛り上がる機会だと感じ取ったのだ。キャシーがまたコーラの缶を掲げて、集まった仲間たちを見まわす。「ではみんな、乾杯！　野獣を手なずけた美女のために！」

「野獣って、代行のこと？」誰かがたずねる。

「他に野獣がいるのかよ？」別の声が言い返す。

「野獣っていうのは、あんまりじゃない？」笑顔の人たちを見渡しながら、ケイトリンが言った。ひどいことになってきた。二人の関係が――それがどういう関係だったかはさておき、その関係が終わったのだと告げることなど、とてもできそうにない。この場では無理。少し時間が経てば、キャシーには打ち明けよう。ずっと時間が経てば。当面の問題として、ここまでアレックスが冗談の種にされるのは気の毒にも思う。彼を弁護してあげる必要などないのだが。「私が何をしたわけでもないのよ。だってほら、あの人だってそこまで怖くはないわ。いつも不機嫌だったわけでもないし」

おとなの遠慮として、沈黙が広がった。

最初の日、アレックスがどんなだったかを、ケイトリンも思い出した。まあ、確かにみんなの言うとおりかも。彼女もおとなの慎みとして、それ以上は反論しなかった。

「とにかく」キャシーが親しげにケイトリンの肩を抱いた。「ベイローヴィル警察も、ちょっとはくつろげる場所になったわけよ。朝、笑顔で出勤できるんだから、あなたには大きな借りができたわね」

「誰が誰に借りを作ったって?」事件処理班の警察官が通りかかり、キャシーはコーラの缶を彼の手に渡した。「私たち、全員よ」言いながらケイトリンのほうを顎《あご》で示す。「彼女に。私たちみんな、ケイトリンに借りができたの。クルーズ警部補を人間らしくしてくれたことに対して」

＊　＊　＊

階段を上るたびに、ラッツォの恐怖はふくらむばかりだった。体が小刻みに震えている。汗びっしょりのため、きちんと指紋が取れず、記録係の警官が、二つ目の指紋記録キットを取り出した。

建物に入って来るときに、ユージニオ・カールッチの姿が目に入った。拳銃《けんじゅう》ジニーと呼ばれるその男はロペスの部下で、その中でもとりわけ残酷なことで知られている。ちょっと目が合っただけで、相手の膝頭《ひざがしら》を銃で撃ち抜くやつだ。

ジニーが自分の姿を認めたのがラッツォにはわかった。眉をひそめて何の表情もない黒い瞳《ひとみ》でこちらを見ていた。鮫《さめ》に見られるとこんな感じなのだろうという、残忍な目つきだった。ロペスが手を回すだろうから、ジニーは二時間ほどで釈放されるはずだ。そうすれば、ラッツォが警官と一緒にいたことはロペスの耳に入る。ロペスは即座にラッツォを始末する計画を立て始める。ロペスは行動力があり、思いついたらすぐに実行する。ラッツォ抹殺計画の準備はすぐに整うだろう。ロペスがベイローヴィル警察本部の誰かに金を渡して、子飼いにしているのは間違いない。つまり、今逃げ出さなければ、死刑を宣告されたのも同じだ。

汗がぽたぽたしたたり落ちるのを感じながら、ラッツォは周囲の様子をうかがった。時間が、一秒、また一秒と過ぎていく。指紋を採取していた記録係の警察官が席を立ったが、ラッツォに注意を向ける者は、誰ひとりいない。部屋にはこんなに大勢の人間がいるのに。ラッツォは指を曲げたり伸ばしたりした。これからどういう行動を取るにせよ、手錠をかけられたままだと、何ひとつできない。

「おい！」指紋をどこかに提出してきたのだろう、さっきの記録係の姿がまた見えると、ラッツォは声を上げた。

記録係は不審そうに、ラッツォのほうを見る。「何だ？」

「これ、すごく痛いんだよ」手錠をかけられた腕を掲げてみせる。「なあ、いいだろ？　もう勘弁してくれよ？」

記録係はしげしげとラッツォを見たあと、鍵《かぎ》を取り出して手錠を外してくれた。ラッツォはひりひりする手首をさすった。これからどうすべきか、何も決まっていないが、少なくとも腕は自由に使えるようになった。

「書類はそろったから」記録係が、外した手錠を自分のベルトに取りつけながら言った。「ここでおとなしく待ってろ。すぐに警部補が来る。おまえと話をするのを、警部補はずいぶん長いこと待ってたからな」

警部補。ああ、これでもう終わりだ。

ラッツォは藁《わら》にでもすがる思いで、周囲を見回した。何か策があるはず。考えるんだ！

自由に使える手足がある。さらに頭も回転している。この頭を使って、これまでも窮地を逃れてきた。ひょろっとした体つきのせいで、人はラッツォの前では油断しがちだ。しかし、彼には如才なく働く頭脳がある。ここまでの人生で唯一の失敗と言えば、アンジェロ・ロペスの経理仕事を引き受けたことだけなのだ。あれ以来、自由に呼吸すらできなくなってしまった。

ラッツォは机の向かい側にいる警察官と目を合わさないように注意しながら、周囲の状況をうかがった。その警察官は、ラッツォの存在などたいして気にかけてもいない。どうやら、二列先の机のあたりで、ちょっとしたパーティのようなものが開かれている。あそこには自由があるのだ。制服警官が、きれいなブロンドの女の子の周りに群がっている。女の子が警察官でないのは一目瞭然《いちもくりょうぜん》だ。あまりにもあどけなくて、こんな天真爛漫《てんしんらんまん》な感じの女の子が警官であるはずがない。だとすれば、この娘はいったい何者だ？

まあいい。何者でも構わないが、警察官全員に大人気であるのは明らかだ。みんな声を上げて笑い、にこにこしながら彼女と握手している。

ラッツォの頭の中に、漠然とアイデアが浮かんできた。ただ、この案には新人警官が必要だ。まだ警察に入って間がなく、自分が何をしているのかもよくわかっていないやつ……

ラッツォは、座ったままもぞもぞ体を動かした。居心地が悪いふりだ。そうしているうちに、椅子の位置が変わり、警官たちをもっとよく観察できる。婦人警官がいいだろう。女なら、力もそう強くないだろうし……

女性が二人いるのが見えたが、彼はすぐに考えを変えた。

すると、いちばん若そうに見える警官の姿が目に入った。誰かがロスコーと呼んでいたやつだ。まだひげも生えそろっていないような、紅顔の少年。ロスコーは誰かの言葉に大笑いしている。周囲の状況になど、まったく注意を払っていない。まさに、自分が何をしているのかわかっていないやつ。

完璧だ。

パーティはおひらきになったらしく、ブロンドの女の子が荷物をまとめ始め、その際に、まっすぐラッツォのほうを見た。ラッツォはその美しさに、ぎくりとして息をのんだ。待て、どうだっていいじゃないか。ラッツォは自分にそう言い聞かせた。彼女が美人だろうが、何の違いがある。きれいな女の子だって、毎日殺されている。それに、ひょっとすれば、あの娘を殺さなくて済むかもしれない。

ラッツォが具体的な案を練り、その筋書きを頭に思い描いているとき、警部補室のドアが開き始めた。ラッツォの全身をパニックが駆け抜ける。アレックス・クルーズがこの場に出て来たら最後、逃げ出すチャンスはなくなる。何をしても逃げられないことは、ラッツォにはわかっていた。もう今しかない。

「気持ち悪い」ラッツォは低くつぶやいた。

記録係の警察官が顔を上げ、困った顔をしてラッツォを見る。ラッツォは自分の顔が紙みたいに白いことを知っていた。顔じゅうから汗が噴き出て、流れ落ちている。恐怖のせいでそうなっているだけで、吐き気がするわけではないのだが、目の前の警察官にその違いがわかるはずもない。

「トイレに行かないと」うまい具合に、か細く震えた声が出た。「吐きそうなんだ」

記録係は、じろじろとラッツォの全身を見てから、たいぎそうに大きな体を持ち上げた。「いいだろう」ラッツォの体を通路のほうへと押す。「トイレに連れてってやる」

「悪いな」ラッツォは低い声でつぶやき、視線を床に落としたままにした。服従して、何でも言うことを聞きます、という姿勢だ。クルーズ警部補の部屋のドアは、もうすっかり開いている。行動に移すには、ほんの数秒しか残されていないのがわかった。

足を引きずりながら、机のあいだを進む。頭を低くしながらも、視線は絶えず周囲をうかがい、すぐ後ろを歩く豚みたいな警官の動きに気を配る。

警官たちが楽しげに集まっている場所まで、あと少し。

ちらっと顔を上げて確認すると、クルーズはまだ自分の部屋にいる。白髪交じりの赤毛の刑事と話しているが、もう間もなくこちらに出てくる。

今だ！

ラッツォは矢のような速さで右手を伸ばし、ロスコーのホルスターにあった銃を手にした。同時に左腕をきれいなブロンド娘の首に巻きつける。そして次の瞬間、グロックの銃口をブロンド娘の右のこめかみに当てた。

「動くな！」その場の全員に向かって叫ぶ。「動くと、この女の頭に風穴を開けてやるぞ！」


最初は何が起きたのか、アレックスには理解できなかった。目の前に制服警官の背中がずらっと並び、壁のように視界をさえぎる。そして部下たちが口々に「動くな！」と叫んでいる。その太い声の向こうで、かすかに甲高い悲鳴が聞こえる。部下たちが全員、銃を出して構えている。

アレックスも自分の銃をホルスターから取り出した。なるほど、どっかの大ばか者が、警官に銃を向けて、ここから逃げ出そうとしているわけか。アレックスの顔に、ゆっくり笑みが浮かんだ。

ばかばかしい。そんなことができるはずもないのに。アレックス・クルーズが、そんなことを許すとでも思っているのか？

アレックスはそろそろと部下たちの横に回った。両手で銃を持ち、銃口を天井に向けて、できるだけ目立たないように。

「銃を下げろ！　下ろすんだ！　さもないと、撃つぞ！　脅しじゃないからな！」男の声が聞こえる。「この女の死体のあと始末をするはめになるぞ！」

部下たちが手を下げ、次々と銃が床に落ちる音がした。何名かが立つ位置を変えたので、アレックスにも騒ぎの正体が、はっきり見えた。

その瞬間彼は、体じゅうの血が凍りついたように思った。パニックに襲われて、気が遠くなりそうだった。

どういう事情だったかはわからないが、ラッツォが銃を手に入れ、その銃口をケイトリンの頭に向けている。さらに彼女の首に回した腕に力が入っているので、彼女は満足に呼吸ができない。少し離れたところからでも、ケイトリンが少しでも酸素を吸い込もうと、ぜいぜい息をする音が聞こえる。

ラッツォは全身の力をこめて、ケイトリンを入口のほうへと引きずっていく。ケイトリンは喉の圧迫を取り除こうと彼の腕をつかんでいる。

ケイトリンがアレックスの姿を認めるのがわかった。大きく見開かれた空色の瞳が、助けて、と懇願してくる。動揺に顔が歪《ゆが》み、空気をさえぎるラッツォの細い腕を彼女の指が引っかいている。

現在のラッツォの状態では、引っかかれても何も感じないはずだ。ぽたぽたと汗を流しながら、ケイトリンを引っ張ってじりじりとあとずさりを続けていく。その間も、何度も怒鳴り散らす。「動くな！　動くなと言っただろ？　本当に撃つからな。脅しじゃない。この女の脳みそをぶっ飛ばしてやる。壁にべったりこびりつくぞ！」

そこでようやくアレックスも、麻痺《まひ》状態から脱することができた。新人警官時代に、百四十キロ近くもある荒っぽい男を相手にしたことがあった。覚せい剤でハイになり、バイクを乗り回していた男がナイフをかざして向かってきたのだが、結局アレックスが男を地面に組み伏せた。男の背中で手錠をかけるとき、アレックスは呼吸すら乱していなかった。

子どもの頃の体験から、自分は恐怖など感じないのだとアレックスは信じてきた。最悪の家庭環境で、死を間近に見て育ったのだから、もう怖がるものなど何もないはずだと思った。

恐れるものは何もない。誰に対しても恐怖など抱かない。アレックスはそう考えた。

ところが今、恐怖でまともに息さえ吸えない。ラッツォの銃口がケイトリンのこめかみに食い込んでいくのを見ていると、恐ろしくて体が震える。銃の安全装置は外されており、ラッツォはシャワーを浴びたばかりのように、汗びっしょりだ。あれだけ汗をかけば、手も滑る。そう思ったとたん、ラッツォが銃を握り直し、指を引き金に当てた。アレックスの心臓は、恐怖のあまり止まりそうになった。

銃の引き金は、四ポンドの圧力に反応するように調整されている。缶ビールのプルトップを引くのと同じぐらいの強さだ。ちょっとした力、指が滑っただけで、銃弾は秒速三十六キロの速さで発射され、ケイトリンの頭を撃ち抜く。骨と脳と血が銃弾と一緒に頭の反対側から射出され、あたりは薄い赤の霧がかかったように見える。その結果、ケイトリンは二度と帰らぬ人となる。永遠に。

人質なのだから、当面ラッツォは彼女を生かしておこうとするだろうが、興奮状態できちんと射撃の訓練を受けていないので、何をするかわからない。ラッツォはこれまでけちな犯罪者で、大きなことをやった経験がない。この状況から考えて、ラッツォが間違ってケイトリンを撃ってしまう確率は非常に高い。彼女を引きずって、一階まで下りることもできないだろう。どんどん興奮が激しくなり、さらに汗をかいている。

ケイトリンを撃った瞬間、ラッツォは最低十二発の銃弾を受けることになる。だからこれは、いわば、自殺のようなものだ。

その巻き添えをくらって、ケイトリンが命を落とす。彼女という女性など最初から存在していなかったかのように、地上から消えてしまう。壊れた人形みたいに、血まみれの体がぐったりと床に崩れ落ちる。あのかわいらしさ、明るさ、ユーモア、やさしさ、温かさ……彼女のすべてが失われる。ろうそくの炎を吹き消すように、ほんの一瞬で。

警察官という職業柄、アレックスもさまざまな修羅場を経験してきた。銃弾の破壊力は、よく知っている。命を失ったケイトリンの体がどうなるかも。

何もかもを奪ってしまうのだ。

ラッツォと彼を取り囲む警官たちは、まだ互いに怒鳴り合っている。その声を耳にしながら、今まで気づかなかった真実が彼の胸の中ではっきりと形作られていくのをアレックスは感じた。真実は何だったのかと考える必要もなく、ただそこにあったもの。彼の人生のいちばん中心になること、手や足と同じように体の一部となったものだ。呼吸し動くのと同じように、議論の余地のない事実。太陽が東に昇り、西に沈むのと同じこと。

ケイトリン・サマーズを愛している。

心の底から彼女を愛している。彼女が現われる前の自分は、一人前の男ですらなかった。人間として不完全だった。彼女が幸福と希望を与えてくれた。そして愛を約束してくれた。もしラッツォの銃弾がケイトリンの頭を撃ち抜いたら、それはアレックスの心を撃ち抜いたのも同じだ。

将来の約束はできないだの、そんなのは全部、たわ言だ。そのたわ言のせいで、昨夜は惨《みじ》めな気分だった。ベッドにケイトリンがいるのに、触れられなかった。朝方に、ただ体だけの関係であることを証明しようと、あんなセックスをしてしまって——実際、これまでずっとあんなセックスをしてきたのだが、心が引き裂かれるような気分になった。できるだけ彼女には触れないようにしたが、彼女をきつく抱き寄せたい気持ちはどうしようもなく強かった。いちど抱き寄せれば、二度と放せなくなるのはわかっていた。一生ここに、自分のそばにいてくれと言い出しそうになった。だからその誘惑に負けないように歯を食いしばった。怖かったのだ。彼女が去って行くのを見るのが。彼女に行かないでくれと言い出すのが、怖かった。

何とくだらない。そんな気持ちは恐怖でも何でもない。今、目の前で起きていることこそが、恐怖なのだ。興奮しきった男が、震える手でケイトリンの頭に銃を向けているのを見ることが。アレックスの全身の細胞は恐怖で固まり、数時間前に将来を見据えた関係を持つのを恐れていたことなど、冗談のように思えた。

ラッツォは、汗で滑る銃をまた持ち変え、引き金に置いた指に力を入れた。同時に、ケイトリンの喉に回した腕をさらに強く引いた。彼女は酸素を求めてもがく。唇が紫色になっている。

「おい、ラッツォ」アレックスは、遠慮がちに前に出た。「それじゃ彼女、息ができないだろ。人質は生かしとかないと、役には立たないぞ」

「引っ込んでろ、クルーズ！」ラッツォはまた銃を握り直すと、ケイトリンのこめかみをえぐるように強く銃口を押しつけた。「他のやつらもだ。下がれ！　ガソリンを満タンにした車を玄関に用意しろ。車を追跡したら、この女の頭に穴を開けて、道端に捨ててやるからな。わかったか？」ラッツォがさらに強く銃口を押しつけ、ケイトリンは苦しそうに口をぱくぱくさせている。彼女はほとんど白目をむいた状態で、このままでは階下にたどり着く前に、窒息死してしまう。「わかったな？」ラッツォの全身がぶるぶる震え大量の汗がしたたり落ちる。「どうなんだ？」怒鳴り声になっている。「わかったか、と聞いてるんだよ」

部下たちが何をしているか、アレックスにはとても見る余裕がなかった。彼はラッツォの目を見て、タイミングを計った。ラッツォが撃つそぶりを見せたら、あるいはケイトリンの呼吸がもうもたないと判断したら、即座にラッツォを撃つつもりだった。絶対に助からないよりは、少しでも希望が持てるほうに賭けるしかない。

「遠くには行けないぞ、ラッツォ」自分の声が落ち着いて聞こえ、顔には何の感情も表われていないことは、アレックスにはわかっていた。心臓が大きな音を立てていて、恐怖で吐き気さえ覚えていることは、自分だけが知っている。「罪状が多くなったんだぞ。凶器による暴行と誘拐だ」

ラッツォが甲高い声でけたたましく笑った。「あんたにゃ捕まらないよ。ロペスからだって、逃げてみせる。この世からふいっと消えるのさ。もっと前にそうしとくべきだったんだ」

「ラッツォ、いいか」アレックスは賭けに出た。何気ない雰囲気で、大きく前に出る。

「そいつは無理――」

「下がれ！」ラッツォが悲鳴のような声を上げ、慌ててあとずさりする。するとケイトリンも引っ張られて、顔面が蒼白《そうはく》になった。何とか引きずられまいと、彼女の足がリノリウム張りの床をこする。

その瞬間、時間の流れが遅くなった。目の前で恐ろしい光景がスローモーションとなって繰り広げられる。誰かが叫んでいるのはわかっていたが、アレックスには何も聞こえなかった。視覚情報を処理することさえできなかった。

彼の目に映ったのはただ、ケイトリンの足が椅子に引っかかったことだけ。ラッツォの腕の中で意識を失った彼女の体がゆっくりと落ちていく。彼女の全体重が片方の腕にかかったラッツォは顔をしかめ、動かなくなったケイトリンの脚は、ラッツォの脚に絡まる。するとラッツォもスローモーションで床に崩れ……

一発の銃声がとどろき、時間がまた元の速さで進み始めた。

アレックスは全身から血の気が引いていくのを感じ、心臓が止まったのにどうしてこうやって立っていられるのだろうと、ぼんやり考えた。

警察官たちは、規定どおりにラッツォに飛びかかり、床に落ちた拳銃を取り上げて、銃を構えた。ラッツォとケイトリンが倒れた周囲に人垣ができ、アレックスには部下たちの背中しか見えなくなった。その一瞬をとらえて、彼はケイトリンが生きていることを自分に信じさせようとした。怪我なく無事であることを。血まみれで、捜査課の大部屋に横たわったりしていませんように。あと一秒だけ。

部下たちがさっと道を開け、奇跡のようにケイトリンが立ち上がるのが見えた。ラッツォの血を浴びてぼろぼろの状態だったが、その姿は言葉にできないぐらい美しかった。

ケイトリンは泣きながらアレックスに飛びついてきた。彼はその体を抱き留め、激しくきつく自分に引き寄せた。心臓が大きな音を立て、胸から飛び出すのではないかと彼は思った。

「アレックス！」ケイトリンが叫び声を上げ、アレックスにしがみつく。彼女の体が震え、涙がこぼれていた。自分も大粒の涙を流しているという認識がなかったアレックスは、頬をすり寄せたときに彼女の髪が濡《ぬ》れているのを見て、自分も泣いていたことに気づいた。床に銃が落ちる音が聞こえる。脚ががくがくして、ケイトリンと二人分の体重を支えられるか自信がなかった。

「ねえ、ボス」肩に置かれたキャシーの手がやさしかった。二人の心を思いやる気持ちが彼女の瞳にあふれていた。「ボスの部屋でしばらく休んだらどうでしょう？」そして偉そうな態度で背後の同僚たちを見渡す。「さ、私たちはここのあと片づけよ」

アレックスはぼんやりとうなずくと、ケイトリンを抱え上げて警部補室に入った。足でドアを閉め、ケイトリンを抱えたまま自分の椅子に腰を下ろす。彼女をこの腕から放せそうもない。少なくとも当分のあいだは。おそらくあと百年間は。

アレックスはケイトリンの顔を両手で包んだ。真っ白な顔は、頰がまだ涙で濡れている。右のこめかみにできたかすり傷から血がにじんでいる。

これ以上あり得ないぐらい、美しかった。

アレックスは、激しくキスの雨を降らせた。彼女のすべてを自分の皮膚にしみ込ませたい気がして、きつく抱き寄せた。髪に指を入れ、肩を撫《な》で、背中に指を食い込ませる。いつまでもキスして、彼女の味を確かめ、彼女が生きているという事実に、胸を高鳴らせた。彼女が生きて自分の腕の中にいることが、うれしくてたまらなかった。

永遠に自分のそばにいてもらいたい。

アレックスは顔を上げ、両側から彼女の頰を包む。「君はどこにも行かない。わかったか？」荒っぽく告げる。「君は俺と一緒にいるんだ」ケイトリンはしっかりと彼の目を見ながらうなずいた。「あの赤毛の不動産屋に連絡しろ。気が変わったから契約を破棄すると伝えるんだ。違約金を請求されるなら、払えばいい。君は俺のところに住む。理由は、俺が君を愛しているからだ」確かめるように、彼は軽くケイトリンの体を揺すった。「わかったな?」

ケイトリンは間髪を入れずに即答した。「はい、アレックス」彼女がそうつぶやくのを聞くと、アレックスはまた唇を重ねた。

アレックスは感動で胸がいっぱいだった。何か新しい期待がふくらんだが、あまりになじみのない感覚で、それが幸福感であるとわかるまで、少し時間がかかった。彼は口を離すと、声を上げて笑い始めた。

「何?」ケイトリンが笑顔で彼を見上げる。瞳がきらきらして、バラ色の唇が少しはれぼったい。頬にもいくらか色が戻ってきた。汚れた眼鏡が鼻の先にずり落ちている。

「何がそんなにおかしいの?」

アレックスはそうっと眼鏡を取り、机の上に置いた。愛する顔をじっくり見ると、自分の新しい人生が、よりよき人生が始まったことが実感できた。

大げさにため息を吐《つ》いてから、アレックスは言った。「タキシードを二そろえ買わないといけないな、と思って。式に着るのと、君がケーキをこぼす用のと」

エピローグ

グラント・フォールズ

レイ・エイヴァリー本部長は受話器を置くと、満面の笑みを浮かべた。

ベッドにいる美しい女性が、まばたきをして目を開いた。夏の空のような透きとおる青い瞳《ひとみ》。白いものも交じるつややかな金髪が、ふんわりと肩に流れ落ちる。「誰からの電話だったの?」眠そうな声で女性がたずねた。

レイは女性を抱き寄せ、首筋に顔を埋めた。どれだけ彼女を抱きしめても、足りない気がする。セント・メアリー大学の同僚教授としてリンダ・サマーズに出会えたことを、神に感謝せずにはいられない。これまでの自分の人生は、この女性に出会うために存在したのだという気がする。レイは少し体を離し、リンダにほほえみかけた。彼女は五十歳を過ぎているが、レイの目には世界一美しい女性だと映る。そして日ごとにその美しさが増していく気がする。

アレックスが今後何十年もケイトリンと一緒に過ごせることがうらやましい。できることなら、自分もリンダとそれだけの年月をともにしたかった。

リンダの娘に会ったとき、この子こそが、息子同様に愛する青年、アレックスの理想の相手だと思った。どうやらその考えは正しかったらしい。

「アレックスからだ」そう言ってウインクする。

眠そうにしていたリンダが飛び起きた。彼女も大きな笑みを浮かべる。「それで?」

「それで……俺たちが立てた計画が成功した」レイはリンダの手を口元に持ってきてキスする。「ダーリン、二組一緒の結婚式って、どう思う?」

訳者あとがき

本作は、エリザベス・ジェニングス名義で二〇〇〇年五月に"*Taming Nick*"というタイトルで出版されたカテゴリー・ロマンスをもとにして、二〇〇九年に電子書籍用のレーベルで刊行されたものです。オリジナルはヒーローがニック、ヒロインがキャロラインと、名前は異なっていますが、内容には大幅な修正は加えられていないようです。題名を変えたのは"*Taming Nick*"というのがカテゴリー・ロマンスにありがちだったためか(ノーラ・ロバーツの『ずっとあなただけを』の原題が"*Waiting for Nick*"でした)、と思ったりもしますが、ヒーローの雰囲気が「アレハンドロ」というラテン系の名前のほうが似合っている気がするので、こちらのほうがいいように個人的には思います。

リサ・マリー・ライスは、エリザベス・ジェニングス名義で、一九九八年に『楽園を見つけたら』のオリジナルとなる"*Bernadette's Bluff*"でデビューしたあと、少し時間をおいて"*Pursued*"(『明日を追いかけて』のオリジナル)を出し、さらに少しあいだをあけてから、二〇〇〇年には立て続けに同じレーベルで三作品を発表しています。そのうちのひとつ、"*Joy Forever*"も『悲しみの夜が明けて』のオリジナルとなっています。

どちらかと言えば心温まるスイートロマンスから、"*Pursued*"の成功を経て、作風がアルファ・メールの強烈な魅力を放つ軍人、元軍人などのヒーローを中心とした作品へと変わっていきます。本作品は、その方向性を決定づけたものになったのではないかと思えます。原題"*A Fine Specimen*"は立派な標本サンプルという意味で、このアレックス・クルーズこそ男の中の男、見本にしたいようなアルファ男性、という意味ですので。

◉訳者紹介　上中 京（かみなか みやこ）
関西学院大学文学部英文科卒業。英米文学翻訳家。訳書にライス『真夜中の男』他シリーズ三作、ジェフリーズ『誘惑のルール』『公爵のお気に召すまま』『スコットランドの怪盗』ほか〈淑女たちの修養学校〉シリーズ六作（以上、扶桑社ロマンス）、ケント『嘘つきな唇』、ブロックマン『この想いはただ苦しくて』（以上、武田ランダムハウスジャパン）など。

ヒーローの作り方

発行日　2013年11月10日　第1刷

著　者　リサ・マリー・ライス
訳　者　上中 京

発行者　久保田榮一
発行所　株式会社 扶桑社
〒105-8070　東京都港区海岸1-15-1
TEL.(03)5403-8870(編集)　TEL.(03)5403-8859(販売)
http://www.fusosha.co.jp/

印刷・製本　図書印刷株式会社
万一、乱丁落丁(本の頁の抜け落ちや順序の間違い)のある場合は
扶桑社販売宛にお送りください。送料は小社負担にてお取り替えいたします。

ISBN978-4-594-06940-7　C0197
Printed in Japan(検印省略)
定価はカバーに表示してあります。